Herausgegeben von
Mareike Fröhlich und Maribel Añibarro

Schwabens Abgründe

Kurzkrimis aus Baden-Württemberg

W0041659

SILBERBURG

Personen und Handlungen sind frei erfunden. Ähnlichkeiten mit lebenden oder toten Personen sind rein zufällig und nicht beabsichtigt.

1. Auflage 2021

© 2021 by Silberburg-Verlag GmbH, Schweickhardtstraße 5a, D-72072 Tübingen. Alle Rechte vorbehalten.
Umschlaggestaltung: Björn Locke, Nürtingen.
Coverfotos: © Joraca – Shutterstock, © artstore – Shutterstock, © Jürgen Fälchle – AdobeStock.
Satz und Layout: Sabine Düde, César Satz & Grafik, Köln.

Lektorat: Michael Raffel, Tübingen.
Druck: CPI books, Leck.
Printed in Germany.

ISBN 978-3-8425-2294-7

Ihre Meinung ist wichtig für unsere Verlagsarbeit. Senden Sie uns Ihre Kritik und Anregungen unter **meinung@silberburg.de**
Besuchen Sie uns im Internet und entdecken Sie die Vielfalt unseres Verlagsprogramms:
www.silberburg.de

Inhalt

Vorwort

Alle Autorinnen dieses Kurzgeschichtenbandes sind Mörderische Schwestern aus Baden-Württemberg.

Die Mörderischen Schwestern e. V. sind ein Netzwerk aus Autorinnen, Buchbranchenprofis und Leserinnen, das die von Frauen geschriebene deutschsprachige Kriminalliteratur fördert und unterstützt.

Der Verein setzt sich für bessere Chancen für Autorinnen auf dem Buchmarkt ein. Er bietet seinen Mitgliedern die Teilnahme an Fortbildungen und Vorträgen und ein Mentoringprogramm, in dem erfahrene Autorinnen ihre Expertise an schreibende Kolleginnen weitergeben. Zudem vergeben die Mörderischen Schwestern einmal im Jahr ein Arbeitsstipendium, das einer Autorin ermöglichen soll, trotz Familie und Beruf ihr Projekt zu verwirklichen.

Der Verein bietet die Basis zur Vernetzung unter den Autorinnen und ermöglicht somit den Austausch von Expertinnenwissen.

In Baden-Württemberg leben und schreiben um die 60 Mörderische Schwestern. Insgesamt hat der Verein über 600 Mitglieder – in Deutschland, Österreich und der Schweiz.

www.moerderische-schwestern.eu

Mit der Ladies Crime Night, der Lesung mit Schuss, sind die Autorinnen auf den Bühnen unterwegs – natürlich auch in Baden-Württemberg. Möchten Sie die Geschichten dieses Kurzgeschichtenbandes live erleben? Die Termine unserer Ladies Crime Nights finden Sie unter:

www.moerderische-schwestern-bw.de

Mareike Fröhlich

527 Tage

Esslingen am Neckar

Es hat geregnet. In den Pfützen spiegeln sich die bunten Lichter der Stadt. Alles glitzert und glänzt, alles ist nass – gerade so, als hätte die Nacht geweint. Vor Freude. So wie ich. Weil ich frei bin. Meine nackten Füße verdrängen das Wasser in den Pfützen und damit die scheinbare Wirklichkeit. Doch hinter mir fügt sich alles wieder zu einem friedvollen Bild zusammen, und meine Anwesenheit ist vergessen.

Ich stolpere durch die schlafende Stadt. Immer weiter. Ich bin wieder da. Und ich weiß genau, wo ich hinwill, verfolge mein Ziel. Als die weißen Buchstaben auf blauem Grund endlich in meinem Blickfeld auftauchen, erscheinen sie mir wie die Ziellinie nach einem Marathonlauf. Die Polizei – dein Freund und Helfer.

Tränen sammeln sich in meinen Augen, Tränen der Erleichterung. Ich habe es geschafft, bin endgültig entkommen.

Das Innere des Reviers empfängt mich mit Licht und Wärme. Beides hat mir so sehr gefehlt. Genau wie der Klang von Stimmen, wie ein Gespräch mit einem Menschen, mit jemandem, der mir zuhört. Ich hatte nichts von alledem, ich hatte Kälte und Stille.

Ein Mann in Uniform steht hinter dem Tresen. Er schaut mich an. Fragend. Ich lächele. Und wieder kommen die Tränen.

9

»Ich bin wieder da«, sage ich. »Ich bin Isabell Martin.«

Der Polizist zieht fragend eine Augenbraue nach oben. Mir wird bewusst, dass er ja vielleicht gar nicht weiß, wer ich bin, weil er nichts von meinem Fall gehört hat.

»Isabell Martin«, sage ich noch einmal. »Ich werde vermisst. Seit 527 Tagen.«

Der Mann nickt. »Nehmen Sie doch bitte Platz«, sagt er. »Ich bin gleich bei Ihnen.«

Er tippt hektisch auf der Tastatur seines Computers herum – vermutlich gibt er meinen Namen ein. Als er den Kopf wieder vom Bildschirm abwendet, gleitet sein Blick zu meinen Füßen. Auch ich blicke auf meine Füße, meine nackten Füße. Wer flieht, muss gehen, wenn die Zeit bereit ist. Nur mit dem, was er am Leib trägt. Flüchtende nutzen Gelegenheiten, ohne auf Äußerlichkeiten zu achten. Ich habe es immerhin geschafft, den Mantel vom Haken zu reißen. Den Mantel, der nach *ihm* riecht.

Der Blick des Polizisten wandert weiter nach oben, bleibt stehen, starrt. Meine Hände halten sich gegenseitig, liegen in meinem Schoß, sind verhakt, verkrampft. Meine Hände, die voller Blut sind. Voller getrocknetem Blut.

»Haben Sie sich verletzt?«, fragt der Polizist.

Ich überlege, brauche einen Moment, doch dann fällt es mir wieder ein. Ich musste meinen Entführer … ich musste mich wehren … hatte gar keine andere Wahl.

»Nein«, antworte ich.

Er nickt, nimmt den Telefonhörer zur Hand und spricht leise mit irgendjemandem. Vermutlich, um meine Identität zu klären, und bestimmt, um meine Angehörigen zu verständigen.

Er legt auf, kommt um den Tresen herum, kommt direkt auf mich zu. »Der zuständige Beamte wird gleich Zeit für Sie haben.« Er lächelt – verständnisvoll, aufmunternd, nicht mehr fragend oder abschätzend.

Die Anspannung lässt allmählich nach, und ich spüre die bleierne Müdigkeit, die auf mich herabsinkt. Es ist, als würde sie mich erdrücken. Mir ist kalt, unendlich kalt. Ein Zittern erfasst meinen Körper. Ich versuche, es zu unterdrücken, versuche, keine Schwäche zu zeigen, doch es gelingt mir nicht. Stattdessen kommt die Erinnerung zurück, wie eine gewaltige Welle.

Sie erfasst mich und reißt mich mit sich. All das Adrenalin ist verschwunden, aufgebraucht, einfach fort. Ich schluchze. Ich will nicht zurück in die Erinnerung, zurück zu den letzten 527 Tagen. Denn diese Nacht ist eine Nacht der Freude, ab jetzt wird es nur noch helle Tage geben, glückliche Tage.

Ich spüre eine Berührung, zucke zusammen. »Nein, nicht«, schreie ich, springe auf und weiche zurück.

Es ist nur der Polizist, der lächelt, mir eine Decke um die Schultern legt. Eine goldene Rettungsdecke.

Wie passend, kommt es mir in den Sinn.

Er wartet, bis ich mich beruhigt habe, bis ich mich wieder auf den Stuhl setze. Dann kniet er sich vor mich hin wie ein Prinz vor seiner Prinzessin, so wie bei Aschenputtel. Er betrachtet meine dreckigen Füße, hält Wollsocken in der Hand und nickt mir aufmunternd zu.

Wo hat er die her? Halten Polizeireviere warme Strümpfe für Menschen, die verschwunden waren und ohne Schuhe zurückkehren, bereit?

»Danke«, sage ich, aber es klingt mehr nach dem Krächzen einer bösen Hexe als nach Aschenputtel.

Er hält die eine Socke tatsächlich so, dass ich mit dem Fuß hineinschlüpfen kann, danach die zweite. Nachdem meine Füße versorgt sind, steht er auf. Erst jetzt sehe ich, dass sich hinter dem Tresen zwei weitere Beamte eingefunden haben. Sie schauen mich an, als wäre ich etwas ganz Besonderes.

Ja, das bin ich. Ich bin die, die es geschafft hat, die Frau, die entkommen ist.

»Frau Martin?«

Die Stimme der Frau trifft mich völlig unvorbereitet. Wieder zucke ich zusammen. Ich habe sie nicht kommen sehen, die Frau in Jeans und weißer Bluse. Aber sie lächelt, so, wie der Polizist gelächelt hat. Und sie zeigt mit der Hand auf einen Flur mit vielen Türen, einen Flur, den ich ebenfalls noch nicht wahrgenommen habe.

»Mein Name ist Dr. Hofner«, sagt sie. »Ich bin Psychologin. Es ist alles in Ordnung. Kommen Sie bitte, wir möchten Ihre Aussage aufnehmen.«

Sie geleitet mich in ein Zimmer – PVC-Boden, ein Tisch mit vier Stühlen, eine Neonröhre – und bittet mich, Platz zu nehmen.

»Ich möchte nach Hause.« Ich bleibe an der Tür stehen.

»Das verstehe ich sehr gut«, sagt sie. »Doch wir brauchen Ihre Aussage. Die ist für uns sehr wichtig. Das verstehen Sie sicher.«

Natürlich verstehe ich das, sie müssen schließlich meinen Entführer festnehmen. Er muss bestraft werden. Für das, was er mir angetan hat. Also gehe ich hinein, in diesen Raum, der mehr nach Zelle aussieht, und setze mich.

Die Frau setzt sich mir gegenüber. Wie war ihr Name doch gleich? Ich habe es vergessen. Ob ich nachfragen soll?

Ich frage nicht, denn es ist nicht wichtig. Bald bin ich wieder zu Hause, und alles andere spielt keine Rolle.

Nun betritt ein Mann den Raum, er stellt sich als irgendein Kommissar vor. Er lächelt nicht, sondern ist sehr ernst. Auf den Tisch legt er Papiere. Sicher meine Akte. Meine Vermissten-Akte.

»Frau Martin«, sagt er. »Können Sie …«

Martin. Ich weiß, dass ich es bin, und trotzdem bin ich

mir unsicher. Weil mich so lange niemand mehr so genannt hat. Weil …

»Frau Martin?« Der Polizist schaut mich fragend an.

»Entschuldigung«, sage ich automatisch und merke selbst, dass ich den Kopf einziehe. »Ich wollte Sie nicht verärgern. Ehrlich.«

Nun lächelt auch der Polizist. Keine fiese Fratze, sondern ein warmes Lächeln. Und diese Wärme kommt bei mir an. Berührt mich. »Es ist alles gut«, sagt er.

Gut, hallt das Echo in mir nach, und ich spüre, wie sich meine Muskeln allmählich wieder entspannen. Alles wird gut.

»Können Sie mir sagen, was in den letzten Tagen passiert ist?«

»In den letzten 527 Tagen? Ich kann nicht … ich meine …« Ich breche ab, starre auf meine Hände.

»Sie sind hier in Sicherheit, Frau Martin«, versichert er mir. »Können Sie mir sagen, was in den letzten Stunden passiert ist? Wo waren Sie in den letzten Stunden? Wie sind Sie hierhergekommen?«

Ich schließe die Augen, atme tief ein und wieder aus und versuche, der Angst, die in jedem Winkel meines Körpers und meiner Seele sitzt, die gegen die Freude der Freiheit kämpft, Herr zu werden.

»Er kann dir nichts tun«, flüstere ich und lasse die Bilder der Vergangenheit auf mich zurasen. Bedrohlich wie ein ganzes Heer von Kriegern, die mich vernichten wollen. Aber ich lasse mich nicht vernichten, ich bin in Sicherheit. Alles wird gut.

»Die letzten Stunden, sie waren wie immer. Ein fester Ablauf. Kein Abweichen. Immer genau dasselbe. Ich war im Kellerraum eingesperrt. Ein Kellerraum aus roten Backsteinen und mit einem Betonboden. Mit einer blauen Eisentür, die so einen Schlitz hatte. Zum Reinschauen … zum …« Es ist so heiß hier. Ich kann nicht atmen. Ich kann nicht …

»Trinken Sie einen Schluck Wasser«, sagt diese Ärztin. Das war sie doch, eine Ärztin. Oder? Wie hieß sie noch mal?

»Frau Martin, trinken Sie.« Sie schiebt einen weißen Plastikbecher über den Tisch.

Ich blicke von ihr zu ihm, schaue zur Tür und dem Mann in Uniform, der dort steht. Es sind drei. Drei Personen, die mich beschützen können. Vor ihm. Ich trinke. Schnell. Dann bin ich schneller zu Hause.

»Lassen Sie sich Zeit«, sagt der Polizist.

Hatte er mir seinen Namen überhaupt gesagt? Aber eigentlich ist das egal, denn eigentlich sind Namen nicht wichtig.

»So eine Klappe, in der Tür«, wiederholt er meine Worte.

Ich nicke. »In der Wand, gegenüber der Tür, war ganz oben ein schmaler Streifen. Ein kleines Fenster. Ich kam nicht dran. Der Raum muss fünf oder sechs Meter hoch gewesen sein. Ein Keller. Verstehen Sie? Ein düsterer Kerker aus rotem Backstein.«

Der Polizist nickt, er versteht mich.

»Aber immerhin hatte ich ein wenig Licht, und so konnte unterscheiden, ob Tag oder Nacht war. So konnte ich zählen.«

»Zählen?«, fragt er.

»Die Tage. 527. Ich habe mit kleinen Bruchstücken des Backsteins Striche auf dem Boden gemacht. 527 Striche. Verstehen Sie?«

»Ja, ich verstehe.«

Erst jetzt fällt mir auf, wie weich seine Stimme ist. Weich, wie dicker dunkelroter Samt.

»Frau Martin, Sie sagten, dass er Sie dort eingesperrt habe. Waren Sie nur in diesem Kellerraum oder durften Sie diesen Raum ab und zu verlassen? Um auf die Toilette zu gehen?«

Ich schüttle den Kopf und starre dabei wieder auf meine Hände. Blutverkrustete Hände. »Nur der Raum. Ein Eimer war meine Toilette. Den hat er einmal am Tag gewechselt.

Und einmal am Tag durfte ich meine Zähne putzen. Da brachte er mir eine Schüssel mit Wasser, eine Holzzahnbürste und Zahnpasta. Er hat mich dabei immer genau beobachtet, mich nicht eine Sekunde aus den Augen gelassen. Und er hat mich gezwungen, mich zu waschen. Dafür musste ich mich ausziehen. Nackt auszie... Ich wollte nicht ... wollte meine Kleider nicht ausziehen ..., weil ich ... Aber als ich mich geweigert habe, hat er mich geschlagen. Mit der Faust ins Gesicht. Als ich am Boden lag, hat er mich getreten. Mehrfach. Es tat so weh. Dann hat er seine Hose geöffnet ... er hat ... mich angepinkelt. Gelacht hat er und gesagt, dass ich mich jetzt ausziehen müsste, weil ich sonst für immer und ewig nach seiner Pisse stinken würde.«

Ich schlucke, versuche, nicht zu hyperventilieren, mich auf die Tatsachen zu konzentrieren. »Ich habe mich ausgezogen und gewaschen. Und er hat dabei zugesehen. Nur zugesehen. Er hat mir neue Kleider gebracht. Kurze, durchsichtige Kleider, Fummel, die aussahen, als würden sie irgendeiner Prostituierten gehören. Überall hat die Haut durchgeschaut. Und das, obwohl ich in einem Keller eingesperrt war. Es war kalt. Überall nur Stein und Beton. Backstein. Die Kälte ist auf mich gekrochen, ist in mich hineingekrochen. Er hat mir nicht mal eine Decke gegeben. Nur zum Schlafen. Morgens hat er mir die Decke wieder weggenommen, damit er meinen Körper anglotzen kann. Jeden Tag. Immer das Gleiche. Vor seinen Augen ausziehen, waschen und den Fummel wieder anziehen.« Ich schaue dem Polizisten in die Augen. »Und er hat hinter der Tür gesessen, durch den Schlitz gegafft und dabei ...« Ich will die Worte nicht aussprechen, will sie nicht hören.

»Dabei was?«

»Das wissen Sie doch!«, schreie ich. Mein Speichel spritzt auf den Tisch, bleibt in feinen Tröpfchen darauf liegen.

Der Polizist hält meinem Blick stand, sagt nichts. Er lässt mir Zeit und nickt schließlich. »Haben Sie sein Gesicht gesehen?«

Ich bedecke mein Gesicht mit den Händen, versuche, mich zu erinnern, doch ich sehe immer nur seine Augen. Er hat eine Sturmhaube getragen, wenn er den Raum betreten hat.

Ich lasse die Hände sinken. Meine Hände, an denen sein Blut klebt. »Grün«, sage ich.

Feine Falten ziehen sich über die Stirn des Polizisten, als er die Augenbrauen fragend zusammenzieht.

»Seine Augen«, sage ich, »sie sind grün. Er hat eine Maske getragen. Sein Körper ist sportlich gebaut, und er ist groß.«

Er wirft der Ärztin einen kurzen Blick zu. Ich hatte sie vergessen, so still sitzt sie da, schreibt mit, beobachtet mich.

»Hat er Sie je …«, beginnt er.

»Vergewaltigt?«, vollende ich den Satz, bevor er sich der Peinlichkeit hingeben muss, es auszusprechen. »Nein, hat er nicht. Dazu war er zu feige.« Ein fahler Geschmack breitet sich ich in meinem Mund aus. »Immer, wenn er den Raum betreten hat, musste ich mich mit dem Gesicht zur Wand stellen. Er hat sich hinter mich gestellt. Erst weiter weg, um mich zu begaffen. Dann kam er einen Schritt näher. Und noch einen. Bis ich seinen keuchenden Atem in meinem Nacken spüren konnte.«

Mir wird schlecht. Schnell greife ich nach dem Plastikbecher, trinke gegen die Übelkeit an. Die Hälfte des Wassers verfehlt meinen Mund, rinnt über mein Kinn, tropft auf die Decke, die noch immer über meinen Schultern liegt. Die goldene Decke.

»Brauchen Sie eine Pause?«, fragt die Frau, und mir fällt ein, dass sie eine Psychologin ist.

Obwohl ich mich hundeelend fühle, schüttle ich den Kopf. Wenn ich es schnell hinter mich bringe, komme ich schneller nach Hause, schneller in mein altes Leben zurück.

»Bitte sagen Sie, wenn Sie eine Pause brauchen«, sagt sie. »Wir können das Gespräch jederzeit unterbrechen.«

Ich wende mich wieder dem Polizisten zu. »Danach hat er meine Zelle verlassen, mir Essen hingestellt und den Kloeimer ausgetauscht. So hat er es jeden einzelnen Tag gemacht.«

Als der Nachhall meines letzten Wortes verschwunden ist, bleibt nur Stille übrig. Genau die Stille, die mit mir in diesem Kellerloch gelebt hat.

Ein Geräusch, Quietschen, die Tür schwingt auf. Die Metalltür. Ruckartig stehe ich auf. Der Stuhl fällt um. Er ist es. Ganz sicher ist er es.

Aber es ist nur ein weiterer Polizist, der hereinkommt. Nun steht auch die Psychologin auf, kommt um den Tisch herum und berührt meine Schulter. Der Polizist bleibt stehen, sagt etwas, das ich nicht verstehe. Ich starre durch den Spalt der Tür nach draußen. Da sehe ich sie.

»Mama!«, schreie ich.

Ich will zur Tür, doch Hände legen sich auf meine Oberarme, packen zu. Ich will die Hände abschütteln, will raus hier.

»Das ist meine Mutter!«

Meine Mutter sieht mich an. Sie schlägt die Hände vor den Mund. Ich sehe, dass sie geweint hat, und die Falten um ihre Augen sind so viel tiefer als beim letzten Mal, als ich sie gesehen habe.

»Lassen Sie mich!«, schreie ich.

Aber die Frau lässt mich nicht los. Die Psychologin. Sie redet mit mir. Ich höre nicht, was sie sagt, dafür ist das Rauschen in meinen Ohren viel zu laut.

»Mama«, wimmere ich, sinke auf den Stuhl. Ich kann nicht mehr, ich … ein und aus. Atmen. Ruhig.

Der Polizist verlässt den Raum, schließt die Tür, und meine Mutter ist aus meinem Sichtfeld verschwunden.

»Es ist alles in Ordnung«, höre ich die Frau sagen. »Wir brauchen nicht mehr lange. Alles ist gut. Nur noch ein paar Fragen, dann sind wir fertig.«

Ihre sanfte Stimme, ihr leiser Ton und die Vertrautheit, als würden wir uns seit Jahren kennen, lassen mich ruhiger werden. Wieder ins Hier und Jetzt zurückkommen. Ich starre auf die Tischplatte. Betrachte die Kratzer im Lack des Tisches. Dicker grauer Lack. Überdeckt das, was darunter ist. Ein Ring aus Wasser befindet sich dort, wo am Anfang der Becher gestanden hatte, und wartet darauf, dass ihn jemand wegwischt.

»Frau Martin?«

Ich schaue auf, in die Augen des Polizisten.

»Kommen wir auf Ihre Flucht zu sprechen. Wie haben Sie es aus dem Keller geschafft? Was ist passiert?«

Das Rauschen wird wieder lauter. Der Luft in diesem Raum fehlt der Sauerstoff. Es ist so anstrengend. Als zähle ich. So wie ich es auch die letzten 527 Tage gemacht habe. Zählen macht mich ruhiger.

»Irgendwann ist mir bewusst geworden, dass niemand kommen, niemand mich retten wird«, sage ich und höre ihn selbst, den Hauch der Traurigkeit, der Enttäuschung. »Mir wurde klar, dass nur ich mich retten kann.«

Der Polizist nickt, so, als wollte er meine Gedanken bestätigen. »Und weiter?«, fragt er.

Ich schließe die Augen, begebe mich zurück. Zu ihm. In den Keller. In die Kälte. »Immer, wenn er nicht da war, mich nicht von der Tür aus beobachtet hat, habe ich die Backsteinwände untersucht. Ich habe nach etwas gesucht, womit ich mich befreien kann. Nach etwas, das ich gegen ihn einsetzen kann.« Ich zeige dem Polizisten meine Hände mit den blutigen Fingerkuppen. »Ich habe immer wieder versucht, einen Stein zu lösen. Um ihm diesen Stein auf den Kopf zu schlagen. Um ihn außer Gefecht zu setzen … für einen Vorsprung. Um fliehen zu können. Aus dem Kellerloch. Ich wusste, wenn ich das Haus verlassen kann, dann werde ich Hilfe finden.«

Die Erinnerung bringt den abgestandenen, modrigen Muff des Kellerloches zurück. Und ich bemerke, dass meine Hände, die den weißen Plastikbecher umschließen, ihn zusammendrücken und er zu reißen droht. Ich löse sie vom Becher und verstecke sie unter dem Tisch.

»Aber?«, fragt er.

»Aber was?«

»Gehe ich richtig in der Annahme, dass Ihr Vorhaben nicht funktioniert hat?«

Mein Hals ist so trocken. Ich schaue auf den Plastikbecher. Er ist leer. Ich schlucke. »Diese blöden Steine saßen fest. Ich habe keinen einzigen rausbekommen. Dabei habe ich mir die Fingerkuppen abgeschürft bei dem Versuch, den Mörtel rauszukratzen.«

»Was ist dann passiert?«, fragt er.

»Eines Tages hat er die Grenze überschritten.«

»Wie meinen Sie das?«

»Er ist näher gekommen.«

Ich sehe, dass sich seine Augenbrauen wieder bewegen, leicht zusammenziehen. Vermutlich versucht er, sich das alles vorzustellen, das Bild zu sehen. Das Bild, das ich gesehen habe. Aber kann sich das überhaupt jemand vorstellen, wenn er es nicht selbst erlebt hat? Es gespürt hat?

»Davor hatte er sich dicht hinter mich gestellt, mich aber nie berührt. Doch dann ist er einen Schritt weiter gegangen. Er hat mich mit seinem Körper gegen die Wand gepresst. Minutenlang.«

Ich warte auf seine nächste Frage, warte, dass er wissen will, was danach passiert ist. Doch er fragt nicht. Er schaut mich nur an.

»Meine Bemühungen, einen Stein zu lockern, wurden ab diesem Moment noch größer.« Ich spüre die Tränen, die sich so hartnäckig ihren Weg suchen. Tränen haben noch nie geholfen. Tränen retten einen Menschen nicht. Ich hole die Hand unter dem Tisch hervor und wische sie energisch weg.

»Nein, ich habe keinen Stein lösen können, aber von einem ist ein Stück abgebrochen. Ein Keil. Eine Waffe. Ich habe das Ding in meiner Faust versteckt und gewartet. Gewartet, bis er mich wieder an die Wand gedrückt hat. Ich habe ihn gewähren lassen. Und als er von mir abgelassen hat, habe ich mich umgedreht und ihn geküsst. Er war wie versteinert, überrascht oder angewidert, ich weiß es nicht. Während er dastand und mich angestarrt hat, habe ich dieses Stück Stein noch fester gepackt und damit zugeschlagen.«

»Zugeschlagen?«, fragt er.

»Gestochen«, korrigiere ich.

»Wohin?«

»In den Hals.«

»Einmal?«

Ich schüttle den Kopf.

»Wie oft?«, fragt er.

Ich spüre den Stein in meiner Hand, spüre das Blut, wie es über meine Finger läuft. »Ich … ich weiß es nicht.«

»Und der Mann trug die Sturmmaske?«

Ich nicke.

»Und nur die Augen waren frei?«

»Ja. Warum fragen Sie?«

»Alles ist wichtig. Jedes Detail.«

Ich nicke erneut, auch wenn es mich unendlich viel Kraft kostet.

»Was ist dann passiert?«

»Ich bin gerannt. An ihm vorbei. Aus dem Raum. Im Flur hing der Mantel an einem Haken. Ich konnte ja nicht in dem Fummel … ich bin aus dem Haus gerannt.«

»Direkt hierher?«

»Ja.« Was ist das für eine Frage? Ich bin doch da.

»Wo wohnen Sie, Frau Martin?«

»Wie bitte?« Meine Gedanken wirbeln. Der Kerker. Der Mann mit der Sturmmaske. Die Stille. Der Stein. Die Polizei.

»In welcher Straße wohnen Sie?«

»In der Erikastraße 41.«

Er schaut in die Akte, die vor ihm auf dem Tisch liegt. Eine gefühlte Ewigkeit vergeht, bis er wieder nach oben und mich anschaut.

»Sind Sie sicher?«

Ich brauche einen Moment. Dann lache ich. Es klingt hysterisch. Das höre ich selbst. »Natürlich bin ich sicher.«

»Wohnen Sie nicht in der Bonhoefferstraße 19?«

Bonhoefferstraße? Ich versuche, meine verfluchten Gedanken zu sortieren, um zu verstehen, was hier läuft.

»Ist es nicht so, dass Sie Martin hießen, bevor Sie geheiratet haben, Frau Krüger?«

Seine Worte dringen wie durch Watte zu mir hindurch. Verständlich und doch unverständlich.

Er schiebt mir ein Foto entgegen. Es zeigt mich im Hochzeitskleid. Und neben mir steht ein Mann mit grünen Augen. Die Übelkeit sucht sich wieder ihren Weg.

»Kennen Sie den Mann?«

Ich kann meinen Blick nicht von dem Foto lösen. Von den Augen des Mannes. So unverschämt grün. Böses Grün.

Der Polizist schiebt mir ein zweites Foto hin. Auch dort trage ich das Hochzeitskleid. Der Mann ist ebenfalls drauf. Und eine Frau. Meine Mutter.

»Ihre Ehe war nicht glücklich«, sagt der Polizist. »Zumindest nach der Aussage Ihrer Mutter. Und nach Aussage der vielen Krankenhausberichte.«

Nun schaue ich vom Foto auf und den Polizisten wieder an. »Krankenhaus?«

Er schiebt ein Blatt über den Tisch. »Quetschungen. Zwei gebrochene Rippen. Gebrochene Finger. Gebrochene Nase ...«

»Hören Sie auf!«, schreie ich. »Was soll das? Ich kenne den Mann nicht. Ich wurde entführt und musste mich selbst befreien. Weil die Polizei dazu nicht in der Lage war.«

Ich muss würgen. Schlucke dagegen an. Ich will mich nicht erbrechen. Nicht hier. Auf den Tisch mit dem grauen Lack. Vor dem Polizisten und der Psychologin. Und dem Polizisten an der Tür. Vielleicht sind sie gar nicht die, für die sie sich ausgeben. Vielleicht ist es eine Falle, und sie stecken mit dem Monster unter einer Decke. Aber meine Mutter ...

»527 Tage«, sage ich. »Ich wurde 527 Tage gefangen gehalten. In einem Keller. Von dem Mann mit der Sturmmaske.«

»Frau Krüger.« Der Polizist. »Sie wurden nicht entführt. Es gab keinen Mann mit einer Sturmmaske. Es gab nur Ihren Ehemann, der Sie über eine lange Zeit misshandelt hat. Ihre Mutter sagte uns, sie habe viele Monate keinen Kontakt mehr zu Ihnen herstellen können, da Ihr Ehemann es verboten hätte. Ihre Mutter hat sogar Anzeige erstattet. Aber Sie, Frau Krüger, haben Ihren Mann immer wieder verteidigt und gesagt, es wäre alles ein Missverständnis.«

»Nein. So war das nicht.«

»Und Sie sind auch nicht direkt nach Ihrer Flucht hierhergekommen, Frau Krüger. Wo waren Sie? Seit dem gestrigen Tag?«

»Nein, nein, ich bin nicht verheiratet. Das ist eine Lüge!«

Das Rauschen in meinen Ohren wird lauter. Wieder rollt die Welle auf mich zu. Dunkel. Groß. Laut.

»Sie haben Ihren Mann erstochen, Frau Krüger. Mit einem stumpfen Messer. Etwas anderes haben Sie nicht gefunden, denn er hatte alle scharfen Gegenstände aus der Wohnung entfernt. Das Besteck empfand er wohl nicht als Bedrohung.«

Die Welle ist über mir. Nimmt sämtliches Licht. Nimmt mir die restliche Luft.

»Sie haben neun Mal zugestochen. In den Hals.«

Die Welle bricht. Alles wird schwarz. Es ist vorbei.

Maribel Añibarro

Assassine

Stuttgart

Ich wurde dazu erzogen zu morden. So wie andere Eltern ihren Kindern beibringen, mit Messer und Gabel zu essen, erhielt ich meine Lektionen, wie ein Messer in meiner Hand den Lebensfaden der Zielperson lautlos und rasch durchtrennt. Und wie eine Glock zerlegt, gesäubert, zusammengesetzt und präzise abgefeuert wird. So wie andere Kinder in die Tanzschule geschickt werden, machte man mich mit allen Kampftechniken vertraut, die darauf ausgerichtet sind, größtmögliche Schäden am Körper meines Gegenübers zu verursachen – bestmöglich mit letalen Folgen. So wie andere Eltern ihre Kinder ermutigen, Freundschaften zu schließen, tätowierte meine Mutter mir in den rechten Oberarm: *Nur die Familie zählt.* So wie andere Kinder unterstützt werden, einen Schulabschluss zu machen, bestimmte der Patron, dass ich keinen brauchen werde.

Ich gehöre zur Familie der Assassinen, mit dem Hauptsitz in einer Villa auf dem Stuttgarter Killesberg. Dafür brauche ich nur *eine* Ausbildung – und die soll heute zum Abschluss gebracht werden.

Es ist so weit. Sie rufen nach mir. »Bellona«, rufen sie – die Göttin des Krieges.

Ich trete vor den Spiegel, richte meine blonde Pagenschnitt-Perücke und das dunkelblaue Kostüm und sehe mich das letzte Mal in meinem Zimmer um. Ein flüchtiger Kontrollgriff an die rechte Blazertasche, die durch ihren voluminösen Schnitt verbirgt, dass sich etwas darin befindet, gibt mir mehr Sicherheit als all die Jahre meines Drills. Es ist das Erbe meines Großvaters. Das Einzige, was ich je von ihm gewollt habe.

Mein Bewacher vor der Zimmertür tritt zur Seite, als ich diese öffne. Sie trauen mir nicht, bevor sie nicht etwas in der Hand haben, das mich für immer an die Familie bindet. Deshalb werden sie heute alles auf Video aufnehmen. Ein zur Initiation gehörendes Ritual, so sagen sie. Aber ich weiß, was wirklich dahintersteckt. Sollte mir trotz aller Maßnahmen, die sie über die Jahre hinweg ergriffen haben, doch der *Defekt* anhaften, werden sie das Video nicht der Polizei zuspielen. Nein, es wird ganz altmodisch im Briefkasten des Vaters landen, der ab heute den Rest seines Lebens um seinen Sohn – meine Zielperson – trauern soll.

Der *Defekt*. Ich war sieben Jahre alt, als mein Cousin Viktor den Auftrag erhielt, meinen älteren Bruder zu exekutieren. Denn mein Bruder hatte diesen Defekt – er hatte ein Gewissen, und er wollte aussteigen.

»Lektion Nummer eins«, haben sie zu mir gesagt.

An diesem Tag habe ich die Verbindung meiner Gedanken zu meiner Mimik gekappt. Meine wahren, verräterischen, für mich lebensgefährlichen Gedanken befinden sich seitdem in den Tiefen meines Daseins, niedergedrückt von der Gewissheit, dass das Bestreben, aussteigen zu wollen, dort endet, wo sich mein Bruder befindet. Aber meine Gedanken existieren, sie sind lebendig und gierig, an die Oberfläche vorzudringen, um sich zu zeigen.

Ich gehe die Treppe zur Halle im Erdgeschoss hinunter und weiß, dass es nach heute kein Zurück mehr geben wird.

Dort steht sie, die Familie. Mein Vater erwartet mich an der untersten Treppenstufe. Seine Gesichtszüge lassen keinen Zweifel daran, was er von mir erwartet. *Mach mir und deiner Familie Ehre, wage es nicht, mich zu enttäuschen, erweise dich würdig.* Er küsst mich auf die linke, dann auf die rechte Wange und reicht mich weiter. Erst meine Onkel, dann meine Cousins und zum Schluss meine Mutter. Sie drückt mich an sich und sagt: »Ich bin so stolz auf dich.«

Wie kann sie nur.

Mein Cousin Viktor tritt vor. »Hier, nimm, das wirst du brauchen.« Er drückt mir eine Mappe mit Unterlagen und eine Visitenkarte in die Hand.

Luxusimmobilien für gehobene Ansprüche, lese ich darauf. *Tamara Gerling*, mein Projekt-Name.

»Und das«, fährt Viktor fort. »Ein Messer ist die beste Waffe für das erste Mal. Sieh ihm dabei in die Augen. Es wird dir gefallen, was du zu sehen bekommst.«

Ich imitiere sein Lächeln, das muss reichen. Alle wissen es: Mit dem Stoß der Klinge in das Herz meiner Zielperson sickert deren Blut aus den Herzkammern unbrauchbar in den Körper und meine ebenso unbrauchbare Unschuld aus mir heraus. Gleichzeitig wird das unwiderrufliche Band geknüpft, das mich zu einer Assassine macht.

Ich stecke das Messer in die mit Carbonfaser verstärkte Innentasche meines Blazers und halte meine Hand in Richtung meines Onkels fordernd auf. Er betreibt eine Autovermietungsfirma und ist für den Fuhrpark der Familie zuständig. »Schlüssel«, sage ich nur.

Aus dem Augenwinkel sehe ich, dass meinem Vater mein fordernder Ton gefällt. Er nickt meinem Onkel zu. Aber ich sehe noch etwas anderes, während mir der Autoschlüssel in die Hand gedrückt wird. Mein Vater gibt meinem Cousin ein Zeichen. Es ist das charakteristische Nicken, das nur dem Patron zusteht, das dem Empfänger erlaubt, bis zum Äußersten zu gehen.

Endlich bin ich allein. Es ist eine trügerische Kontrolle über mein Leben, denn natürlich folgen sie mir in sicherem Abstand, während ich in einem Mini quer durch Stuttgart fahre. Ich lasse mir Zeit, dabei ist es geradezu verlockend, jetzt schon auszubrechen, Gas zu geben, sie abzuhängen. Aber wozu? Allein, ohne Hilfe kann niemand entkommen. Sie würden mich im Nu finden, denn sie haben alle wichtigen Behörden infiltriert. Die Polizei, Sozialämter, Zulassungsstellen, Jobcenter, sogar in einem Frauenhaus haben sie sich eingenistet. Überall. Der Kern der Familie wird zu Assassinen ausgebildet, die Peripherie umgibt uns wie ein Nebel, um uns zu verbergen, zu schützen und uns mit lukrativen Aufträgen zu versorgen.

Ich parke auf dem mit Kies belegten Vorplatz der Villa an der Weinsteige, in der ich meine Zielperson treffen werde, und zwinge mich, keinen Blick auf den kleinen Geräteschuppen am Rand des Grundstücks zu werfen. Ich schätze, drei Assassinen werden darin dicht gedrängt sitzen und mit ihren Blicken an den Bildschirmen der mobilen Überwachungsstation hängen, um über meine Schritte innerhalb der Villa zu wachen, denn in fast jedem Zimmer haben sie Videokameras installiert.

Als ich die Haustür öffne, schlägt mir die Vergangenheit von einhundert Jahren entgegen. Ich nehme eine vordergründige Mischung aus Gerüchen wahr: Parfüm, Schweiß, Feuchtigkeit und Moder, aber auch die Süße und die Lebendigkeit von Holz. Ich stelle mich in die Mitte der Halle, schließe meine Augen und überlasse meinen Sinnen die Gewalt über meine Instinkte. Sie ertasten jede Oberfläche, erspüren jede noch so kleine Vibration, sie folgen dem fluchtartigen Krabbeln einer Spinne und melden mir jede Art von Anwesenheit. Von dem Schatten hinter dem milchigen Fensterglas in der Küchentür weiß ich, bevor ich meine Augen öffne, bevor der feine Duftfaden eines Aftershaves meine Rezeptoren erreicht.

Erst einmal mache ich Krach, öffne eine Tür nach der anderen, um das Licht der benachbarten Zimmer in die Halle strömen zu lassen. Zuletzt ist die Küche dran. Ich stoße die Tür auf, greife gleichzeitig mit meiner Rechten nach dem Messer in der Blazertasche und drücke die Klinge dem Mann hinter der Tür gerade so fest an die Kehle, dass noch kein Blut fließt, aber jede Bewegung seinerseits zu einer gravierenden Verletzung führen wird.

»Verdammt, was machst du hier?«, fauche ich Viktor an, das Messer noch immer an seine Kehle gedrückt. »Das war so nicht abgemacht.«

»Nimm das Messer runter«, sagt er mit einem Grinsen im Gesicht.

Aber mich kann er nicht täuschen. Für einen winzigen Moment habe ich die Angst in seinen Augen gesehen. Er hatte also nicht damit gerechnet, dass ich ihn packen könnte. Ich würde mal sagen: fatale Fehleinschätzung.

Langsam lasse ich das Messer sinken, kann mir aber nicht verkneifen, ihm einen wütenden Stoß mit der unbewaffneten Hand zu versetzen. »Ich sollte doch allein in der Villa sein.«

»Planänderung, sie haben …«

Ein schrilles Klingeln übertönt seine Worte. Ich wende mich um. An der Wand hinter mir schlägt ein altmodischer Klöppel rasend schnell und ausdauernd an eine Glocke. Meine Zielperson steht also schon vor der Haustür und verlangt Eintritt. Ich will Viktor noch fragen, was das zu bedeuten hat, aber der ist schon am anderen Ende der Küche, um sich zu verstecken. Egal, für mich steht fest, dass ich von meinem Plan nicht abweichen werde.

Auf dem Weg zur Haustür halbiere ich meine Schrittlänge. Ich gebe meinem Gang ein unsicheres Trippeln mit auf den Weg und dehne meine Mundwinkel zu einem geschäftstüchtigen Lächeln, als ich die Tür öffne.

Zwei Männer statt nur einem. Keiner davon ist meine Zielperson. *Planänderung,* klingt es in meinem Geist nach. Ich spüre, wie das Gaspedal an meinem Herzen durchgedrückt wird. Es hämmert fragend an meinen Brustkorb. *Was ist hier los?* Doch die eintrainierte Härte lässt nicht zu, dass auch nur ein Funken meines inneren Aufruhrs den Weg aus meinem Körper findet. *Test,* sage ich mir. *Es ist ein Test. Es gehört zur Prüfung.*

»Oh, hallo«, sage ich und ziehe umständlich die Makler-Unterlagen aus meiner Tasche heraus. »Ich … Ach, entschuldigen Sie … Ich bin für meine Kollegin eingesprungen. Könnten Sie mir gerade … also mir nochmals Ihren Namen sagen?« Eigentlich undenkbar bei einer Kundenklientel, das sich für ein Millionenobjekt interessiert, aber ich lege die Hilflosigkeit eines neugeborenen Rehs in mein Lächeln und ernte ein gönnerhaftes Schmunzeln des Anzugträgers.

Immerhin, denn der andere Typ mit Glatze, schwarzer Lederjacke und gefülltem Schulterhalfter darunter verzieht keine Miene, verlagert sein Gewicht jedoch demonstrativ auf seine weit gegrätschten Beine. Kurz male ich mir aus, wie ein Tritt gegen seine Knieschiebe diese in Knochensplitter zerhackt und wie ich seiner Visage eine OP mit meinem Messer verpasse.

Der Anzugträger reicht mir seine Hand und nennt mir seinen Namen: »Konrad von Stahl.«

Schwach klingelt etwas in meinen Hirnwindungen, ohne dass die Erkenntnis zu mir durchdringt, wer der Mann ist.

Er drängt sich an mir vorbei ins Innere der Villa, während ich mich mit Tamara Gerling vorstelle. Ich nutze die Zeit, um das Chaos in meinem Hirn am Schopf zu packen, es nach Themen geordnet in Schubladen zu sortieren und das dringendste Problem auf einem Präsentierteller zu beleuchten: Ich bin der Familie bei Weitem nicht so wichtig, wie ich gedacht hatte. Sie stellen mich auf eine härtere Probe als üblich. Warum? Die Antwort schmeckt bitter. Weil ich die einzige weibliche Assassine bin. Entweder ich komme mit den erschwerten Bedingungen klar oder sie sind bereit, mich zu opfern.

Ich lasse auch den mit Steroiden vollgepumpten Bodyguard an mir vorbei und registriere, dass er mich als ungefährlich eingestuft hat, denn er wendet mir seinen verwundbaren Rücken zu. Ein Fehler, den ich nie machen würde.

Ich baue seinen Eindruck von mir aus und schalte von meinem verlegenen Lächeln um auf Bewunderung, und prompt gehen mir meine neuen Zielpersonen ins Hormon-Netz. Sie schauen mir auf das Dekolleté, übersehen, dass ich die Haustür nur angelehnt lasse, und folgen mir, als ich sie in das erste Zimmer führe.

Ich spule meinen auswendig gelernten Makler-Text runter. Erbaut im Jahr, Architekt war, gewohnt hat hier bereits, die Nachbarschaft, Original-Parkett, Deckenhöhe, Sanierung, und, und, und. Im Salon angekommen lasse ich die beiden auf die Terrasse treten. Ich bleibe im Zimmer, ziehe mein Smartphone aus der Tasche und gebe den Namen des Anzugträgers in die Suchmaschine ein. Die Erkenntnis, wie hoch der Patron den Preis meines ersten Mordes geschraubt hat, raubt mir kurz den Atem. Der Anzugträger ist ein hohes Tier bei der Polizei.

Vor der Küchentür angekommen, lasse ich meine rechte Hand unauffällig über die aufgesetzte Blazertasche gleiten.

Das Erbe meines Großvaters ist noch an Ort und Stelle. Es ist an der Zeit, den letzten Akt einzuläuten.

Ich sehe dem Anzugträger tief in die Augen, ertappt erröte ich, weiß nicht, wohin ich schauen soll, lande mit meinem Blick auf dem Brustkasten des Bodyguards und lege auch ihn mit einem letzten verschämten Blick in seine Augen an die straffe Leine. Ich lasse meine Hand leicht zittern, als ich die Türklinke niederdrücke, und weiß um die Sicherheit, in der sich die beiden nun wiegen.

In der Mitte der Küche angekommen, gleitet mir die Mappe mit den Immobilienunterlagen aus der Hand. »Hoppla!« Die einzelnen Seiten flattern zu Boden, ich gebe einen hilflosen Laut von mir und fasse mir an den Hals. Artig bücken die beiden sich zu meinen Füßen und sammeln die Blätter ein.

Der mir dargebotene Rücken des Bodyguards lädt mich geradezu ein, mein Messer tief darin zu versenken, doch die Halsschlagader des Anzugträgers ist mir strategisch näher. Ich nehme die Spritze mit Großvaters Erbe aus der Blazertasche und beuge mich von hinten über ihn. Wahrscheinlich denkt er, ich will die von ihm aufgelesenen Papiere in Empfang nehmen. Seinen Denkfehler kann er nicht mehr realisieren, denn die Wirkung des intravenös injizierten 2,6-Diisopropylphenols lässt ihn auf der Stelle erschlaffen und zur Seite kippen.

Das ruft Lederjacke auf den Plan. Noch hält er die aufgesammelten Papiere in der Hand. Mit offenem Mund scheint er in seiner Erstarrung meine Gefährlichkeit auf einer Skala von eins bis zehn einstufen zu wollen. Ich gebe ihm keine Gelegenheit, zu dem Schluss zu kommen, dass meine Fertigkeiten außerhalb der Skala liegen. Ich täusche mit meiner Linken einen Schlag an, und seine Augen schauen meiner Hand nach wie ein Kind einem Schmetterling, während seine beiden Füße so fest am Boden verankert sind, als würde er in einem Sumpfloch stehen. Die Wucht meines Tritts gegen sein Knie verändert die evolutionär ausgeklügelte Anatomie seines Kniegelenks beträchtlich. Er schreit gegen den Schmerz an, hält sich aber immerhin auf seinem noch gesunden Bein aufrecht. Erst jetzt scheint er sich seiner Waffe zu besinnen. Er greift unter seine Jacke. Zu spät. Die Kante meiner rechten Hand trifft seine Nase, die bricht wie ein Bleistift in den Händen eines Cholerikers. Lederjacke knallt wie ein Bügelbrett auf den Boden und bleibt dort reglos liegen.

»Sauber«, sagt Viktor, klatscht Beifall und kommt aus seinem Versteck. Er prüft den Puls des Anzugträgers. »Alles klar, der hier lebt noch, und Pistolenmann wird bei jedem seiner Schritte an dich denken – aber auch er wird es überleben.«

Ich lächle Viktor an. Den einzigen Zeugen meines Verrates an der Familie, die aus mir eine Mörderin machen wollte. Noch wissen sie nicht, dass meine Zielpersonen leben, denn hier, in der Küche, befinden sich keine Videokameras, dafür hatte Viktor gesorgt.

Plötzlich dringt ein ohrenbetäubender Knall von der Haustür aus zu uns. Einige Sekunden später stehen fünf vermummte Männer vor uns, gekleidet wie eine SEK-Einheit. Die Waffen auf uns gerichtet, umzingeln sie uns.

»Hände hoch und mitkommen!«, schreit der Anführer und treibt uns aus der Küche in die Halle.

Ich hebe meine Hände, folge der Aufforderung und überlege, was wohl die Assassinen im Schuppen machen werden. Kaum stehen wir in der Halle, fallen zwei Schüsse. Ich sehe Viktor vornüberkippen, fühle die klebrige rote Flüssigkeit, die sich auf meiner Bluse verteilt, und lasse mich fallen.

Auf dem Boden liegend, beobachtet von den vermummten Männern, die ihre Gewehrläufe noch immer auf uns richten, höre ich das Martinshorn, das immer lauter wird, je näher es der Villa kommt. Dann herrscht kurz Stille, es folgen schnelle Schritte, hektisch werden Viktor und ich auf Tragen gehievt, zugedeckt, angeschnallt und begleitet von den Befehlen der vermummten Männer aus der Villa getragen, vorbei am Schuppen – in dem sich nichts regt –, und in den Fond eines Krankenwagens geschoben.

Die vermummten Männer quetschen sich zwischen die Tragen und geben dem Fahrer das Zeichen, Gas zu geben. Das Tempo muss halsbrecherisch sein, so sehr werden wir hin und her gerüttelt.

Dann fängt Viktor an zu lachen, lauthals zu lachen. Ich stimme ein, löse mit meinen – vom Theaterblut klebrigen – Händen den Gurt der Trage und richte mich auf.

»Bellona, dein Plan war perfekt«, sagt Viktor, noch immer mit einem breiten Grinsen im Gesicht. »Bis die darauf kommen, was wirklich gelaufen ist, sind wir über alle Berge.«

Ich sehe mir die vermummten Männer genauer an. Ich war doch noch ein Kind, als ich *ihn* das letzte Mal sah, sodass ich nicht weiß, unter welcher der Masken er sich verbirgt. Dann zieht der Mann, der mir am nächsten ist, seine Maske vom Kopf. Ich falle ihm in die Arme. Meinem Bruder.

Julia Bernard

Ammenmärchen

Auf dem Seitenstreifen der A 8, kurz vor der Drachenloch-brücke

Dass jeder eines Tages für seine Übeltaten zur Rechenschaft gezogen werde, war ein Ammenmärchen. Das war das Erste, was er seinen Mandanten erklärte. Noch bevor er ihnen von dem dehnbaren Gummiband erzählte, das zwischen Recht und Unrecht gespannt war und das er für sie zur Seite biegen konnte, sobald sie seine Honorarvereinbarung unterschrieben hatten. Und er war jeden Cent wert. Nicht umsonst nannten seine Anwaltskollegen ihn *Magic Ted*.

Teds linke Hand, mit der er seine Aktentasche umklammerte, öffnete sich etwas. Auch er würde nicht in den Knast wandern, natürlich nicht. Gesetze, Gefängnis, das war etwas für Minderbemittelte. Er hatte alles unter Kontrolle. Die letzten Unterlagen, die ihn in Verbindung mit dem unerklärlichen Verschwinden von zwei Millionen Euro aus dem Aktienfond der Kanzlei und dem Unfalltod des Senior-partners beim Bergwandern brachten, waren sicher in seiner Tasche verwahrt, da er von einem seiner Kontakte bei der Polizei rechtzeitig von der heutigen Kanzleidurchsuchung erfahren hatte. Sobald er zu Hause war, würde er die Papiere im Kamin verbrennen, und dann aus die Maus für den fetten Staatsanwalt, der bei der Befragung gekeucht hatte wie ein Mops beim Treppensteigen. Eine Kleinigkeit wie diese Autopanne mit seiner jungen Chefin Susanne brachte einen Magic Ted nicht aus der Ruhe. Der Abschleppwagen, auf den sie seit zwanzig Minuten warteten, musste gleich hier sein. Alles würde gut werden, morgen um diese Zeit saß er bereits im Flieger in die Südseeoase ohne Auslieferungsabkommen mit Deutschland. Er hätte fast gelächelt, aber im letzten Moment fiel ihm ein, dass ihn der Unfalltod seines Chefs und Mentors Moritz offiziell sehr mitgenommen hatte und es daher unklug war zu lächeln. Ganz besonders bei Susanne im Auto, die seit drei Wochen Schwarz trug und die tägliche Trauer-Schweigeminute ins Leben gerufen hatte. Moritz' Chefstelle hatte sie allerdings, ohne mit der Wimper zu zucken, übernommen, aber das änderte natürlich nichts an ihrem Betroffenheits-Getue. Den trauernden Tonfall hatte sie nicht mal abgestellt, als sie vorhin mit dem Pannendienst gesprochen hatte.

»Mein Auto hat mich noch nie im Stich gelassen«, sagte sie in diesem Moment mit ihrer leidenden Kleinmädchenstimme. »Das ist mir so unangenehm.«

»Kein Problem«, knurrte er. Seine Nachlässigkeit, dass er nicht darauf bestanden hatte, mit seinem Maserati zu diesem auswärtigen Termin zu fahren, wenn sie schon wegen des Briefings zusammen fahren mussten. Dass Susannes Oldtimerklapperkiste schlappmachen würde, wenn sie ein bisschen Dezemberregen abbekam, hätte er sich denken können.

»Ausgerechnet an Ihrem vorletzten Arbeitstag. Sie werden unsere Kanzlei nachher noch schlecht in Erinnerung behalten«, säuselte Susanne.

»Ich hatte eine großartige Zeit bei Liebermann & Snyder«, erwiderte er. Das war nicht mal gelogen, wenn man die Jahre mit dem cholerischen, altersenilen Moritz als Chef und Susanne als seiner rechten Hand einmal beiseiteließ.

Susanne legte ihm für eine Sekunde die Fingerspitzen mit den langen roten Fingernägeln auf den Unterarm, wie sie es auch immer bei Moritz gemacht hatte. Nur hatte sie ihre Hände bei Moritz noch auf ganz andere Stellen gelegt. »Wir werden Sie vermissen, Magic Ted. Sie gewinnen doch immer!«

Ihre Berührung machte ihn unruhig, aber natürlich fühlte er sich geschmeichelt und konnte es sich nicht verkneifen, ein paar Anekdoten von seinen letzten vernichtenden Siegen über diverse Staatsanwälte loszuwerden. Den Satz »Meine Mandanten gehen niemals ins Gefängnis« äußerte er gleich mehrfach, so was konnte man in seiner momentanen Situation gar nicht oft genug wiederholen. Nebenbei erwähnte er, wie er seine Ex-Frau in spe Eva bei ihrem laufenden Scheidungsverfahren fertiggemacht hatte, ein juristischer Geniestreich, brillant und hart an der Grenze zur Illegalität. Ein bisschen Abschreckung schadete nicht, keine Ahnung, auf was für Ideen Susanne sonst kam, wenn sie hier noch lange mit ihm im Auto saß. Es war zu befürchten, dass er in ihr Beuteschema passte. Und sie sah nicht mal übel aus. Sie hatte einen großen, sexy Mund mit vollen Lippen. Für ein kurzes Abenteuer, bei dem sie nicht mit leidender Kleinmädchenstimme sprechen konnte, weil sie oral beschäftig wäre, würde sie vielleicht schon taugen, aber eine solche Schwäche konnte er sich im Moment nicht erlauben. Nicht auszudenken, wenn der fette Staatsanwalt anrief, und er, Ted, Unvorsichtigkeiten ins Telefon stöhnte, wo äußerste Vorsicht angezeigt wäre. Oder, noch schlimmer, wenn er während des Orgasmus in wilder Ekstase versehentlich seine Aktentasche aufriss und die Papiere herausfielen.

»Ich spüre, Sie leben für den Anwaltsberuf.« Susanne tätschelte erneut seinen Arm. »Warum hören Sie auf?«

Ted zog seinen Arm weg. Draußen prasselte der Regen auf die Scheiben. »Moritz' tragischer Unfall hat mir mehr als deutlich vor Augen geführt, dass wir nicht ewig leben«, sagte er salbungsvoll. »Wenn wir etwas ändern wollen, müssen wir es jetzt tun, nicht irgendwann! Ich möchte ein einfaches Leben leben und die kleinen Dinge genießen.« Was sich mit insgesamt fast dreieinhalb Millionen auf einer Südseeinsel sicherlich gut bewerkstelligen ließ. Er lächelte nun doch, versuchte aber, dem Lächeln einen nachdenklich-melancholischen Touch zu geben. Schwierig, denn es war so ein Genuss, sich vorzustellen, was seine zukünftige Ex-Frau Eva für ein Gesicht machen würde, wenn sie erfuhr, dass er sie nicht nur bei Gericht abgezockt hatte, sondern auch noch mit dem gesamten restlichen Vermögen, sogar ihrem Geld und dem der Kinder, abgehauen war.

»Was haben Sie denn vor?«, fragte Susanne.

»Gärtnern«, sagte er nur.

»Wie wundervoll. Und wo?«

»In meinem Garten.«

Susannes Handy klingelte. Sie nahm ab, hörte eine Weile zu, schimpfte dann »Selbstverständlich, zur Not gehen wir bis in die höchste Instanz!«, legte auf und wandte sich wieder Ted zu. »Die durchsuchen schon wieder die Kanzlei«, sagte sie verärgert. »Die glauben, dass ich zwei Millionen Kanzleigeld beiseitegeschafft habe, nur weil ich eine winzige Briefkastenfirma auf Guernsey besitze, die ich bei der letzten Steuererklärung versehentlich vergessen hatte anzugeben. Unverschämtheit! Wahrscheinlich kommen die als Nächstes, um mir anzukreiden, ich hätte Moritz den Abhang hinuntergestoßen.«

»Die Wahrscheinlichkeit ist gering«, bemerkte Ted. »Immerhin waren Sie nicht mal dabei bei unserem Firmenausflug.«

»Aber ich profitiere als Einzige von seinem Tod, Ted! Als *einzige*! Ich erbe die Kanzlei und seine Villen. Und ich habe kein Alibi für den Tag. Herrgott, Sie sind doch seit Jahrzehnten Strafverteidiger, Sie wissen doch, was das heißt.«

»*Ich* weiß, dass das *gar nichts* heißt«, sagte er jovial. Und der guten Ordnung halber fügte er hinzu: »Schade, dass ich meine Anwaltszulassung abgebe, sonst hätte ich Sie da raushauen können.«

Dass Moritz sogar sein Testament geändert und diese Tussi eingesetzt hatte, war ja grauenhaft. Aber wunderbar, dass sie nun verdächtigt wurde, das verschaffte ihm noch mehr Zeit. Eine Weile schwiegen sie. Mit einem leisen Klicken verabschiedete sich die Beleuchtung des Oldtimers, das Licht im Inneren wurde dämmrig-düster. Der Dezemberregen peitschte auf die Windschutzscheibe, das Prasseln nervte Ted.

Susanne versuchte immer wieder, ihr Auto anzulassen. Ständig drehte sie am Autoschlüssel. Dann hielt sie kurz inne. »Ich … Sie waren doch dabei bei dem Firmenausflug vor drei Wochen. Als Moritz … Als die Sache mit Moritz …« Sie schien den Tränen nahe. »Was ist eigentlich genau passiert? Dort am Berg, meine ich?«

Ihre Stimme klang so merkwürdig, dass Ted für eine Sekunde alarmiert war. Aber ein weiterer Blick zu seiner Chefin, die zum bestimmt dreißigsten Mal vergeblich versuchte, ihr Auto zu starten, wobei nach dem ersten Mal schon klar gewesen war, dass hier Hopfen und Malz verloren waren, zerstreute seine Bedenken. Von der ging mit Sicherheit keine Gefahr aus. Die bemerkte eine kriminelle Handlung wahrscheinlich erst dann, wenn jemand direkt vor ihren Augen erschossen wurde. Abgesehen davon hätte sie ihn kaum im Auto mitgenommen, wenn sie einen Verdacht gehabt hätte.

»Ich …«, fuhr Susanne fort, »ich weiß, Sie wollen eigentlich nicht darüber sprechen, weil es Ihnen verständlicherweise zu Herzen geht, aber …« Eine Träne rann nun ihre Wange hinunter. »Ich habe Moritz geliebt, ich muss es wissen.

Ob er gelitten hat. Sie waren doch ganz in der Nähe, Ted. Haben … haben Sie ihn abstürzen sehen?«

Ted sah in den Fußraum. Auf die Aktentasche. Erneut legte Susanne ihm ihre Hand mit den roten Fingernägeln auf den Arm. »Bitte«, flehte sie. »Können Sie mir erzählen, was passiert ist? Und falls die Staatsanwaltschaft mich wirklich beschuldigen sollte, etwas mit Moritz' Tod zu tun zu haben … Können Sie denen sagen, dass die sich irren? Bitte, Ted.«

Daher wehte also der Wind. Es hätte ihn auch gewundert, wenn Susannes Liebe zu dem über vierzig Jahre älteren Moritz echt gewesen wäre. Er nickte ernst.

»Moritz' Tod war eindeutig ein Unfall. Ich habe es gesehen«, sagte er und sah Susanne direkt in die Augen. »Eine Tragödie.« Es gelang ihm, eine Träne zu verdrücken. Was schwierig war, denn es war so ein herrliches Gefühl gewesen, dort auf dem schmalen Pfad an der Felswand endlich nicht mehr zu buckeln, sondern Moritz mit einem harten Stoß in die ewigen Jagdgründe zu verabschieden. »Ein Fehltritt von Moritz auf dem nassen Untergrund … Er hat das Gleichgewicht verloren … Ich habe noch versucht, zu ihm vorzudringen, ihn zu retten, aber es war bereits zu spät, ich war zu weit weg.« Ted rieb sich mit einer theatralischen Geste über die Stirn, als hätte er Kopfschmerzen. »Ich habe immer dieses Bild vor Augen, dieses Entsetzen in seinem Gesicht, als er den Halt verloren hat.« Er räusperte sich, legte nun seinerseits die Hand für einen Moment auf Susannes Arm. »Aber es ging schnell, Moritz hat nicht gelitten. Ein kurzer Flug, ein platschendes Geräusch …«

Susanne stöhnte auf.

»Er hatte noch so viel vor, trotz seines stattlichen Alters.« Ted senkte den Kopf. »Ein wundervoller Mensch, ein herausragender Anwalt.«

Ohne die Tricks, die ihm der alte Arsch seinerzeit beigebracht hatte, hätte er nie im Leben so viel Geld unbemerkt beiseiteschaffen können, dachte er gehässig. Und wahrscheinlich hätte er seinen ersten Mord auch nicht durchgezogen. Sein damaliger Vermieter, eine uralte Geschichte, die ihm heute noch peinlich war, unüberlegt, schlecht geplant, riskant. Ein Wunder, dass er nicht im Knast gelandet war. So was würde ihm heute nicht mehr passieren, er hatte gelernt, seine Gefühle zu beherrschen, er hatte nicht mal Eva umgelegt, und da war er die letzten Monate seiner Ehe ganz dicht davor gewesen. Und Susanne auch nicht, obwohl sie ihm vor vier Jahren, mit achtundzwanzig, die Leitung der Strafrechtsabteilung weggeschnappt hatte und trotz ihrer hübschen Fassade nervig war wie die Pest. Er war ja kein verrückter Serienmörder. Er löste nur gelegentlich Probleme, die sich anders nicht lösen ließen. Und Moritz war selbst schuld. Hätte er mal seine Nase nicht in Dinge gesteckt, die ihn nichts angingen, dann wäre er jetzt noch am Leben. Aber Moritz musste ja die falschen Fragen stellen. Abgesehen davon hatte er Ted die saftige Gehaltserhöhung und die Partnerstelle verweigert, die ihm zugestanden hätten. Sich das Geld, das ihm gebührte, selbst zu verschaffen und Moritz zu beseitigen, war der einzige Ausweg gewesen.

Ted bewegte seine kalten Füße, immer darauf bedacht, ja nicht an die Aktentasche zu stoßen. Der Regen prasselte unvermindert auf die Scheibe. Er holte sein Handy aus seiner Jackentasche, steckte es jedoch wieder zurück, ohne seine WhatsApp-Nachrichten abzufragen. Langsam verspannten sich seine Schultern. Wie lange konnte so ein verdammter Abschleppwagen brauchen?

»Irgendwas ist mit der Standheizung nicht in Ordnung«, murmelte Susanne in die Stille. Ihre großen Augen sahen aus wie die eines verletzten Rehs. »Es ist wirklich sehr frisch hier drin.«

Er wusste nicht genau, ob es der Urinstinkt des Beschützers oder einfach ein Moment geistiger Umnachtung war, aber er bot Susanne seinen Mantel an. Sie zog ihn über ihre Jacke, und er blieb in Jackett und Armanihemd zurück. Kurze Zeit später fing er an zu bibbern. Der dreibeinige Edelstahlbrotkorb, den ihm seine Sekretärin zum Abschied geschenkt hatte und der ihm als Vorwand für seinen etwas überstürzten Aufbruch kurz vor der Kanzleidurchsuchung gedient hatte, eine der kreativsten Problemlösungs-Ideen seines Lebens im Übrigen, lag neben der Tasche im Fußraum und fror wie die stachelige Eisskulptur eines außerirdischen Virus fast an seinem Knöchel fest. Wenn der Abschleppdienst nicht bald kam, war es vermutlich nur noch eine Frage der Zeit, bis der Schnitter an die Scheiben des Oldtimers klopfte. Normalität vorspielen war das eine, aber warum hatte er sich aufführen müssen wie ein Heiliger? Er war ja besser als Sankt Martin! Der hatte nur den halben Mantel abgegeben. Was gar nicht so blöd gewesen war. Aber jetzt den Fehler zu beheben und mit dem Metalleiskratzer einen Teil des Mantels abzuschneiden, war definitiv keine so gute Idee. Außerdem würde die kleinste Bewegung dazu führen, dass sich seine mittlerweile ziemlich volle Blase in Susannes Fußraum ergoss. Wo blieb der verdammte Abschleppdienst?

»Kennen Sie sich mit Autos aus, Ted?« Susannes Augenaufschlag war kokett.

»Natürlich«, gab er zurück, in einem Ton, als wäre es absurd, etwas anderes auch nur zu denken.

»Meinen Sie, Sie könnten mal einen Blick auf den Motor werfen? Ich fürchte, wir müssen uns selbst helfen. Ich erfriere gleich.«

Erfrieren. Im Auto. Mit zwei Mänteln. Er lachte sich kaputt. Das Bedürfnis, ihr einfach den Hals abzudrücken, flammte für eine Sekunde auf, wurde so stark, dass er sich auf die Wange beißen musste. Er zwang sich, »mit dem größten Vergnügen schaue ich nach dem Motor« zu sagen und stieg in den Eisregen hinaus. Er hatte ein Ziehen im Magen wegen der Aktentasche, die er zurücklassen musste, aber sie mitzunehmen wäre kaum erklärbar gewesen. Und er konnte immer noch über einen Plan B nachdenken, der Halszudrücken mit einschloss, falls Susanne an seine Papiere ging. Das Inferno prasselte auf ihn nieder und durchweichte in wenigen Sekunden sein Jackett und seine Hose, während seine Chefin gemütlich durch die Scheibe zu ihm hinaussah und nebenher mit ihrem Handy herumspielte. Gott, hatte er Lust, sie umzulegen.

Es dauerte eine Weile, aber schließlich bekam er die Motorhaube auf, und pro forma starrte er kurz auf das Gewirr aus Schläuchen und Kabeln. Er beugte sich sogar weit nach vorne und tat so, als ob er einen Fehler begutachtete, und der gottverdammte Eisregen lief ihm ins Genick. Sein Kopf tat weh. Er spürte seine Hände nicht mehr. Außerdem stand seine Blase kurz vor der Eruption. Und die Blöße, vor seiner Chefin an den Straßenrand zu pinkeln, konnte er sich nicht geben. Vielleicht sollte er sein Wissen aus dem Gleichberechtigungsseminar, das die ganze Kanzlei letztes Jahr hatte besuchen müssen, anwenden und Susanne mit Gewalt aus dem Auto zerren, damit sie ihre Karre mal schön selbst reparierte. Was sein Technikverständnis anging, war er nämlich gleichberechtigt mit Frauen: Dieser Motor war ein Buch mit sieben Siegeln für ihn.

Er schluckte. Tief durchatmen. Das war nicht der richtige Moment für Emanzipation. Bibbernd, aber entschlossen ging er den kurzen Weg zur Beifahrertür und stieg wieder ein. Hatte die Frau sich gerade ruckartig aufgerichtet? Hatte sie etwa in seine Aktentasche geschaut? Und warum hatte sie ihr Handy so schnell weggesteckt? Der Brotkorb sah schwer genug aus, um ihr damit den Schädel … Er schüttelte den Kopf. Er musste ruhig bleiben. Keine weitere Leiche. Die Papiere in den Kamin werfen hatte oberste Priorität. Und am nächsten Tag den Flieger besteigen. Jahre, bevor der fette Staatsanwalt durchschaut hätte, wie genau das Geld beiseitegeschafft worden war, dass es Ted gewesen war und vor allem, dass Moritz' Sturz kein Unfall gewesen war. Mit einem Ärmel wischte er sich über Gesicht und Haare. Widerlicher Regen! Susanne sah ihn erwartungsvoll an.

Er zeigte nach draußen: »Auch wenn ich den größten Teil meiner Jugend unter Motorhauben verbracht habe, dieses Auto ist nicht mehr zu retten.« Es gelang ihm, herablassend zu klingen, obwohl er die Beine zusammenkneifen musste, weil seine Blase so schmerzte. Aber er würde die Tasche nicht noch einmal alleine lassen.

Mit leidender Kleinmädchenstimme hauchte sie: »Oh.«

»Mit dem passenden Werkzeug kann ich jedes Auto wieder in Gang setzen«, fuhr er fort, und während er noch überlegte, ein gemeines »nicht meine Schuld, dass Sie außer einer Wimpernzange kein Werkzeug haben« an den Satz anzuhängen, fragte sie: »Warum starren Sie eigentlich die ganze Zeit so auf Ihre Aktentasche? Was ist da drin?«

Sein Herzschlag setzte für eine Sekunde aus, auch wenn er auf den Brotkorb geschaut hatte. Falsche Frage, dachte er, ganz falsche Frage, Tussi, ich breche dir gleich das Genick, ich … Als er sich wieder unter Kontrolle hatte, nuschelte er: »Wichtiger U-Haft-Mandant, mein letzter offizieller Termin morgen.«

»Sagten Sie nicht vorhin, Ihre Mandanten würden *niemals* einfahren?«

Er biss sich auf die Zunge, was für ein blöder Fehler. »*Potenzieller* U-Haft-Mandant«, berichtigte er. Gott, hoffentlich stimmte das nicht. Er durfte gar nicht an die Unterlagen denken, die ihn für Jahre in den Knast bringen konnten. Und wenn die erst einmal anfingen, in seinem Umfeld zu ermitteln, Moritz' Unfall genauer untersuchten und gegebenenfalls auf eines seiner weiteren Opfer stießen, vielleicht den Boden unter seiner Garage aufgruben … So dehnbar war das Gummiband zwischen Recht und Unrecht nicht mal für ihn. Er schluckte. Dann sagte er sich, dass seine plötzliche Panik vollkommen absurd war. Ihm war nur kalt. Morgen saß er im Flieger, übermorgen mit einem Martini am Strand.

Erfreulicherweise tauchten in diesem Moment im Rückspiegel auch endlich die goldenen Lichter des Abschleppwagens auf. Alles würde gut werden. Jetzt würde er Susanne zum Abschluss zeigen, wie Magic Ted einen Konflikt für sich entschied, und danach nach Hause und ab mit den Papieren in den Kamin. Er erbot sich, erneut in den Regen, der sich glücklicherweise in den letzten Minuten zu einem leichten Nieseln abgeschwächt hatte, hinauszusteigen und die Sache mit dem Typen vom Abschleppdienst zu klären. Er ließ die Beifahrertür offen, damit er die Aktentasche im Blick hatte, und setzte sein kältestes Anwaltslächeln auf, bei dem selbst hartgesottene Richter zu schlottern begannen. Dieser unverschämte Hurensohn von einem Handwerker, der sich erdreistet hatte, ihn über vierzig Minuten mit Susanne warten zu lassen, dem würde er was erzählen. Wenn er mit ihm fertig war, dann würde diese Kreatur weinend in ihrem Fahrerhäuschen kauern, so wahr ihm Gott helfe. »Wie können Sie es wagen, fast eine Stunde zu spät …«, donnerte er los.

Die Tür des Abschleppwagens knallte mit solcher Wucht auf, dass Ted fast auf die Autobahn geschleudert wurde. Er konnte sich gerade noch am Kofferraumdeckel des Oldtimers festhalten. Der Brotkorb, den er, ohne es bemerkt zu haben, wie eine Waffe in der Hand hielt, schlug fast die Heckscheibe ein.

»Wen haben wir denn da?«, fauchte die Fahrerin des Abschleppwagens, und Ted fühlte, wie ein kaltes Grausen in seinen Magen fuhr.

»Eva«, sagte er, und das erste Mal hatte er für eine Sekunde das Gefühl, dass alles über ihm zusammenstürzte. Schön zwar, dass seine Ex-Frau sich seinen wohlgemeinten Ratschlag, sie solle Putzen gehen oder verrecken, zu Herzen genommen und sich endlich trotz der drei kleinen Kinder einen Job gesucht hatte. Aber musste das ausgerechnet in einem Abschleppunternehmen sein? Ausgerechnet heute?

Er atmete tief durch. »Wir sollten das Kriegsbeil begraben«, brachte er heraus. »Ich denke schon die ganze Zeit, ich sollte dir beim nächsten Gerichtstermin ein faires Angebot unterbreiten. Um der vielen guten Jahre willen, Pummelchen.« Solche Sachen mit Kriegsbeil begraben und guten Jahren hätte er unter anderen Umständen nie zu seiner künftigen Ex-Frau gesagt, aber eines war sicher: Eine redende Eva würde dazu führen, dass er seinen Flug morgen vergessen konnte. Denn auch, wenn Eva auf ihre minderbemittelte Art nie verstanden hatte, was für krumme Dinger er so gedreht hatte, *dass* er krumme Dinger gedreht hatte, das hatte sie kapiert. Im Scheidungsverfahren war das kein Problem, der Richter wurde von Ted mit großzügigen Spenden unterstützt und glaubte Evas Verleumdungen nicht, aber Susanne würde eins und eins zusammenzählen können, vor allem nach der Sache mit Moritz, und wenn sie die Polizei rief und die die Aktentasche …

Eva sprang behände aus dem Fahrerhäuschen. »Deine Chefin?«, fragte sie und zeigte auf den Oldtimer. »Der werde ich mal erklären, was du für ein betrügerisches Arschloch bist. Dass du nicht mal Kindesunterhalt bezahlst und Gewalt für dich ein legitimes Mittel …«

»Eva, jetzt dreh nicht durch.« Er nahm den Brotkorb in beide Hände.

»Ich drehe nicht durch. Was ist das für ein Ding, das du da hältst? Versuchst du schon wieder, mich zu bedrohen?«

»Ich habe dich nie *bedroht*! Ich habe dir ruhig in der Küche *erklärt*, dass ich nach der Scheidung *berechtigterweise* keinen Unterhalt und auch sonst nichts bezahlen werde.« Er legte Entrüstung in seine Stimme.

»Mit einem Fleischermesser in der Hand?!«

»Ich war gerade beim Kochen.« Es hatte ihn ein Vermögen gekostet, die Polizei davon zu überzeugen, dass er für die Zubereitung von Ravioli aus der Dose ein Fleischermesser gebraucht hatte.

Aus dem Augenwinkel sah Ted, wie die Tür des Oldtimers aufging. Susannes Fuß erschien. Sein Herz raste.

»Das hier ist ein Edelstahlbrotkorb.« Er streckte seiner Ex-Frau das hässliche Ding hin. »Willst du ihn haben? Du stehst doch auf hübsche Designerstücke, Pummelchen.«

»Steck dir das Ding sonst wohin.« Eva ging in Richtung Oldtimer, direkt auf die offene Beifahrertür zu.

Hass und Angst kochten in Ted hoch. Trotzdem sagte er betont ruhig: »Wenn du jetzt einfach wieder fährst, könnte ich mir vorstellen, dir die Villa in St. Tropez zu überschreiben.« Dass sie seit vorgestern bis obenhin beliehen war, verschwieg er geflissentlich.

Eva lachte herablassend und ging weiter. Sollte er den Brotkorb wie einen Ninjastern auf sie schleudern und hoffen, dass sie enthauptet wurde? Sie damit erschlagen? Und Susanne als Zeugin gleich mit? War es vorstellbar, dass die Polizei ihm später abnahm, dass er in Notwehr gehandelt hatte? Die waren schon bei der Sache mit dem Fleischermesser ziemlich angespannt gewesen, und Moritz' Unfall war auch noch nicht gänzlich vom Tisch. Und als er neulich seinen Siegelring im Hals einer toten Gegenanwältin verloren hatte und danach auch noch den Gerichtsmediziner hatte beseitigen müssen … Fuck. Vielleicht konnte er wenigstens behaupten, das hier sei eine Tötung auf Verlangen gewesen? Die Strafe dafür war deutlich geringer als für Mord. War ein realistisches Szenario denkbar, in dem zwei Frauen einen Anwalt baten, sie mit einem Brotkorb am Rande einer Autobahn zu enthaupten? Wohl kaum. Fuck.

»Sie sind Susanne?«, fragte Eva in diesem Moment seine Chefin, die mittlerweile ausgestiegen war, über das Auto hinweg. »Vielen Dank für Ihre Hilfe.«

»Wir Frauen müssen zusammenhalten. Ich habe kein Verständnis für Männer, die keinen Kindesunterhalt bezahlen«, antwortete Susanne.

Teds Hand, die den Brotkorb umklammerte, wurde ganz weiß. Was ging hier vor sich?

»Das war eine großartige Idee mit dieser Panne.« Eva lächelte diabolisch. »Hatten Sie die Gelegenheit, in sein Handy zu schauen? Stimmt das Passwort noch, das ich Ihnen gegeben habe? Ich bin mir sicher, er hat noch irgendwo Geld, der ist nie im Leben pleite.«

Ted erstarrte. Diese Schlampen. Eva hatte die Beifahrertür erreicht.

»Leider konnte ich nicht richtig nachschauen, er war zu kurz draußen, er scheint nicht viel von Autos zu verstehen«, bemerkte Susanne. »Aber ich denke, er hat da etwas in seiner Aktentasche …«

Eva bückte sich in Susannes Oldtimer.

»Hände weg von meiner Tasche!«, schrie Ted. Er hatte die Situation blitzschnell erfasst: Eva suchte nur nach Geld, weder sie noch Susanne wussten von dem Sprengstoff, der da in seiner Tasche lauerte. Der Staatsanwalt war nicht hier, und ohne die Papiere konnte ihm niemand etwas beweisen. Die Schlampen hatten einen Fehler gemacht. Ted schleuderte den Brotkorb auf den Boden, stürzte zur Beifahrertür, riss seine Aktentasche aus Evas Hand. Der Deckel klappte auf, und drei Blätter wurden vom Wind hochgewirbelt, flogen am Rande der Autobahn entlang auf die Autobahnbrücke, wo sie von einer Böe erfasst wurden. Er spürte, wie Urin warm seine Beine hinunterlief. Mit einem hastigen Satz sprang er den Blättern hinterher, fing zwei davon auf, da war das dritte, er hatte es gleich, Eva und Susanne hatten sich geschnitten, es war ein Ammenmärchen, dass jeder eines Tages für seine Taten zur Rechenschaft …

Er packte triumphierend das dritte Papier und schwang sich elegant über die Leitplanke. Ins Leere. Scheiße, Autobahnbrücke, dachte er noch.

Sarah Kempfle

Der Enkeltrick

Esslingen am Neckar

»Kriegst du jetzt etwa weiche Knie? Wir haben das doch schon tausendmal gemacht«, Teddy sieht mich forschend an.

Ich verziehe das Gesicht, als hätte er grade einen schlechten Witz gemacht. »Quatsch. Drück endlich die Klingel.«

Wir stehen in der Hindenburgstraße, vor der Haustür von Frau Zwickel. Vor zwei Tagen habe ich bei ihr angerufen und die üblichen Worte abgespult: »Hallo, Oma, kennst du mich noch?«

Sie hat sofort angebissen. Offiziell bin ich jetzt also Leila, ihre Enkelin, von der sie seit einer Ewigkeit nichts mehr gehört hat. Sie war wirklich liebenswert am Telefon und hat versprochen, gleich im Anschluss zur Bank zu gehen. »Du kannst dein Studium nicht abbrechen«, hat sie gesagt und dann: »Wie viel Geld brauchst du?«

Selten ist es so leicht gewesen. Selten ist es mir so schwergefallen.

Teddy drückt die Klingel, der Türöffner summt, und wir betreten das dunkle Treppenhaus. Es gibt keinen Fahrstuhl, also gehen wir zu Fuß. Die alte Dame wohnt im dritten Stock und erwartet uns schon in der offenen Wohnungstür. Ich muss schlucken, als ihre Gestalt im Näherkommen Kontur annimmt. Sie wirkt so zerbrechlich in ihrer weißen Bluse und dem karierten, knöchellangen Rock. Bestimmt hat sie sich extra für uns herausgeputzt. Dafür, dass wir sie gleich um ihre Ersparnisse bringen und nie wieder von uns hören lassen.

»Hallo, Oma.« Ich schließe sie in die Arme und atme ihr blumiges Parfüm ein. »Das ist mein Freund Teddy.«

Oma, also Frau Zwickel, schüttelt Teddy die Hand, sieht aber gleich wieder mich an. Sind das etwa Tränen in ihren Augen?

»Ich bin so froh, dass du hier bist, meine Kleine«, wispert sie und nimmt mich an der Hand. »Aber jetzt kommt doch erst mal rein. Ich habe Kuchen gebacken, und der Kaffee ist frisch aufgebrüht.«

Schnaps wäre mir lieber. Und ich bezweifle stark, dass ich auch nur einen Bissen ihres Kuchens herunterbringen werde. Ich weiß nicht, warum ich mich dieses Mal so anstelle. Vielleicht, weil sie mich an meine richtige Oma erinnert? Oma Lisl, die so herrlich mit verstellter Stimme vorlesen konnte. Die mich immer ein bisschen zu fest drückte und mir heimlich Süßigkeiten zuschob? Oma Lisl, die seit vier Jahren tot ist und die sich im Grab umdrehen würde, wenn sie wüsste, was ich hier treibe.

Der flauschige Teppichboden verschluckt unsere Schritte, während wir meiner Pseudooma ins winzige Wohnzimmer folgen. Der Anblick des gedeckten Tisches, der brennenden Kerze und der herzförmigen Servietten auf den Tellern versetzt mir einen Stich. Ich wende den Blick ab und sehe mich im Zimmer um. Die Bilder an den Wänden übergehe ich, das ist Teddys Spezialgebiet. Ich bin nicht gut darin. Zu groß ist die Gefahr, dass sie meinen Blick bemerkt und auf etwas zu sprechen kommt, wozu ich nichts sagen kann. Stattdessen betrachte ich den Nippes im Bücherregal und die Zeitschriften auf dem grauen Sofa.

Frau Zwickel, also Oma Anna, verschwindet durch die offene Küchentür und kommt gleich darauf mit einer Kaffeekanne zurück. In der linken Hand trägt sie einen Kuchenheber. Erst jetzt bemerke ich den goldbraunen Käsekuchen auf dem Tisch. Ich lasse mich kraftlos auf meinen Stuhl sinken und schiele zu Teddy hinüber, der längst sitzt und sich über die Lippen leckt. Mir wäre lieber, wir könnten den Kaffeeklatsch überspringen. Ich will einfach nur die Kohle und dann schnell weg. Aber wenn wir nicht mitspielen, könnte die Oma misstrauisch werden, und dann wäre alles umsonst gewesen.

Sie stellt die Kanne auf den Tisch und steuert auf den freien Platz mir gegenüber zu. Ein Scheppern lässt mich zusammenfahren. Ich schaue auf und sehe, wie sie sich an der Wand abstützt. Ein Bilderrahmen ist von der Kommode zu Boden gefallen. Bevor ich sie warnen kann, tritt sie darauf und erzeugt einen knirschenden Laut. Es dauert einen Moment, bis ich die Bruchstücke des Geschehens in Gedanken zusammengesetzt habe. Sie muss gegen die Kommode gestoßen sein, die zwischen Tisch und Küche steht. Es ist wirklich eng hier, und offensichtlich ist sie nicht mehr so gut auf den Füßen. Ich springe vom Stuhl auf, ignoriere Teddys überraschten Blick.

»Bleib nur, bleib nur«, sagt Oma Anna sogleich und drückt mich sanft zurück. Sie schiebt den Bilderrahmen mit dem Fuß zur Seite. Ich starre auf die Scherben und frage mich, weshalb sie ihn nicht aufhebt.

»Passt auf, dass ihr da nicht hineintretet«, sagt sie in ungebrochener Heiterkeit. »Ich sauge das nachher auf.« Sie setzt sich an ihren Platz und lächelt mich an. Ich lächle verkniffen zurück. Unter dem Tisch spüre ich Teddys schmerzhaften Tritt gegen mein Schienbein. Offensichtlich findet er mich nicht überzeugend genug. Also ziehe ich die Mundwinkel noch ein bisschen höher.

Endlich wendet sie den Blick ab und schiebt den Kuchenheber mit zittrigen Fingern unter eins der perfekt geschnittenen Stücke. Dann greift sie nach meinem Teller und lädt es mir auf. Es wackelt bedenklich hin und her auf seinem Weg zurück zum Platzdeckchen vor mir. Ein köstlicher Duft strömt mir in die Nase.

Nun reicht Teddy ihr seinen Teller. Er sollte sich selbst gegen das Schienbein treten. Das schmierige Lächeln nimmt ihm doch keiner ab.

»Oh«, ruft Oma Anna plötzlich, »ich muss dir was zeigen.«

Ich lasse die Gabel sinken und blicke ihr nach, wie sie gebeugt und mit kleinen Schritten in der Küche verschwindet. Als sie kurz darauf wieder rauskommt, merke ich, wie Teddy sich neben mir verkrampft. Ich schaue an ihrem Arm entlang nach unten und entdecke einen hölzernen Baseballschläger.

»Was hast du vor?«, entfährt es mir, da schwingt sie ihn schon durch die Lüfte. Instinktiv ziehe ich den Kopf ein. Sie lacht nur. Dann lässt sie das Holzstück in meine geöffneten Handflächen rollen, die ich ihr aus Reflex entgegenstrecke. Teddy bläst hörbar einen Schwall Erleichterung aus.

»Weißt du noch?«, fragt sie und sieht mich erwartungsvoll an.

»Ja«, lüge ich lang gezogen. »Ja, natürlich.«

»Mit dem hast du den ganzen Sommer lang gespielt, nachdem ich ihn dir gekauft habe.«

Ich lache ein bisschen zu schrill und wiege den Schläger in meinen Händen. Lasse ihn ein paarmal in die offene Handfläche fallen, was ein klatschendes Geräusch verursacht.

Oma Anna kichert zufrieden und setzt sich wieder hin. Ich schaue zu Teddy hinüber, der sich längst von seinem Schreck erholt hat und gierig seinen Kuchen hinunterschlingt.

Am liebsten würde ich ihm die Gabel aus der Hand schlagen. Aber dann fällt mir wieder ein, weswegen wir hier sind. Mangelnde Tischmanieren sind wohl das kleinste Problem.

»Kaffee?« Oma Anna schaut mich fragend an. Ich nicke und reiche ihr meine Tasse. Sie schenkt auch Teddy ein, dann sich selbst. Normalerweise folgt jetzt der schwerste Teil. Sie wird wissen wollen, was ich die letzten Jahre getrieben habe, wo ich gewesen bin und warum ich mich nicht gemeldet habe.

Und wenn ich nicht aufpasse, mache ich einen Fehler, den Teddy dann irgendwie, auf seine typisch smarte Art, wieder ausbügeln muss. Es wäre nicht das erste Mal. Er ist großartig darin, Leute zu manipulieren.

Aber sie fragt nicht. Kaum habe ich mir ein Stück vom Kuchen in den Mund geschoben, steht sie schon wieder auf.

»Wo hab ich nur meinen Kopf. Ich habe die Milch vergessen.« Abermals wackelt sie im Schneckentempo in die Küche.

Unter meinen Achseln sammelt sich allmählich der Schweiß. Der Kragen meines T-Shirts kommt mir zu eng vor. Warum tue ich mir das eigentlich an?

Weil es gut bezahlt wird, höre ich Teddys Stimme in meinem Kopf. Im Moment bin ich mir nicht mehr so sicher, ob das noch Grund genug ist.

Als wir angefangen haben und sich die ersten Erfolgserlebnisse einstellten, war ich wie im Rausch. Wir machten nächtelang Party, betranken uns, stopften uns mit Fast Food voll und kauften uns am nächsten Morgen neue Klamotten, weil wir keine Waschmaschine hatten, um die alten zu waschen. Aber diese anfängliche Euphorie will sich immer schwerer einstellen.

Oma Annas Rückkehr setzt meiner düsteren Grübelei ein Ende. Aus dem Augenwinkel sehe ich, wie sie sich von der Seite nähert und mit dem Milchkännchen auf meine Tasse zusteuert. Dann stolpert sie plötzlich. Ich reiße die Arme hoch, will das Schlimmste verhindern, doch da sehe ich das Milch-känchen schon wie in Zeitlupe durch die Luft fliegen, und kurz darauf ergießt sich sein weißer Inhalt auf mein T-Shirt. Das Kännchen kullert über meine Oberschenkel und fällt unter den Tisch.

Oma Anna schreit entsetzt auf und greift zur Serviette. Im ersten Moment sitze ich völlig perplex da und lasse zu, dass sie wie eine Wilde mit der Serviette über mein Shirt rubbelt. Bilde ich mir das ein oder versucht Teddy gerade zwanghaft, sich das Kichern zu verkneifen?

»Ich Tollpatsch«, ruft Oma Anna. Sie sieht richtig ver-zweifelt aus. Ich nehme ihr die Serviette aus der Hand, ziehe den nassen Stoff straff und wische selbst zweimal drüber.

»Das tut mir ja so leid.« Oma Anna hält sich die Hände an die Wangen.

Es ist eins meiner Lieblingsshirts. Hellblau, mit abge-schrägten Ärmeln und einem Aufdruck von Bob Marley auf der Brust. Aber seltsamerweise bin ich nicht verärgert.

»Gar nicht schlimm, Oma«, sage ich und tätschele ihr den Arm.

»Besser, wir waschen die Milch gleich raus. Ich leih dir so lang eine von meinen Blusen.«

Jetzt prustet Teddy ungeniert los, und ich stoße ihn an. Er presst sich seine Faust vor den Mund und gluckst weiter.

»Dort kannst du dich umziehen.« Oma Anna deutet mit dem Arm auf eine Tür. Ich stehe auf und finde mich kurz darauf im Badezimmer wieder. Es wirkt wie in einem dieser Ausstellungshäuser. Bis auf den Bademantel, der über dem Wannenrand hängt, deutet nichts darauf hin, dass jemand dieses Zimmer kürzlich genutzt hat. Nichts steht herum. Nicht mal ein Cremedöschen. Alles blitzt und glänzt.

Ich ziehe mir das klebrige T-Shirt über den Kopf und werfe es ins Waschbecken.

Oma Anna kommt herein, scheinbar völlig unbeeindruckt von der Tatsache, dass ich im BH vor ihr stehe, und reicht mir eine geblümte Bluse. Teddy wird vom Stuhl fallen, wenn er mich darin sieht.

Ich ziehe sie über und nehme Oma Annas Parfüm an mir wahr. Sie lässt das Waschbecken volllaufen und knetet mein T-Shirt mehrmals durch. Das Wasser färbt sich milchig. Anschließend wringt sie das Shirt kräftig aus und hängt es über die Stange des Duschvorhangs. Ich werde es nachher nass mitnehmen müssen. Und ihre Bluse wird Oma Anna wohl nie wiedersehen. Genau wie mich.

Gemeinsam kehren wir ins Wohnzimmer zurück. Ich schaue Teddy warnend an, der schon wieder ganz dicke Backen bekommt. Er wendet den Blick ab und beißt sich in die Unterlippe. Ich wünschte, wir könnten einfach verschwinden.

»Wenn ich schon stehe«, sagt Oma Anna da plötzlich, als hätte sie meine Gedanken gelesen, »hol ich dir gleich mal dein Geld.«

Um ein Haar wäre ich zurückgewichen, als sie die Hand hebt und mir liebevoll in die rechte Wange kneift. »Ich kann doch nicht zulassen, dass meine Kleine ihr Studium abbricht.«

»Eine Oma wie dich hätte ich auch gern«, sagt Teddy. Ich fühle mich plötzlich so nass und vollgesogen wie mein T-Shirt, das über der Duschvorhangstange hängt. Ich kriege nicht mal mehr ein Lächeln zustande.

Oma Anna öffnet die Tür zwischen Küche und Badezimmer. Durch den schmalen Spalt erkenne ich die Ecke eines Betts. Gedämpft ist zu hören, wie eine Schublade aufgezogen wird. Teddy stößt mich an und grinst breit. »Bingo«, wispert er.

Ich weiß, ich sollte seine Freude teilen, aber es will mir nicht gelingen. Unruhig trommle ich mit den Fingern auf der Tischdecke herum.

»Wahrscheinlich hat sie jeden Schein an einer anderen Stelle versteckt«, flüstert Teddy und schaut auf die Uhr, als ob er noch einen wichtigen Termin hätte. »Diese alten Leute sind doch immer so übervorsichtig.«

Ich schaue ihn an und ziehe die Brauen zusammen. Merkt er wirklich nicht, was er da sagt?

Endlich öffnet sich die Tür wieder. Oma Anna lächelt selig. Sie legt einen dicken Umschlag neben meinen Teller und lässt ihre Hand kurz darauf ruhen. Ich bin sicher, sie opfert ihre ganzen Ersparnisse für mich.

»Oh«, sagt sie dann, »ich hole noch meine Perlenkette. Die möchte ich dir schenken.«

Sie will sich schon abwenden, da greife ich nach ihrem Arm. »Nicht nötig Oma, wirklich.«

»Aber du wolltest doch schon immer eine echte Perlenkette«, mischt Teddy sich ein. Ein mildes Lächeln umspielt seine Lippen. Sein Blick hingegen trifft mich stechend scharf.

»Ich würde mich wirklich freuen, sie an dir zu sehen«, sagt Oma Anna und verschwindet abermals im Schlafzimmer.

Die arme Frau hat noch nicht ein Stück ihres Kuchens gegessen. Die ganze Zeit ist sie nur hin und her gelaufen. Als sie außer Hörweite ist, schüttle ich Teddys Arm ab, den er mir bedrohlich schwer auf die Schultern gelegt hat.

»Hast du sie noch alle? Wieso lehnst du die Perlen ab?«, blafft er mich an. Jetzt ist ihm all seine gespielte Freundlichkeit aus dem Gesicht gewichen.

Ein lautes Rumpeln lässt uns auffahren. Wir schauen uns an. Teddy scheint zu ahnen, was ich vorhabe, und packt meine Hand, aber ich winde mich aus seiner Umklammerung und laufe auf das Schlafzimmer zu. Beim Aufstoßen der Tür entfährt mir ein Schrei. Oma Anna liegt auf der linken Seite des Bettes am Boden. Überall haben sich schimmernde Perlen in den Teppichboden eingenistet. Die zerrissenen Reste der Kette lugen aus ihrer Faust hervor. Ich gehe auf sie zu und bleibe abrupt stehen, schnappe nach Luft.

Neben Oma Anna, halb unter dem Bett, liegt ein Mann, seine Augen starren leer zur Decke. Der Teppich um seinen Kopf ist rot und verklebt. Teddy kommt neben mir zum Stehen. Wieder packt er meine Hand. Ich weiß nicht, ob er es tut, um mich zu stützen oder sich selbst.

»Scheiße«, spricht er meine Gedanken aus. Sekundenlang stehen wir da und starren die beiden am Boden Liegenden an. Ich kann einfach nicht verstehen, was ich hier sehe. Hatte Oma Anna einen Mann? Und warum hat sie ihn dann nicht erwähnt? Ihn uns nicht vorgestellt? Er ist doch mein Opa.

Also Leilas Opa.

»Jemand muss eingebrochen sein und sie niedergeschlagen haben«, murmele ich und blicke das offene Schlafzimmerfenster an, vor dem sich der Vorhang im leichten Luftzug bauscht.

»Wir sind hier im dritten Stock.«

»Ruf den Notarzt«, übergehe ich Teddys Einwand.

Er wirbelt mich zu sich herum, packt mich an den Ellbogen und sieht mich eindringlich an.

»Wir nehmen jetzt das Geld und verschwinden, hörst du?«

Ich reiße mich los. Genug ist genug. »Du kannst ja verschwinden, wenn du willst. Ich rufe den Notarzt. Wenigstens einmal im Leben will ich das Richtige tun.«

Ein donnernder Knall aus dem Wohnzimmer bringt mich zum Schweigen.

»Polizei«, schreit jemand. »Zeigen Sie mir Ihre Hände.«

Schwarz gekleidete Männer quellen zur Wohnung herein, einer packt mich grob, und ehe ich verstehe, was hier vor sich geht, liege ich am Boden. Teddy schwer keuchend neben mir.

»Ich hab nichts getan«, nuschelt er. Jemand drückt ihm das Gesicht in den Teppich.

Ich bin wie gelähmt, kann nicht mal sauer sein, dass er nur sich selbst verteidigt.

»Gesichert«, höre ich eine tiefe Männerstimme rufen. Dann das Piepen eines Funkgeräts und wieder die Stimme, die nun einen Notarzt anfordert und einen Toten und eine Verletzte meldet, die ansprechbar ist. Ich hebe den Kopf und schaue zu Oma Anna rüber, die nur wenige Meter von mir entfernt auf dem Boden sitzt und sich den Schädel reibt. Tränen laufen ihr über die Wangen.

»Ausrauben wollten sie uns«, schluchzt sie.

Es dauert einen Moment, ehe ich kapiere, dass sie mich und Teddy meint.

»Sie haben meinen Mann niedergeschlagen. Oh, Alfons!« Die Stimme versagt ihr, sie nimmt die Hand ihres Mannes und presst sie sich an die Lippen.

»Die Alte spinnt«, brüllt Teddy, »die hat das inszeniert.«

Oma Annas Blick kreuzt den meinen. Die plötzliche Kälte in ihren Augen nimmt mir den Atem.

Zwei Polizisten hinter uns beginnen leise, über den Tathergang zu spekulieren.

»Typischer Fall von Enkeltrick, um an die Ersparnisse zu kommen«, höre ich einen sagen. »Sieht aus, als hätten sich die alten Herrschaften gewehrt«, mutmaßt der andere.

Ich muss an den kaputten Bilderrahmen denken und die zerrissene Perlenkette. Mir wird schlecht.

»Schätze, die Täter haben die Eheleute dann mit dem Baseballschläger attackiert.«

Himmel, der Baseballschläger. Mit meinen Fingerabdrücken drauf. Ich spüre, wie sich Schweißperlen auf meiner Stirn bilden.

»Und dann haben sie sich darangemacht, die Wohnung auszuräumen. Irgendwie muss Frau Zwickel es geschafft haben, heimlich den Notruf zu wählen«, schließt einer der Polizisten.

Ich will schreien.

Dass es nicht stimmt. Dass es nicht so war. Dass ich Oma Anna niemals etwas Derartiges antun könnte. Aber die Worte schmecken bitter auf meiner Zunge, bevor ich sie aussprechen kann.

»Das Miststück hat uns reingelegt«, zischt Teddy.

Ich kann das Pochen seiner Halsschlagader sehen.

Das kann nicht sein. Nicht diese nette, liebevolle Frau.

Niemals hat sie absichtlich die Kommode gerammt, den Bilderrahmen kaputt getreten oder die Perlenkette zerrissen, um einen Kampf vorzutäuschen. Niemals hat sie geplant, mir Milch über das T-Shirt zu schütten, damit ich ihre Bluse anziehe, mit den seltsamen roten Spritzern drauf, die ich für einen Teil des Blütenmusters gehalten habe.

»Die will uns den Mord an ihrem Alten in die Schuhe schieben«, japst Teddy panisch.

Niemals.

Irgendjemand zieht mich an den Armen hoch, sodass ich auf meinen Unterschenkeln hocke und Oma Anna nicht im Weg bin, die von zwei Männern aus dem Zimmer geleitet wird. Als sie an mir vorbeiläuft, huscht ein verzerrtes Grinsen über ihr Gesicht, und sie zwinkert mir zu.

Cindy Jäger

Idyllische Probleme

Weilheim an der Teck

Die Idylle hier machte mich fertig! Die sanften Hügel der Schwäbischen Alb – Fifty Shades of Green! Dann in der Stadt Fachwerk, schmucke Gassen und Geschäfte. Kaum Lärm, es sei denn, die Kirchenglocken bimmelten dich sonntagmorgens aus dem Schlaf.

Kein Wunder, dass die Weilheimer so anständig und ausgeglichen waren! Letztes Wochenende, da ist mal jemand hupend über den Zebrastreifen gefahren, obwohl ich schon den Fuß darauf hatte, und ich wette, was Schlimmeres ist hier noch nie passiert.

Was sollte ich, Katrin Schimmelpfennig, hier nur anfangen?

Vor zwei Monaten war ich aus Berlin nach Weilheim gekommen und lebte, notgedrungen, bei meiner Freundin Eva. Es gab hier nichts, absolut nichts, was meinen Puls in die Höhe trieb. Dagegen reichte ein Gedanke an Berlin, und Adrenalin floss durch meine Adern. Berlin war groß und laut, manchmal grell und manchmal schmutzig – so wie ich. Wie ich den Moloch vermisste!

Und warum gehst du dann nicht nach Berlin zurück, wenn es dir in Weilheim nicht gefällt? Das fragt ihr euch doch jetzt, oder?

Würde ich gern, das könnt ihr mir glauben. Geht aber gerade nicht. Denn dort wartet ein psychopathischer Stalker auf mich – der Hauptgrund für das Adrenalin, wenn ich an Berlin denke. Und außerdem habe ich kein Geld, denn ich musste meine Einnahmequelle in Berlin zurücklassen. Die bestand darin, reiche Typen auszunehmen (wie zum Beispiel den psychopathischen Stalker). Aber in Weilheim gibt's keine Luxushotels oder hippen Bars, wo ich mich gepflegt am Tresen räkeln und ein potenzielles Opfer ausspähen könnte. Das Opfer spendiert mir dann meistens einen Drink, und ich horche es geschickt aus, um mit der passenden Geschichte möglichst viel Geld aus ihm herauszuquetschen.

Das ist aber unehrlich, sagt ihr jetzt bestimmt. Ja, na und?! Wenn ich mit den Typen fertig war, hatten sie immer noch genug Geld, und ich war für ein paar Wochen versorgt und konnte machen, was ich wollte. Ein bisschen schauspielern, in der Weltgeschichte herumreisen – und meine Schwester Steffi bekam auch hin und wieder was, wenn es mit ihrer mobilen Fußpflege nicht so gut lief.

In Weilheim war das jedenfalls anders. Ich weiß nicht, vielleicht war ich mit 42 auch langsam zu alt dafür, aber in Weilheim spendierte mir nie jemand irgendwas! Nur einmal hatte mich ein Typ von hier, Gunnar, 50 plus, Inhaber eines Dekoladens, zum Abendessen nach Esslingen eingeladen (vermutlich, damit seine Frau davon nichts mitbekam). Beim Essen hatte er den Charmeur gespielt, aber ich merkte schnell, dass er nichts rausrücken würde. Ich war nicht mal dazu gekommen, mein Essen zu genießen, weil sich am Nebentisch zwei Typen hinsetzten, die Gunnar kannten. Den Rest des Abends musste ich so tun, als wäre ich eine Vertreterin für Dekoartikel! Zu guter Letzt setzte mich Gunnar gleich am Ortseingang von Weilheim auf dem Edeka-Parkplatz ab und erklärte, es wäre für uns beide besser, wenn wir diesen Abend nicht wiederholten. Und ich musste vor seinen Augen seine ganzen Textnachrichten und Bilder von meinem Handy löschen. Arschloch! Aber es kam noch schlimmer. Ich musste bis zum anderen Ende der Stadt stöckeln und ruinierte dabei meine Valentino-Pumps, die eigentlich nicht für langes Laufen gedacht sind. Ich schwöre, dafür wird Gunnar noch büßen!

Das war jedenfalls mein erster und einziger Versuch, in Weilheim auf meine gewohnte Weise zu Geld zu kommen. Es war sinnlos. Die wohlsituierten Typen in der Provinz waren viel zu vernünftig und hatten immer auch ein Auge auf die Nachbarn.

Und außerdem (ich will das eigentlich nicht wahrhaben) meldete sich in Weilheim zum ersten Mal mein Gewissen. Willst du die netten Leute hier wirklich übers Ohr hauen? Das ging mir immer öfter durch den Kopf. Echt ärgerlich!

Und ich wollte auch nicht, dass mein Verhalten auf Eva zurückfiel, meine einzige Freundin, die mich netterweise bei sich wohnen ließ. Aber nicht nur das. Eva hatte mir auch einen Job besorgt, als Aushilfe im Weilheimer Mode-Lädle. Bisher ging ich in solche Läden nur, um Geld auszugeben. Das lag mir einfach mehr. Der Job war ganz in Ordnung, aber ich vermisste die Selbständigkeit – nur meine Opfer, das Geld und ich.

Heute Vormittag hatte mir Sylvie, die Inhaberin, ihren Laden jedenfalls ganz allein überlassen.

Kurz nach acht Uhr (am Morgen!) schloss ich die Tür zum Mode-Lädle auf. Sylvie hatte alles in Topzustand hinterlassen. Bis die ersten Kundinnen kamen, zauberte ich den Schaufensterpuppen ein laszives Dekolletee. Dann drapierte ich den Vorhang der Umkleidekabine und betrachtete mein Spiegelbild. Der Weilheimer Friseur hatte mein kühles Blond aufgefrischt (besser, als es mein Luxus-Figaro in Berlin je hinbekommen hatte). Mein himbeerfarbenes Sommertop betonte meinen Schwanenhals und meine eisblauen Augen. Eine leichte Sommerbräune hatte ich auch wegen der langen Spaziergänge mit Eva. (Was sollte ich hier sonst den ganzen Tag machen?) Ich fühlte mich frisch und jugendlich. Weilheim schien mir zu bekommen.

Und die Weilheimerinnen schienen es zu mögen, wie ich großstädtisches Flair verbreitete. Mehrere Damen verließen den Laden zufrieden und mit vollen Tüten. Ich war völlig ausgelaugt, als die Uhr an der Peterskirche zwölf schlug. Normalerweise war das die perfekte Zeit für ein leichtes Frühstück, aber ehrliche Arbeit und die langen Spaziergänge in der Natur machten mich hungrig, und mein Magen röhrte. Leider konnte ich mir kein ausschweifendes Mittagessen leisten, also stöckelte ich die wenigen Meter vom Mode-Lädle zur Metzgerei Frisch.

Dort wartete bereits eine Schlange, die aber schnell kürzer wurde. Vor allem, weil die Verkäuferin, anders als ich es in Weilheim gewohnt war, nicht mit jedem Kunden ein Schwätzchen hielt. Die Frau Anfang dreißig wirkte abwesend, und ihre Augen waren verdächtig rot. Bald waren nur noch zwei Anzugtypen vor mir, die sich einen ganzen Haufen Fleischkäsebrötchen belegen ließen. Einer der beiden ließ sich nicht durch ihre roten Augen und die knappen Antworten (oder dass ich mit knurrendem Magen hinter ihm stand!!!) davon abbringen, ihr lang und breit zu erzählen, wie er mit seinen Kumpels gestern Abend in irgendeiner Sportkneipe Fußball geschaut hatte.

»Und dein Jochen war wieder nicht dabei«, schäkerte er. »Ihr habt noch nicht mal geheiratet, und schon macht er sich rar!«

»22,40 Euro sind's dann«, fiel ihm die Verkäuferin schroff ins Wort.

»Mit Quittung, wie immer«, entgegnete er betreten. Sein Blick besagte deutlich, dass er Zweifel an Jochens Damenwahl hatte. Aber er bezahlte schnell, was gut war, denn ich kam mittlerweile fast um vor Hunger. Die saftigen Fleischkäselaibe in der Auslage dufteten verführerisch.

Doch statt mich zu bedienen, warf mir die Verkäuferin nur ein knappes »Moment, bitte« zu und verschwand im Kühlraum. Ich blickte auf die Uhr über der Theke. Noch zwei Minuten, dann machte der Metzger Mittagspause.

Hoffentlich heulte sie sich jetzt nicht stundenlang im Kühlraum die Augen aus! Als sie wiederauftauchte, sahen ihre Augen aus, als wäre sie nur ganz knapp einem Giftgasanschlag entronnen. Scheinbar ziellos irrte sie zwischen dem Waschbecken, wo sie sich nach jedem Kunden die Hände reinigte, und der Theke hin und her.

»Anzugtypen«, meinte ich verächtlich, weil das bei Leuten in Kittelschürzen immer gut ankam.

Da traten ihr wieder Tränen in die Augen. »Die wollen doch nur, dass er mitkommt, weil er immer für die Getränke bezahlt. Der Jochen ist so gutmütig, wenn es ums Geld geht.«

Ha! Das war Musik in meinen Ohren! Aber ich würde einer unglücklichen Fleischereifachverkäuferin natürlich nicht den Verlobten beziehungsweise dessen Geld abspenstig machen. Erstens, weil die Leute hier so nett waren, und zweitens wegen Eva.

»Alles in Ordnung mit Jochen?«, fragte ich, weil ich auch mal ein netter Mensch sein wollte. Die Verkäuferin erinnerte mich an meine Schwester Steffi. Sie war ebenfalls unbeholfen, unscheinbar und machte einfach nichts aus sich.

»Nein, gar nichts ist in Ordnung«, schluchzte sie.

Ich schlug ihr vor, doch erst mal abzuschließen, was sie mit zitternden Fingern tat.

»Der Jochen hat bestimmt eine andere«, vertraute sie mir schließlich an.

Sie erzählte mir außerdem, dass sie Franziska hieß und dass sie mit diesem Jochen seit Anfang des Jahres verlobt war. Im Spätsommer hatten sie eigentlich heiraten wollen. Aber Jochen wollte plötzlich die Hochzeit aufs nächste Jahr verschieben.

»Ich hab ihn gefragt, ob er kalte Füße kriegt, doch da hat er nur den Kopf geschüttelt und ganz komisch geschaut«, schniefte sie.

»Und hast du jemanden im Verdacht?«, fragte ich sie mit einem Seitenblick auf die Fleischkäselaibe. Die Geschichte konnte sich noch ein bisschen hinziehen, und eine Stärkung wäre jetzt wirklich nicht verkehrt.

»Vielleicht eine Kollegin?«, meinte sie zögerlich. »Der Jochen arbeitet bei der Volks- und Raiffeisenbank um die Ecke. Und zum Mittag holt er sich gern einen groben Leberkäse. So haben wir uns kennengelernt, weißt du? Jetzt kommt er seit ein paar Wochen nicht mehr und nimmt sich immer ein Brot mit ins Geschäft. Mit billiger Wurst vom ALDI!«

Wie furchtbar! Ich fragte Franziska, ob sie sonst noch Anzeichen einer möglichen Untreue bemerkt hätte. Komische Anrufe, abgesagte Treffen, Haare auf dem Sakko – das Übliche. »Nein, das ist es ja!«, rief sie aus. »Nichts! Nur dass er seit ein paar Wochen keine Lust mehr hat wegzugehen. Er sagt, er kuschelt lieber mit mir auf dem Sofa.«

Das klang allerdings nicht nach einem zünftigen Ehebrecher. Oder war er vielleicht besonders raffiniert? Es musste doch einen Grund geben, dass er die Mittagspausen nun statt mit einem saftigen Fleischkäse und seiner Verlobten lieber mit einem mageren Brot verbrachte.

»Warum will er mich nicht mehr heiraten?«, schniefte Franziska. »Wenn ich das nur wüsste. Manchmal will ich ihn in die Wüste schicken, aber dann denke ich mir, so einen netten Kerl wie den Jochen findest du nie wieder. Die Ungewissheit macht mich ganz krank!«

Mir war der Appetit vergangen, denn mein Gewissen meldete sich plötzlich so vehement, wie ich es noch nie erlebt hatte. Bisher war ich es gewesen, die sich hinterrücks mit fremden Ehemännern traf. Das war ja sozusagen mein Job gewesen. Doch mein Abgang aus Berlin hatte mich aus dem Rhythmus gebracht, und ich hatte in Weilheim viel zu viel Zeit zum Nachdenken. Für diesen kleinen Ort, wo alle so nett waren und man nicht ständig auf der Hut sein musste, übertölpelt zu werden, hatte ich entschieden zu viel Energie. Die musste ich in neue Bahnen lenken, sonst würde ich hier verrückt werden!

Da hatte ich einen Geistesblitz. Vielleicht konnte ich Franziska helfen?

»Arbeitet Jochen heute auch in der Bank?«, fragte ich. »Und hast du ein Bild von ihm?«

»Ja, wieso?«

Ich schlug Franziska vor, mich an Jochen heranzumachen und seine Treue zu testen.

Sie schluckte heftig und rang schwer mit sich. »Ich muss es wissen!«, stieß sie schließlich hervor. »Aber warum willst du das machen?«

»Neue Stadt, neues Leben«, antwortete ich schulterzuckend. »Und ich hätte übrigens gern einen Zwiebelfleischkäse.«

Ich schloss das Mode-Lädle um 18 Uhr ab und rannte, so schnell es meine Pumps erlaubten, über das Weilheimer Pflaster Richtung Volks- und Raiffeisenbank, die um die gleiche Zeit schloss. Hoffentlich hatte ich Jochen nicht verpasst.

Franziska hatte mir sein Bild geschickt: schmale Schultern, Bauchansatz und Halbglatze. Er erinnerte mich an die Birnen, die hier überall an den Obstbäumen wuchsen. Und sein Allerweltsgesicht erst! Minutenlang hatte ich auf das Handy gestarrt und versucht, mir seine kaum vorhandenen Gesichtszüge einzuprägen. Neben ihm sah selbst Franziska im Fleischerkittel glamourös aus.

Typen wie er freuten sich entweder über jede Form von Aufmerksamkeit, egal von welcher Frau, oder sie suchten nach dem ultimativen Luxusweibchen, in dessen Glanz sie sich sonnen konnten. Aber ganz egal, welcher Gattung er angehörte, Jochen würde sich auf keinen Fall lumpen lassen. Ich freute mich auf ein delikates Abendessen. Auf Mexikanisch hatte ich richtig Lust. Und Cocktails. Wohin er mich wohl ausführen würde? Nach Esslingen, wie Gunnar? Oder war ihm das noch zu nah, und wir würden nach Stuttgart fahren? Plötzlich hatte ich Sehnsucht nach einer Großstadt und konnte es gar nicht erwarten, dass Jochen endlich auftauchte.

Nach zwei Minuten kam er auch schon. Ich wartete, bis er auf doppelte Armlänge an mich heran war, und stieß dann – nach einer Dreivierteldrehung mit integriertem Ausfallschritt – kunstvoll mit ihm zusammen. (Den Bewegungsablauf hatte ich über die Jahre mithilfe Dutzender Opfer verfeinert und konnte es sogar so einrichten, dass mich der Typ anschließend auffing. Aber für Jochen würde die einfache Variante reichen.)

»Oh, entschuldigen Sie vielmals«, raunte ich und drückte seinen Unterarm.

»Schon gut«, murmelte er und zog an mir vorbei.

Nanu? Wieso blieb er denn nicht stehen? Hätte ich mich doch auffangen lassen sollen?

»Die Bank hat doch nicht etwa schon geschlossen?«, seufzte ich, so sexy wie nur was. Aber Jochen beachtete mich

gar nicht. War das zu fassen? Ich musste dem Birnenmännchen doch tatsächlich hinterherlaufen.

»Meine Karte funktioniert nicht, und ich habe überhaupt
kein Bargeld mehr«, säuselte ich ihm ins Ohr.

»Da wenden Sie sich an den Telefonservice. Die Bank hat
zu.« Jochen hielt nicht mal an. Und diesen Kerl fand Franziska
nett? Vielleicht war ihr mehr geholfen, wenn ich ihr einen
neuen Verlobten besorgte?

Ihr aktueller war inzwischen an seinem Auto angekommen. Rasch manövrierte ich mich zwischen Jochen und die
Fahrertür. »Ohne Bargeld sitze ich hier fest!«

Jochen hatte seinen Autoschlüssel herausgeholt und
starrte unbehaglich in alle Richtungen. Der Typ machte
keine Anstalten, mich abzuschleppen! Ich musste andere
Saiten aufziehen, denn er brauchte anscheinend eine strenge
Hand.

»Du fährst nicht zufällig über den Guckenrain?«, fragte
ich forsch. Da wohnte er, hatte mir Franziska erzählt.

»Äh, doch«, stammelte er.

»Und hast du noch einen Platz frei?« Ich zeigte auf sein
Auto.

»Äh, ja.«

»Tja, dann. Danke dir! Ich bin übrigens Katrin. Schön,
dass du mich mitnimmst.« Ich lächelte und ging zur Beifahrertür.

Jochen sah sich erneut nach allen Seiten um und stieg
schließlich wie ein begossener Pudel ein.

Die Fahrt von Weilheim zum Guckenrain dauerte keine
zehn Minuten. Alle meine Versuche, Jochen aus der Reserve
zu locken, scheiterten. Dass dieser Kerl seine Verlobte betrog,
konnte ich mir im Leben nicht vorstellen. Ich hatte mich ihm
quasi auf dem Silbertablett angeboten – aber er griff einfach
nicht zu. An mir lag das sicher nicht!

Wenn einer so verstockt war, musste ich Klartext reden.

»Halt an!«, befahl ich. Jochen stieg in die Eisen. Der Mann gehorchte aufs Wort! Vielleicht gefiel er Franziska deshalb so gut?

»Lass uns über Franziska reden!«, forderte ich.

»Äh, Franzi?«, stammelte er.

»Hast du eine andere?«

»Eine andere … was … nein …«

»Und warum willst du sie dann nicht mehr heiraten?« Ich blickte ihm streng in die Augen.

»Will ich doch, wirklich. Aber ich kann nicht!« Jochen wandte rasch seinen Blick ab.

»Wie? Du kannst nicht?!«

Jochen umklammerte krampfhaft das Lenkrad und sah ziemlich verzweifelt aus. Mein erster Ausflug als Treuetesterin hatte wohl gerade eine unerwartete Wendung genommen. Auf die Idee, die aufdringliche Fremde einfach aus seinem Auto zu schmeißen, kam er glücklicherweise nicht.

»Was kannst du nicht, Jochen?«, sagte ich mit einem weichen Timbre in der Stimme, dem die Männer für gewöhnlich nicht widerstehen konnten.

Jochen blickte stur geradeaus.

Ich seufzte. »Vielleicht hat Franzi bald keine Lust mehr, dich zu heiraten, wenn du sie zu lange warten lässt. Schon mal daran gedacht?«

»Was? Nein. Ich will sie ja heiraten. Aber ich kann … ich kann die Hochzeit nicht bezahlen«, stieß er hervor.

»Was?«

»Ich habe das Geld, das wir dafür gespart haben, einem Kumpel gegeben. 11 500 Euro«, klagte er. »Und jetzt sagt er, er kann es mir bis nächstes Jahr nicht zurückzahlen.«

»Du hast deinem Kumpel einfach so 11 500 Euro gegeben?«

»Ja, er brauchte doch das Geld.«

Oh, Jochen! Du bist mein Traumopfer! Sollte ich nicht versuchen, ihm wenigstens ein paar Hunderter abzuluchsen? Für eine kleine Shoppingtour nach Stuttgart in die Königstraße? Ich riss mich zusammen und fragte streng: »Und wofür braucht er das Geld?«

»Weiß nicht«, erwiderte Jochen kleinlaut. »Für seine Musik vielleicht? Der Sven will so gerne ein eigenes Album herausbringen. Und er hat uns versprochen, mit seiner Band auf unserer Hochzeit aufzutreten. Kostenlos!«

»Wie nett von ihm«, antwortete ich.

»Ja, nicht wahr?«, strahlte Jochen. »So eine Band ist sonst ganz schön teuer. Und die Franzi will keinen DJ.«

Wie viele Schuhe könnte ich mir für 11 500 Euro kaufen? Nicht, dass ich so unvernünftig war, aber nach zwei Monaten im Weilheimer Exil hätte ich es mir verdient. Ungeduldig fragte ich Franziskas Verlobten, ob er wenigstens einen Schuldschein hatte.

»Nein, wir kennen uns doch von früher«, erklärte er allen Ernstes. »Und der Sven ist Grundschullehrer, weißt du? Und er ist eigentlich ganz nett, er zahlt mir das Geld mit Zinsen zurück. Mit höheren Zinsen als auf der Bank, weißt du? Mehr Geld für die Hochzeit.«

Oh, Jochen! Warum bist du mir nicht früher begegnet? Ich hätte dich gnadenlos ausgenommen!

»Die Franzi darf davon nichts erfahren«, flüsterte er. »Sie liebt mich doch, weil ich so vernünftig bin und das Geld zusammenhalte.«

Aha, so hatte er also Franzis Herz erobert! Hätte ich mir ja denken können, dass Sparsamkeit hier ein dicker Pluspunkt war. Arme Franzi. Zwar betrog ihr Birnenmännchen sie nicht, aber eine Hochzeit würde sie trotzdem nicht bekommen. Das hatte sie nicht verdient.

Ich wandte mich streng an Jochen. »Du erzählst mir jetzt, wo ich diesen Sven finde und alles, was ich wissen muss!«

»Aber was willst du denn von ihm?«

»Das Geld natürlich, was denn sonst?«

»Du holst das Geld zurück und erzählst es nicht Franzi?«, fragte er hoffnungsvoll. Anscheinend hatte ich Eindruck auf ihn gemacht. »Wie kann ich dir nur danken?«

»Fahr mich nach Weilheim zurück!«, forderte ich.

»Hä?« Aber da ließ er schon den Motor an, und ich saß pünktlich zum Abendessen bei Eva am Tisch. Flädlesuppe und Vollkornbrot mit selbst gemachtem Kräuterquark statt Mexikanisch. Und vor dem Schlafengehen gab es Pfefferminztee (aus dem Garten). Keine Cocktails, leider.

Aber die würde mir morgen Abend dieser Sven spendieren. Ich freute mich schon!

Die Idylle Weilheims hatte mich eingelullt. Richtig träge war ich geworden und hatte nach dem Fiasko mit Gunnar gar nicht mehr versucht, irgendwelche Typen aufzugabeln. Ein Fehler – denn jetzt war mein Jagdinstinkt wiedererwacht. Ich saß in einer sogenannten Szenekneipe in Kirchheim, denn laut Jochen verbrachte Sven Häberle, 46, Grundschullehrer, hier fast jeden Abend.

Tief im Inneren war Sven nämlich Rockstar und trat hier manchmal mit seiner Band auf. Natürlich hoffte ich, dass er auch die Allüren eines Rockstars hatte und kräftig mit Geld um sich warf. Vermutlich vor allem Jochens Geld. Aber egal, einen Cocktail konnte ich vom Hochzeitsbudget guten Gewissens abzweigen. Ich ging gedanklich meinen Plan durch.

Laut Jochen hatte Sven gerade keine Freundin. Die letzten beiden hatten ihn verlassen, weil sie seine Musik nicht unterstützten und lieber Kinder haben wollten. Da war ich doch genau das richtige Groupie! Jetzt war ich froh, dass ich vor meinem Abgang aus Berlin mein silbernes Paillettenkleid und meine schwarze Perücke eingepackt hatte. *Und was wolltest du in Weilheim damit anfangen?* Das fragt ihr euch vielleicht. Weiß ich auch nicht, aber ohne fühlte ich mich eben nicht komplett.

In Berlin traf man wenigstens ab und zu echte Rockstars. Sven dagegen klimperte Kindern auf der Gitarre vor und hatte es nur von Weilheim nach Kirchheim geschafft. Was, zugegeben, ein ganz schön langer Weg war, wenn man den Bus dafür nahm. So wie ich heute. Jetzt kannte ich nicht nur Weilheim und Kirchheim, sondern auch noch Holzmaden, Ohmden und Jesingen. Über eine Stunde war ich im Paillettenkleid über die Dörfer getuckert. Für den Rückweg würde ich auf jeden Fall ein Taxi nehmen, und Sven würde es mir bezahlen!

Ich strich ein paar Pailletten glatt und zog sämtliche Blicke auf mich. Einer der Gäste wollte mich sofort zu einem Drink einladen. Leider musste ich ihn vertrösten. Ein Blick auf seinen Autoschlüssel hatte mir gezeigt, dass er mich den ganzen Abend mühelos hätte aushalten können. Mist. Stattdessen machte ich Jagd auf einen Grundschullehrer mit Rockstar-Ambitionen. Für den guten Zweck, ja, aber eine gute Gelegenheit ließ ich mir ungern entgehen.

Ich hatte mir jedenfalls ein paar Sätze überlegt, um mit Sven ins Gespräch zu kommen. Völlig unnötig! Als er die Kneipe betrat, fasste er mich sofort ins Auge. Kein Wunder – hier war ich wie ein Koi, der aus Versehen in die Forellenzucht geraten war.

Er sprach mich jedoch nicht an, sondern ging geradewegs zur Bar, wo er mit der Bedienung schäkerte. Oh Mann, ich hoffte, dass mir jetzt kein Paarungstanz mit verstohlenen Seitenblicken und gegenseitigem Ignorieren bevorstand. Aber so raffiniert war Sven nicht. Bald kam er an meinen Tisch, setzte sich lässig – war einstudiert – und stellte mir einen Cocktail vor die Nase. Orangerot mit Schirmchen, roch nach Pfirsich – ein »Sex on the beach«. Nicht mein Lieblingscocktail, doch in Weilheim hatte ich mir abgewöhnt, wählerisch zu sein.

Sven schwenkte derweil ein Whiskyglas – mit Eiswürfeln, also bitte! – und schaute mich erwartungsvoll an.

Ich schaute genauso erwartungsvoll zurück, und schließlich sagte er mit Blick auf den Cocktail: »Deswegen bist du doch hier, oder?«

Anmache zwei von fünf Sternen, würde ich sagen. Sven hatte Glück, dass ich sowieso schon hinter ihm her war. »Gibt's denn in Kirchheim einen Strand?«, fragte ich augenzwinkernd.

Er kicherte und wusste anscheinend nichts zu erwidern. Hatte sich mit seiner Anmache übernommen. Was für ein Rockstar!

Ich sog lasziv an meinem »Sex on the beach« und sah, dass es seine Wirkung nicht verfehlte. Wenn Jochen und Franzi das Geld für ihre Hochzeit heute nicht wiederbekamen, dann hatte ich als Trickbetrügerin in Berlin nichts mehr zu suchen. Dann würde ich mich lebenslang in Weilheim verkriechen!

Der Flirt mit Sven kam aber nicht so richtig in Gang. Warum bloß? Ich war der Traum von jedem Provinz-Rockstar! Natürlich! Das Problem war, dass es Sven nicht mal in diese Liga schaffte. Er war ein Grundschullehrer, der singen konnte, und hatte mit seiner Lederhose und den langen Haaren bestimmt leichtes Spiel bei den Bauernmädchen aus der Umgebung oder bei gelangweilten Ehefrauen. Doch ich war eindeutig eine Nummer zu groß für ihn. Hätte ich das Paillettenkleid mal lieber zu Hause gelassen, es überforderte ihn nur.

Wie sollte ich die Situation nur retten? Ich bestellte eine zweite Runde Drinks. Und noch eine. Sven taute langsam auf und wurde selbstbewusster. Dann begann er, von seiner Musik zu erzählen. Gähn!

»Katrin, ich schreibe einen Song für dich!«, lallte er irgendwann so laut, dass es die ganze Kneipe hörte. Es waren nicht viele Leute da, vermutlich nur Stammkunden, und die meisten beachteten Sven nicht weiter. Der eine oder andere konnte sich ein süffisantes Lächeln aber nicht verkneifen. Was das wohl zu bedeuten hatte?

»Oh, wie schön«, flötete ich enthusiastisch. »Ich hoffe, du verdienst viel Geld damit!«

»Nein, Katrin, ich mache meine Musik nicht des Geldes wegen. Geld, Geld, Geld! Immer wollen alle nur Geld von einem.« Plötzlich sah er richtig unglücklich aus.

Das machte mich stutzig. Wenn ihm Geld nichts bedeutete, warum hatte er Jochen dann sein Hochzeitsbudget abgeknöpft?

Um Zeit zum Nachdenken zu haben, bestellte ich die vierte Runde Getränke. Oder die fünfte? Wenn man Geld in Whisky umwandelte, konnte Sven durchaus was damit anfangen. Ich war nach dem Cocktail auf Weißweinschorle umgestiegen.

»Du hast recht«, meinte ich, als ich mich mit den vollen Gläsern wieder neben ihn in die Lederpolster sinken ließ, »Geld allein macht nicht glücklich.«

Er schüttelte traurig den Kopf und schüttete den Whisky in einem Zug hinunter. Die Kneipe leerte sich langsam.

»Was würde dich denn glücklich machen, Sven?«, hauchte ich und hoffte, dass er den Sex on the beach schon vergessen hatte.

»Willst du das wirklich wissen?«, fragte er mit glasigen Augen.

Ich nickte ihm vertraulich zu.

»Ach, Katrin. Ich wünschte, die Erde würde sich schneller erwärmen.«

»Ähm …«

»Dann wird es hier wärmer, weißt du?«

»Aha.«

»Wenn es wärmer wird, gibt's mehr Mehltau.«

»Ja?!«

»Und wenn es mehr Mehltau gibt, dann gibt's weniger Getreide.«

»Aber ...« Was hatte ich mir da nur eingebrockt?

»Kein Getreide, kein Whisky! Verstehst du?«

Oh Gott!!! Keine Kneipe, kein Whisky, wie wäre das? Laut sagte ich: »Also, du willst eigentlich keinen Whisky trinken?«

»Das ist Teufelszeug«, schluchzte er. Traurig blickte er erst sein leeres Glas und dann mich an.

Mit einem verständnisvollen Lächeln holte ich Nachschub. Wenn das so weiterging, war von Jochens Geld bald nichts mehr übrig. Sven wurde immer betrunkener, und ich war noch keinen Schritt weitergekommen.

»Das ist mein Untergang«, seufzte er und nahm das frische Glas entgegen. »Zwölf Wochen habe ich keinen Tropfen angerührt. Damals ...« Er ließ sich in die dicken Polster sinken und schloss die Augen.

Ich horchte auf. »Ja? Was war denn damals?«

Aber Sven schüttelte nur träge den Kopf und sah völlig fertig aus. »Das kann ich dir nicht erzählen, obwohl du total nett zu mir bist. Es ist schlimm.«

Zeit, die Strategie zu wechseln. Ich nahm ihm das Whiskyglas weg und stellte es auf dem kleinen Tischchen vor uns ab. Dann nahm ich seine Hände in meine. »Sven, schau mich an«, flüsterte ich. »So schlimm, dass du es mir nicht erzählen kannst, ist es bestimmt nicht.«

»Ich würde so gern mit meinen Schülern tauschen«, jammerte er, »sie haben ihr Leben noch vor sich.«

»Man kann sein Leben immer ändern«, entgegnete ich ein bisschen halbherzig.

Ich hielt noch eine Weile seine Hände und redete ihm gut zu, dann erzählte er mir alles. Der Whisky war schuld. Er hatte sich Sven vor einem halben Jahr mal wieder gläserweise aufgedrängt und dann nicht davon abgehalten, in sein Auto zu steigen. Und der Whisky hatte auch nicht auf die Bremse getreten, als er in Weilheim die Kurve zu schnell nahm und schließlich in ein Sperrgitter fuhr. Ausgerechnet das Sperrgitter, das vor Svens Grundschule die Kinder davon abhalten sollte, auf die Straße zu laufen, während sie auf den Schulbus warteten. Und er wurde dabei beobachtet und fotografiert, wie er ausstieg, um die Unfallstelle herumwankte und schließlich einfach weiterfuhr.

»Wäre Gunnar doch nur zur Polizei gegangen.« Jetzt heulte er wie ein Schlosshund. »Dann hätte ich es hinter mir!«

»Aber Sven, was ist denn schlimm daran, wenn dich der einzige Zeuge nicht verpfeift?«

Ganz einfach: Sven wurde von Gunnar erpresst. Da er sein Beamtengehalt gern in Whisky und seine Band investierte, war bei ihm nicht viel zu holen. Also hatte Sven ein paar Sammler-Gitarren verkauft und, als das nicht reichte, seine Kumpels angehauen, damit sie ihm Geld liehen. Nur Jochen war so blöd gewesen, ihm welches zu geben.

»Und er will immer noch mehr, weil er selbst Spielschulden hat. Aber ich habe nichts mehr und der Jochen auch nicht. Und der Gunnar verdient mit seinem Geschäft genug. Er will nur nicht, dass seine Frau davon erfährt, weil ihr der Laden und das Haus gehören.«

Da erst fiel bei mir der Groschen. »Meinst du Gunnar Hartman von Deko- und Geschenke-Hartmann?«, fragte ich mit gesenkter Stimme. Der Barkeeper schaute immer mal wieder in unsere Richtung, vermutlich weil wir die letzten Gäste waren und er sich fragte, wann das besoffene Wrack neben mir endlich bezahlte und er Feierabend machen konnte.

Sven nickte und wischte sich ein paar Tränen von der Wange.

»Gunnar Hartmann erpresst dich und hat nun Jochens Geld?«

Sven nickte schwerfällig. »Und er will noch mal Fünftausend bis zum Wochenende. Was soll ich nur machen, Katrin? Hast du vielleicht Geld? Ich zahl's dir zurück, ganz bestimmt!«

Ja, klar! Aber eher eröffnen sie pünktlich den BER, als dass ich einem Typen Geld gebe. »Lass uns gleich darüber reden«, meinte ich und tätschelte seine Hand. Nach den ganzen Drinks musste ich dringend aufs Klo und würde danach elegant verschwinden. Jochen würde von Sven das Geld nicht wiederbekommen. Heute Abend nicht und vermutlich auch nicht im nächsten Jahr. Meine nächste Station war Gunnar!

Von der Toilette aus hielt ich geradewegs auf den Ausgang zu und musste nur noch an der Bar vorbei.

»Schönen Abend gehabt?«, fragte der Barkeeper. »Ich habe mir erlaubt, schon mal die Rechnung auszudrucken.«

»Die zahlt …« Ein kurzer Blick in Svens Richtung offenbarte bloß zwei leere Ledersessel. Dafür hatte mich der bullige Türsteher voll im Blick. Zähneknirschend zückte ich meine Kreditkarte. Der mitleidige Blick des Barkeepers sagte mir, dass ich nicht die erste Frau war, die am Ende eines enttäuschenden Abends auch noch Svens Whisky berappen musste.

Verkehrte Welt. Das war es. Ich hatte nicht nur Jochens Geld nicht wiederbekommen, sondern auch für meine eigenen Drinks bezahlen müssen! Und für die von Sven! 188,70 Euro plus Trinkgeld! Ich hätte mit Franzi Spesenabrechnung vereinbaren sollen.

Jetzt stöckelte ich mitten in der Nacht zum Kirchheimer Bahnhof, wo ich ein Taxi nehmen würde, das ich auch selbst bezahlen musste. Und wieder ein Paar Designerschuhe ruiniert! Die Weilheimer Männer kosteten mich eindeutig zu viel Geld.

Aber Moment mal! Ha! Wenn ich Jochens Geld jetzt von Gunnar wiederholen musste, dann würde ich ihm meine Ausgaben einfach mit auf die Rechnung setzen! 11 688,70 Euro bitte, du Sack! Plus Taxi und Trinkgeld.

Das Gute daran war, dass ich Gunnar schon kannte. Ein bisschen zu gut kannte für seinen Geschmack – und den seiner Frau. Und ich hatte Beweise für unsere Bekanntschaft. Ich hatte nie vorgehabt, Gunnar zu erpressen. Ein bisschen Geld entgegennehmen, sozusagen auf Freiwilligenbasis, das konnte ich mir in Weilheim und Umgebung gut vorstellen. Aber Erpressung? In der Provinz, wo jeder jeden kannte und ich fast niemanden? Da musste ich aufpassen, und sei es auch nur, damit Eva meinetwegen keine Schwierigkeiten bekam. Mit Gunnar lag die Sache jedoch anders. Einen Erpresser erpressen – das konnte die neue Katrin Schimmelpfennig gut mit ihrem Gewissen vereinbaren. Alles würde gut werden für Jochen und Franziska.

Jetzt sagt ihr vielleicht: Womit willst du Gunnar denn erpressen? Er hat dich doch gezwungen, alle Bilder und Nachrichten von deinem Smartphone zu löschen. Ja, hat er damals gemacht. Aber schon mal was von SD-Karten gehört? Die machen das Handy zu einer kleinen Festplatte. Ein Informatikstudent mit reichem Papa war mir mal ein paar Wochen lang verfallen und hatte nicht nur Papas großzügige Zuwendungen an mich weitergeleitet, sondern auch meinem Handy ein erpressergerechtes Update verpasst.

Und so hatte ich jetzt eine schöne Sammlung, mit der ich gut arbeiten konnte. Unoriginelle Komplimente, über die sich Gunnars Frau bestimmt freuen würde. Die Nachricht, in der er mich zum Essen einlud. Und mein wertvollstes Stück: Ein Foto von Gunnar nur in Unterhose und mit protziger Uhr von Patek Philippe, die locker mehr als 11 688,70 Euro wert war, am Handgelenk.

Gähnend stieg ich schließlich in ein Taxi. Ich rief das Foto von Gunnar auf, schrieb darunter *Vermisst du mich?* und schickte es ihm.

Das sollte Gunnar gleich am Morgen einen gehörigen Schrecken einjagen. Und wenn ich mich dann nach meinem Schönheitsschlaf aus dem Bett gerollt hatte, würde ich ihm gleich am Telefon mitteilen, dass er Jochen und mir 11 688,70 Euro schuldete. Und wenn er uns das Geld nicht bis Ende der Woche zurückzahlte, würde ich in seinem Dekoladen einen Bilderrahmen kaufen, sein Unterhosenfoto ausdrucken und seiner Frau überreichen. Aber dazu würde es nicht kommen. Gutgläubige Bankangestellte und verkrampfte Grundschullehrer waren vielleicht nicht mein Metier – Geschäftsleute, die ihre Frauen betrogen, dagegen schon. Die kannte ich in- und auswendig.

Das Taxi brauchte nur zehn Minuten, um mich zu Evas Haus zu bringen. (Gesamtbetrag 11 706 Euro für Gunnar.) Doch anstatt hineinzugehen, ließ ich mich in einen der Stühle auf der Terrasse sinken. Der Vollmond erhellte die Limburg und die sanften Hügel der Schwäbischen Alb. Komisch. Ich ärgerte mich gar nicht mehr über Sven und darüber, dass er mich übertölpelt hatte. Vielleicht war es das Lehrgeld, das ich hier bezahlen musste? Falls ja, dann war ich noch gut weggekommen. Im Grunde war es auch beruhigend, dass man hier genauso übers Ohr gehauen wurde wie in Berlin.

Ich war müde. Aber auch zufrieden. Der Gedanke, dass Franzi und Jochen dieses Jahr noch heiraten würden und dass ich Anteil daran hatte, machte mich glücklich. Ich würde die Weilheimer Idylle retten! Und niemand sonst hier könnte das tun. Sicher gab es noch mehr Leute wie Franzi und Jochen, die ihre Probleme mit niemandem teilen konnten. Leute, die

Angst davor hatten, was die Nachbarn sagten. Die sich lieber einer Fremden anvertrauten, die sich für kein Abenteuer zu schade war und der es egal war, was die Leute von ihr hielten.

So eine wie mich gab es in Weilheim bestimmt nicht noch mal! Vielleicht war ich hier genau richtig. Vielleicht gab es in Weilheim einen Platz für mich. Es würde jedenfalls aufregend sein, ihn zu finden.

Linda Graze

Edgar Erwin Emil

Waldfriedhof, Stuttgart

Da war sie wieder. Diese Stimme. Vor wenigen Minuten erst hatte Hedwig sie verscheucht, vertrieben, mit ihrer Schaufel totgeschlagen. Denn es konnte nicht sein. Es durfte nicht sein.
Sie fuhr mit dem Handrücken über ihre Stirn. Sie glühte. Den ganzen Tag schon schickte die Sonne die Hitze vom Himmel, stach ihr in die Haut. Dieser Sommer war viel zu heiß. Bereits im Juni war das Thermometer auf 33 Grad geklettert.
Hedwig versuchte, die Stimme zu vergessen. Sie musste sie sich eingebildet haben, sicher setzten ihr die hohen Temperaturen zu.
Eine lange Weile summte sie vor sich hin, übertönte den Spuk in ihrem Kopf mit ihren eigenen Worten, sang »die Roten, die Blauen, die Gelben, alle Dolden welken« auf eine improvisierte Melodie. Bald ging der Singsang in ein Murmeln über, dann in ein Seufzen und schlussendlich in ein großes Lamento. »Alles verdorrt, verblüht, vertrocknet, verbrannt«, klagte sie, während sie ruckartig ein Stiefmütterchen aus der Erde zog. Die weißen Blüten waren braun umrandet. Schlaff baumelten die Blätter herab. Die Verwesung stieg ihr in die Nase. Hedwig ahnte, dass die Wurzel des Übels nicht im Erdreich lag. Ihr war, als kröche der Verfall aus ihrem Inneren,

läge tief in ihren Eingeweiden, schliefe, bis er die Gelegenheit fand, sie mit einem Schlag kaltzustellen. Faulte sie schon vor sich hin, gleich dem verkümmerten Pflänzchen, das sie achtlos in ihren Korb geworfen hatte? Sie erhob sich, strich mit beiden Händen über ihre Gärtnerschürze, wollte die Trübnis wegstreifen. Kurz darauf beugte sie sich wieder übers Grab. Es war mühsam, den trockenen Boden aufzuhacken, wieder stach sie den Spaten hinein, tief und tiefer, bis sie auf Geröll stieß. Sie räumte die Steine weg und grub mit den Händen weiter. Handschuhe trug sie keine, Hedwig trug nie Handschuhe, sie war es gewohnt, sich die Finger schmutzig zu machen. Wenn sie im Inneren der Erde wühlte, sich durch die Schöpfung tastete, blendete sie alles aus, die Gerüche, die Geräusche. Nichts zählte. Nur dieses Leben, das bisschen Dasein, das dem kostbar ist, der es schon mal am seidenen Faden hat hängen sehen.

Unermüdlich bearbeitete sie Erwins Grab, zog ein verwelktes Stiefmütterchen ums andere heraus und setzte Begonien in die ausgehobenen Löcher. Gottesaugen. Mit dottergelben Blüten, die in der Sonne leuchteten.

Danach war sie erschöpft. Ihr Rücken schmerzte. Kurz verweilen, Hedwig, dachte sie und setzte sich auf eine Bank unter eine mächtige Eiche. Von dort konnte sie das Grab überblicken. Sie legte die müden Hände in ihren Schoß und betrachtete versonnen ihr Werk. Sie genoss die Stille. Bis sie wiederkehrten, die gemurmelten Worte, die sie nicht hören wollte. Sie brachte sie mit einem »Pah!« zum Schweigen. Dabei fiel ihr Blick auf den Grabstein. Er war schwarz. Glänzend. Mit eingravierten Ranken verziert. Erwin Winter, erzählten die goldenen Lettern. Geboren am 15.9.1946, gestorben am 8.8.2013.

Auch jener Sommer war heiß gewesen, Hedwig erinnerte sich gut an die Wochen vor der Beerdigung. Das Kleid, das sie damals getragen hatte, hatte ein buntes Blumenmuster. Der federleichte Stoff hatte übermütig geflattert, wenn der Wind mit ihm spielte. Sie lauschte in die Vergangenheit, in das Geplappere der Nachbarn, das Gelächter der Freunde, sie sah sie in die Wälder strömen, über die Königstraße schlendern, die Biergärten, die Waldheime, die Parks bevölkern. Nur sie blieb zu Hause. Mit Erwin. Erwin las Zeitung. Wie jeden Tag. Jede Woche. Jeden Monat. In jedem Jahr zuvor. Nach dem Frühstück verschwand er hinter der Druckerschwärze. Manchmal saß er noch am Abend dort und starrte Löcher ins Papier. Allein das Rascheln des Blattes, das er umständlich umblätterte, wies darauf hin, dass Erwin existierte. Fragte sie ihn etwas, murrte er. Wollte sie ihn nach draußen locken, brummte er. Sogar die wenigen Haare, die über den oberen Zeitungsrand lugten, wurden ihr unerträglich. »So geht das nicht weiter«, sagte sie und wartete auf ihren Moment.

In einer Fernsehdokumentation hatte sie gesehen, wie starke Sonneneinstrahlung Papier zum Flackern brachte. Sie rückte seinen Sessel näher ans Fenster. Öffnete beide Flügel weit. Die Zeitung ging nicht in Flammen auf und der Ehemann nicht im Feuer unter. Auch am nächsten Tag lümmelte Erwin vor dem offenen Fenster, ein bloßes Stück Fleisch, seelenlos, antriebslos, willenlos. Sie musste ihn loswerden. Es war alternativlos.

Nun lag er da. Reglos. Und doch war er ihr Schicksal.

Wieder schreckte die Stimme sie auf. Wie war das möglich? Es war doch alles leer um sie! Keine Menschenseele schien mehr unterwegs. Die Vögel zwitscherten in den Baumkronen und tirilierten ihr Abendlied. War sie eingenickt? Die Friedhofspforten schlossen um 20 Uhr, sie musste sich sputen. Hastig erhob sie sich und setzte die letzten Gewächse ins Grab. Dann holte sie die schwere Gießkanne vom Brunnen, goss die Pflanzen, ließ die Kanne abermals mit Wasser vollaufen und befeuchtete die Erde. Zufrieden besah sie ihr Werk und lächelte.

Fast hätte sie es vergessen. Aber es ließ sich nicht vergessen. Das Flüstern kehrte zurück, eindringlicher als zuvor. War es die Furcht, die aus ihr sprach? Sie war ihr längst zur Begleiterin geworden, Hedwig hatte gelernt, sie mit emsiger Geschäftigkeit zum Schweigen zu bringen. Diesmal gab sie sich unbeeindruckt. »Du hast Schuld auf dich geladen«, sagte die Furcht.

Hedwig hielt die Hand an ihre Stirn, formte ein Schild, das sie vor der Sonne und dem Unvorhergesehenen schützen sollte. Langsam drehte sie sich um, blickte nach rechts, nach links, nach oben, besah die Blätter der Laubbäume, die sich sanft im Wind wiegten. Da! Ein Schatten? Etwas war an ihr vorübergehuscht und zwischen zwei Bäumen verschwunden. Sie schüttelte die braunen Locken. Es konnte nicht sein. Es durfte nicht sein.

»Ich sehe dich.« Sie horchte auf. Stutzte. Diese seltsame Aneinanderreihung der Töne, die hohen Endungen, die Betonung der letzten Silbe, es gab nur einen, der so sprach. Ohne Brustton der Überzeugung, so hell, so wenig männlich … Rief der Mann von unten, aus der Ruhestätte, in der Erwin keine Ruhe fand? Seit sieben Jahren lag er dort begraben, Seite an Seite mit dem, was tief in ihr verschüttet war.

»Hedwig«, hallte es aus der Gruft.

Sie richtete sich auf.

»Warum?«, fragte die Stimme.

Ihr Herz klopfte. Sie schlug mit der Schaufel auf den Boden, hämmerte auf ihn ein, als trüge er die Schuld. »Du warst schon tot.«

»Nein. Und das weißt du.«

»Du warst hinter deiner Zeitung begraben.«

»Papperlapapp.«

Obwohl sie sich vorsichtig umdrehte, konnte sie nicht ausmachen, woher die Stimme kam. Keiner war zu sehen. Die Stimme *musste* aus dem Grab kommen. Obwohl ... Es konnte nicht sein! Sie nahm eine Begonie in Augenschein, die sie frisch eingepflanzt hatte, und trat sie mit dem Gummischuh.

»Es war ein Unfall«, sagte sie. Es *durfte* nicht sein.

Die gelben Blumenblätter fielen ab, umsäumten den Grabstein, als wollten sie dem, der ohne Frieden war, ihr Geleit geben. Erneut breitete sich die Stille aus. Düster lockte ein Käuzchen aus der Ferne.

»Es war kein Unfall, Hedwig«, vernahm sie.

»Erwin!«, erwiderte sie barsch. »Halt den Mund.«

Entschlossen nahm sie ihren Spaten und den geflochtenen Weidekorb mit den welken Stiefmütterchen und stapfte über den Asphalt. Nur weg von hier! Es waren gerade mal fünfzig, sechzig Meter zum Ausgang. Erwins Grab lag vor dem Ehrenfeld, schräg gegenüber den 8500 gefallenen Soldaten. Dennoch kam ihr der Weg endlos vor, sinnlos, als zöge auch sie in einen Kampf, aus dem sie nicht zurückkehren sollte. Verstohlen schielte sie nach hinten, während sie ihren Schritt beschleunigte. Sie keuchte, als sie das linke Tor erreichte. Es stand offen. Sie musste diesen Wahnsinn beenden, die Sinnestäuschung hinter sich lassen. Sie huschte durchs Tor, löste die Verriegelung und ließ die schwere Eisenpforte krachend ins Schloss fallen. Doch die spitzzüngigen Bemerkungen drangen durch die Gitterstäbe.

»Mörderin!«

»Erwin«, zischte Hedwig. »Du bist tot. Find dich damit ab.«

Speicheltröpfchen stahlen sich aus ihrem Mund, dermaßen erregt war sie. Mit der Schürze tupfte sie den Schweiß von ihrem Gesicht, eilte zum Parkplatz. Das vertraute *Klack, klack*, mit dem sie ihren roten Polo öffnete, beruhigte sie. Sie achtete nicht auf die schwarze Limousine mit den getönten Scheiben, die neben ihr parkte. Was hatte es sie zu kümmern, wenn wichtige Leute wichtige Besucher hatten. Theodor Heuss, Robert Bosch, Oskar Schlemmer und wie sie alle hießen, auch sie waren tot, und nur ihre Gebeine lagen hier.

Hedwig jedoch war voller Leben, und sie wollte weg. Sich so schnell sie konnte hinter das Steuer setzen und das Gaspedal voll durchdrücken! Aber es war zu spät. Der Hauch, den sie im Nacken fühlte, war von vertrautem Atem begleitet.

»Ich bin nicht tot«, sagte der Hauch. Der Ton war ein anderer. Tiefer, voller, die Betonung der letzten Silbe klang gekünstelt. »Aber wer weiß, was du mit mir vorhast.«

Ein Schauer kroch ihre Wirbelsäule hoch, vom Steiß bis zu den Schultern, in die er sich krallte, um sie mit unsichtbaren Händen nach unten zu drücken, in den Asphalt zu stampfen, tiefer, zu den Würmern, wo sie hingehörte. Hedwig versuchte, einen klaren Gedanken zu fassen, sagte sich wieder, es ist die Hitze. Du bist dehydriert. Doch der Griff, der sich in ihren Oberarm krallte, war fest. Der Zupackende musste direkt hinter ihr stehen, sich mit ihr mitbewegen.

»Erwin«, rief sie, »lass gut sein.«

Sie wollte sich losmachen. Es gelang ihr nicht.

»Du hättest mich nicht vergiften sollen«, sprach es leise hinter ihr.

Etwas in ihr mahnte: Reiß dich los, Hedwig, fahr zurück nach Kaltental, versteck dich in deinem schiefen Haus am Anna-Scheufele-Platz! Doch sie hatte eine Schwäche für die Wahrheit. »Ich habe dich nicht vergiftet«, korrigierte sie.

»Wie hast du es getan?«

Sie seufzte.

»Den ewigen Frieden«, hörte sie. »Den kannst du mir nicht verwehren.«

»Gibst du dann Ruhe?«, wollte sie wissen.

»Ja.«

»Es war deine Lupe.«

»Du hast mich mit meiner Lupe erschlagen?«

»Ich hab sie in die Sonne gehalten.«

»Und ich war … «

»… eingenickt. Die Lupe lag auf dem Boden. Sie war dir aus der Hand geglitten, Erwin.«

»Und bei Edgar, wie hast du es bei ihm gemacht?«

Ein flaues Gefühl stieg in ihr auf, bildete sich zum Klumpen und drückte gegen ihre Kehle. Edgar, er lag doch oben, auf dem Dornhaldenfriedhof! Wie konnte … Sie schluckte.

»Die Wahrheit, Hedwig.« Das Räuspern in ihrem Nacken drängte.

»Ein kleiner Goldregentee.«

»Goldregen?«

»Cytisin. Es ist tödlich. Ein Extrakt aus zehn Stängeln hat genügt.«

»Danke fürs Geständnis.« Endlich ließ er von ihr ab. Er trat vor sie, zog höflich seinen Hut. »Das war großes Kino, Hedwig«, sagte er und klatschte in die Hände.

»Emil!« Wie gelähmt starrte sie den an, der keineswegs aus dem Sarg getreten oder aus dem Zwischenreich zu ihr gekommen war. Dennoch erschien ihr die hochgeschossene, schmale Gestalt, die im hellen Leinenhemd vor ihr stand, wie ein Gespenst.

»Ja, ich bin's, Emil, dein Ehemann. Hast du den schon vergessen?«

Sie war verwirrt. Sprachlos? Erleichtert! »Was bin ich froh, dass du hier bist.« Sie atmete auf. »Lass uns nach Hause fahren.«

»Ich fahre nach Hause, Hedwig«, sagte Emil. »Ohne dich.«

Ein übler Verdacht blies sich langsam in ihr auf. »Woher weißt du das von Erwin?«

Er lächelte.

Der Verdacht schwoll an zu einem Luftballon.

»Und von Edgar – ich hab dir nie von ihm erzählt.«

Emil schüttelte langsam den Kopf. »Hedwig, Hedwig.«

Während zwei Beamte aus der Limousine stiegen, platzte der Ballon. Der eine kam mit Handschellen auf sie zu. Krampfhaft hielt sie sich an ihrem Korb fest, als suchte sie Halt bei den welken Stiefmütterchen. Der Beamte nahm ihr den Korb aus der Hand und stellte ihn auf den Boden. Vorsichtig umfasste er ihre Unterarme, verschränkte sie hinter ihrem Rücken und ließ die Metallschließen klicken. Der andere klärte sie über ihre Rechte auf.

»Du hast mich benutzt!«, herrschte sie Emil an.

»Du hättest nie gestanden«, sagte er.

»Wie hast du es herausgefunden?«

»Der Keller, Hedwig.«

»Du solltest ihn aufräumen, Emil.«

»Es war der Grundriss.«

Sie starrte ihn an.

»Die Mauer. Sie gehörte nicht dorthin.«

Ihr Atem stockte.

»Hinter ihr hab ich die Kassetten gefunden.«

»Was für Kassetten?«

»Erwin hatte sie besprochen. Es war sein Tagebuch. Er hatte das mit Edgar herausgefunden. Er ahnte, was ihm blühen wird. Und ich …«

Tränen schossen ihr in die Augen. »Ich würde dir doch nichts antun. Niemals!«

»Lass das, Hedwig.«

»Du hast mir Rosen geschenkt.« Sie sah den Strauß vor sich, fünfzig rote Rosen zu ihrem fünfzigsten Geburtstag. Zehn Tage lang hatten sie einen süßen Duft auf ihrem Esszimmertisch verbreitet.

Sie hatte sie bei jedem Wasserwechsel neu angeschnitten. Mit Haarspray getrocknet, hatten sie noch mal vierzehn Wochen gehalten. »Mit dir wollte ich alt werden. Nur mit dir.«

Die beiden Polizisten führten sie ab. Sie folgte klaglos, doch sie warf einen letzten Blick auf das schmiedeeiserne Tor, vor dem Emil verharrte. Eine Zeit lang betrachtete sie den Mann, als hätte sie ihn nie zuvor gesehen. Wie er dastand! Die Hände in den Hosentaschen, die Mundwinkel auf die glänzenden Schuhspitzen gerichtet, er wirkte so …

»Zweifacher Mord«, sagte der eine Beamte.

… schlaff, dachte sie.

»Das gibt lebenslänglich«, sagte der andere Beamte.

Schade, dachte sie.

»Nach fünfzehn Jahren ist sie raus«, sagte der eine.

»Spätestens«, sagte der andere.

Hedwig dachte an die Stiefmütterchen in ihrem Korb. Auch sie waren schlaff. Erloschen. Tot. Hedwig lächelte. Es konnte sein. Es durfte sein.

Sybille Baecker

Die Patin von Bad Wildbad

Bad Wildbad

»Bist du wahnsinnig?«, kreischt Mira entsetzt.

Ich könnte mit ruhigem Lächeln ein freundliches »Ja« erwidern. Aber das hätte die Situation vermutlich nicht unbedingt entspannt. In meinen Ohren fiept ein gemeiner Piepston, der weniger Miras panisch-schriller Stimme geschuldet ist als der Geräuschexplosion kurz zuvor auf engem Raum und ohne Hörschutz.

Mein Blick ruht nachdenklich auf Donald. Ob der Mann, der auf unserem Sofa liegt, tatsächlich Donald heißt, wissen wir nicht. »Er sieht so amerikanisch aus«, hat Mira gesagt und ihm den Namen verpasst. Donald trägt Jeans, ein weißes T-Shirt mit dem Emblem einer Eishockeymannschaft und weiße, klobige Turnschuhe. Sein Blick geht zur Decke, ein Arm hängt schlaff herab, die blonde Kurzhaarfrisur ist etwas derangiert. Seine Stirn hat ein Loch.

»Guter Treffer«, lobe ich mich und streiche anerkennend über den kurzen Lauf meiner Beretta-Bobcat. Zuverlässig und präzise, da hat der Hersteller nicht gelogen.

»Oh Mann, Nele«, jammert Mira. Mit fahrigen Händen versucht sie, eine Kippe aus der Schachtel zu klopfen. Die Zigarette fällt auf den Boden. Ich hebe sie auf, stecke sie ihr zwischen die Lippen und reiche ihr Feuer. Eigentlich möchte ich nicht, dass sie in unserer Wohnung raucht, aber unter den gegebenen Umständen übe ich mich in Großmut.

Mira inhaliert gierig das Nikotin. Ihre Finger zittern dermaßen, dass ich besorgt einen Blick auf den Teppich werfe. Ein Brandloch in dem schönen Stück wäre eine Schande. Mit Blick auf die Glut reiche ich ihr den Untersetzer einer Kaffeetasse vom Couchtisch und beuge mich zu Donalds Gesicht.

»Genau zwischen die Augenbrauen. Das muss man erst mal hinkriegen.« Ich kann nicht verhindern, dass ein wenig Stolz in meiner Stimme durchklingt.

Mira zieht erneut kräftig an der Kippe und drückt sie hektisch auf dem Unterteller aus. »Der ist tot! Du hast ihn eiskalt abgeknallt!«

»Der oder ich, was wäre dir denn lieber gewesen?« Ich frage ohne Pathos und schaue sie über die Schulter hinweg an. Mira ist etwas grün im Gesicht. Sie ringt nach Atem.

»Du solltest nicht so viel rauchen.«

»Und du solltest nicht so viele Leute erschießen!«

»Es war nur einer.«

»War auch nur eine Zigarette, verflucht!«

Ich lächele nachsichtig. Mira ist gestresst. Sie ist so eine Situation nicht gewöhnt. Ich stecke die Waffe wieder zurück in die Schlaufe an meinem Bein unter meinem knielangen Rock. Manche halten meinen Kleidungsstil für altbacken. Ich denke, er ist passend, um auf alles gut vorbereitet zu sein.

»Ich brauche eine Plastiktüte«, erkläre ich Mira.

»So große Tüten haben wir nicht.«

Ich muss wieder lächeln. Meine kleine Schwester ist so niedlich, wenn sie trotzig ist. »Es reicht, wenn ich den Kopf reinkriege.«

Ihre Augen werden groß. Hinter ihrer Stirn malt sie sich vermutlich gerade aus, wie ich Donald auf unserem schönen

Sofa den Kopf absäge, in die Tüte stecke und unten in den Müllcontainer werfe.

»Der Kerl muss runter vom Sofa, und der soll uns ja nicht auch noch den Teppich versauen«, erkläre ich. »Ich ziehe ihm die Tüte über den Kopf. Wir müssten auch noch irgendwo Gaffa-Tape haben. Könntest du das bitte mitbringen? Dann kann ich die Tüte fixieren, damit sie nicht runterrutscht.«

»Das ist nicht dein Ernst.« Ihre Stimme ist nur noch ein ungläubiges Hauchen.

»Doch, ist besser so, glaub mir. Blutflecken kriegst du ganz schlecht raus.«

Mira vollführt eine Kehrtwende und verschwindet im Bad. Den Geräuschen nach zu urteilen, die aus dem gekachelten Raum widerhallen, hätte ich mir das Kochen heute Mittag sparen können.

Ich gehe selbst in die Küche und suche nach dem Gaffa-Tape und einer passenden Tüte. Ich entscheide mich gegen die durchsichtigen Müllbeutel. Der Anblick von Donalds toten Augen durch das milchige Polyethylen würde Mira noch mehr verstören. Abschätzend halte ich die Tüte des Calmbacher Fischhändlers hoch, bei dem wir am Wochenende köstliche Forellenfilets gekauft hatten. Die müsste groß genug sein. In der Schublade finde ich eine Packung Einmalhandschuhe. Es geht doch nichts über einen gut sortierten Haushalt.

Da die Leichenstarre noch nicht eingesetzt hat, macht es keine Schwierigkeiten, Donalds Kopf anzuheben und die Tüte darüberzuziehen. Ich fixiere sie mit dem Klebeband am Hals. Der Anblick der Regenbogenforelle auf blauem Grund ist viel erfreulicher als seine starren Augen.

Ich durchsuche seine Jackentaschen, finde sein Smartphone – leider gesperrt –, einen Autoschlüssel, die Visitenkarte eines Striplokals mit Hinterzimmern und seinen Personalausweis. Kevin Hausmann aus Frankfurt. Ich hatte es ihm gleich angesehen: Er war einer von Leons Leuten. Und jetzt hatte Klein-Kevin unser Versteck aufgespürt und sich gedacht, er käme kurz vorbei, könnte mich erschießen, die süße Mira geschwind wieder einpacken und mit stolzgeschwellter Anabolika-Brust zu Leon zurückbringen. Zu kurz gedacht, mein Lieber. Ich schaue auf den Mann mit dem Kopf in der Tüte. Nein, es bleibt bei Donald.

Mira kommt zurück zu mir ins Wohnzimmer. Statt grün ist sie jetzt blass. Ich würde sie gern schonen, aber ich brauche ihre Hilfe und reiche ihr ein Paar Einweghandschuhe.

»Nimmst du ihn an den Füßen? Wir bringen ihn erst einmal in den Flur, dann reinigen wir das Sofa, und danach entsorgen wir ihn.«

»Entsorgen?« Miras Stimme steigt sogleich wieder in höhere Oktaven.

»Hierbleiben kann er nicht.«

Bei Mira setzt erneut leichte Schnappatmung ein. In mancher Hinsicht ist sie wirklich ein Sensibelchen. Nicht zum ersten Mal frage ich mich, wie sie die Zeit, in der sie für Leon gearbeitet hatte, überstehen konnte.

»Und wie stellst du dir das vor?«, klirrt ihre Stimme an meine schussgeschädigten Ohren. »Willst du ihn in die Große Enz werfen und hoffen, dass er bis zum Neckar treibt?«

Tatsächlich hatte ich kurz darüber nachgedacht, den Gedanken aber schnell wieder verworfen. »Das klappt nicht, da bleibt er vorher hängen.«

Schlimmstenfalls mitten im Ort. Obwohl Wasser natürlich eine sehr gute Methode ist, um Spuren zu verwischen. Aber nein, nicht hier in Bad Wildbad. Dieses beschauliche Schwarzwaldörtchen ist ein Kurort. Die Leute sollen sich erholen und nicht über Leichen stolpern. Und mit dem unübersehbaren Loch zwischen den Augenbrauen würde ohnehin niemand glauben, dass er in die Enz gestolpert und ertrunken ist. Der Treffer war gut, aber er stellt mich vor ein Problem.

Ich greife unter Donalds Achseln und nicke Mira aufmunternd zu, damit sie ihn an den Fußgelenken fasst. Der Kerl ist muskelbepackt und verflucht schwer.

Das Ausmaß des Blutflecks auf dem Sofa hält sich in Grenzen. Donald hat nicht so stark geblutet. Das ist der Vorteil, wenn die Tötungsmethode schnell und effektiv ist. Der Kreislauf kommt rasch zum Stillstand. Es gibt keine Fontäne, weil nix mehr pulsiert. Zudem habe ich vorgesorgt. Ich verwende Hohlspitzmunition. Die Patronen pilzen beim Aufprall auf und bleiben dadurch – meistens – im Körper stecken. Keine Austrittswunde, weniger Sauerei. Weder Hirn noch ein Loch im Sofa. Dennoch verlangt die Reinigung des Polsters mehr als Febreze aus der Sprühflasche.

Mira wimmert leise vor sich hin. Sie steht noch immer unter Schock. In der Verfassung, in der sie ist, kann ich mit ihr keine Leiche entsorgen. Ich bin auch unsicher, was unsere Nachbarn mitbekommen haben. Die meisten sind um diese Tageszeit normalerweise bei der Arbeit, aber die alte Frau Kling, die die Wohnung schräg unter uns hat, könnte etwas gehört haben. Hat sie inzwischen die Polizei alarmiert? Mira, das ist mir klar, würde keiner Befragung standhalten. Ich muss sie aus der Schusslinie bringen.

Und auch Donald sollte verschwinden. Wir könnten ihn mit seinem Auto transportieren, überlege ich, wohin auch immer. Das Problem ist, ihn unbemerkt aus dem Haus zu schaffen. Es war schon ein Kraftakt, ihn in den Flur zu schleppen. Nie im Leben würden wir ihn unbemerkt durch das Treppenhaus wuchten können.

Ich trete ans Fenster, schaue auf die Straße vor unserem Haus. Wir könnten ihn heute Nacht aus dem Fenster schubsen. Wenn ich unten eine Decke auf den Asphalt lege, wäre der Aufprall vielleicht nicht ganz so laut.

Und schon kommt mir die olle Kling wieder in den Sinn. Ihre Fenster gehen zur Straße, und garantiert leidet sie unter seniler Bettflucht. Nein, das Fenster ist keine Option.

»Was machen wir denn jetzt mit Donald?«, fragt Mira in meine Überlegungen hinein.

Wenn ich das nur wüsste. Den Kerl zu erschießen, war schnell erledigt. Aber wie um alles in der Welt entsorgt man eine Leiche?

»Wo kriegen wir einen Rollstuhl her?«, überlege ich laut.

»Was willst du mit einem Rollstuhl?«

Ich höre schon wieder einen besorgten Unterton in Miras Stimme.

»Wir fahren mit Donald zur WildLine. Aber wir können ihn nicht tragen, und laufen kann er ja nicht mehr.«

Die WildLine ist eine Stahlseilbrücke im Stil der Golden Gate Bridge – allerdings nicht für den Autoverkehr geeignet. Wenn wir Donald aus 60 Metern Höhe hinunterschubsen, würde er vermutlich ziemlich zerschmettert am Boden aufkommen. Mit etwas Glück fiele das Loch in seinem zerborstenen Schädel da gar nicht mehr auf.

»Wir hätten mit ihm direkt zur Hängebrücke fahren sollen, anstatt ihn hereinzulassen«, nölt Mira. »Dann hättest du ihn dort erschossen und wir wären ihn gleich losgewesen.«

»Zu laut«, erwidere ich bei dem Gedanken an das Echo des Schusses über den Baumwipfeln.

»Du meinst, es ist unauffälliger, einen toten, zwei Zentner schweren Mann im Rollstuhl über die Brücke zu schieben, den Kerl über das hohe Geländer zu hieven und in die Tiefe zu stoßen?«

Wo sie recht hat, hat sie recht. Das mit der WildLine ist wohl keine so gute Idee.

Ich gehe in den Flur und schaue auf unseren ungebetenen Gast, der wie eine umgestürzte Adonisstatue zu meinen Füßen liegt. Unweigerlich kommt mir die Leichenstarre wieder in den Sinn. Die schreitet voran. Wenn er steif wie ein Brett ist, kriegen wir ihn weder in einen Rollstuhl noch in den Kofferraum eines Wagens.

Ich durchforste mein Hirn nach medizinischem Basiswissen. Nach acht Stunden ist die Rigor mortis voll ausgebildet. Vollständige Lösung nach zwei bis fünf Tagen. So lange können wir ihn nicht in der Wohnung lassen.

Eine große Kiste, überlege ich. Aber nein, mit Donald darin kriegen wir die nicht nach unten geschleppt. Der Rollstuhl ist und bleibt die beste Option, um ihn hier wegzuschaffen. Basecap, Sonnenbrille und ein bisschen Schminke, da sieht keiner auf den ersten Blick, dass er tot ist.

»Mira, ich muss kurz weg.«

»Wo willst du hin?« In zwei Schritten ist meine kleine Schwester bei mir und klammert sich an meinen Arm. Ihre Pupillen sind panisch geweitet. Selbst in ihrer Angst ist sie noch traumhaft schön. Kein Wunder, dass Leon sie zurückhaben will. Sie und das Geld, das wir ihm gestohlen haben. Vielleicht war es ein Fehler, ihn um die Wocheneinnahmen zu erleichtern, als ich Mira aus seinem Laden geholt habe. Andererseits hatte er meinem Schwesterchen die Unschuld geraubt, da war es nur recht und billig, dass er uns mit seinem Geld den Start in ein neues Leben finanziert. Nur schade, dass sein Handlanger uns in diesem beschaulichen Örtchen jetzt aufgestöbert hat.

»Ich bleib hier nicht allein mit … dem.« Sie wagt kaum, ihn anzusehen.

Was soll's? »Na gut, dann kommst du halt mit«, erbarme ich mich.

Nun schaut Mira doch besorgt zu unserem ungebetenen Gast. »Aber wir können ihn doch nicht so hier liegen lassen.«

»Klar können wir.« Ich lächele zuversichtlich. »Keine Sorge, der läuft nicht weg.«

Wir sind schon fast unten an der Haustür, als sich die Wohnungstür der alten Kling vor uns öffnet.

»Grüß Gott, die Schwestern Ensle«, krächzt sie uns entgegen. »Was war das für ein Krach da gerade bei Ihnen?«

Ich verfluche diese neugierige Alte. Wenn man dringend noch ein Ei zum Backen benötigt, kann man mit der Faust gegen ihre Tür hämmern, und sie reagiert nicht. Kaum wird jemand erschossen, steht sie im Treppenhaus. Nächstes Mal werde ich mir mit der Beretta vor ihrer Tür Gehör verschaffen.

»Welcher Lärm?«, stelle ich mich ahnungslos.

»Der laute Knall, das Geschrei. Das kam doch da oben von Ihnen.« Klings Augen werden hinter den dicken Brillengläsern zu schmalen Schlitzen. Alte Hexe.

»Ach, Sie meinen den Fernseher. Ich hatte versehentlich den Ton zu laut gestellt, und Mira hat sich erschreckt.« Ich zwinge mir ein Lächeln ab. Die Ausrede ist lahm. Aber unter Druck ist es auch nicht leicht, kreativ zu sein.

Ihre altersschwachen Argusaugen mustern mich. »Ha jo«, seufzt sie schließlich und tritt den Rückzug an.

Mein Blick schweift über die geparkten Wagen am Straßenrand. Ich entdecke einen roten Spider mit Frankfurter Kennzeichen. War ja klar, dass dieser Poser einen Macho-Sportwagen für Arme fährt. Wir würden Donald ordentlich zusammenfalten müssen, um ihn in den kleinen Kofferraum zu bekommen.

Ich scanne die Umgebung, ob einer seiner Kumpane zufällig rauchend in der Ecke steht. Aber ich entdecke niemanden. Er muss allein unterwegs gewesen sein, vermute ich. Wie sonst hätte er mit einem Kollegen in einem Zweisitzer Mira wieder zurück nach Frankfurt bringen wollen?

»Nehmen wir sein Auto?«, fragt Mira.

»Nein.« Ich will unsere DNA nicht schon jetzt in seinen Ledersitzen verteilen. Das bringt mich zum nächsten Problem. Wir müssen Donalds Spider entsorgen. Nicht nur wegen unserer Spuren – es soll ja auch niemand wissen, wo er zuletzt war. Verflucht, was so ein kleiner Schuss für eine Arbeit nach sich zieht.

Eins nach dem anderen. Als Erstes zum nächsten Sanitätsgeschäft. Ich wähle den Weg durch den Kurpark, in der Hoffnung, dass das Grün Miras Gemüt und Magen beruhigt. Und sollte das SEK gerade auf dem Weg zu unserem Haus sein, weil die Kling mir meine TV-Story nicht abgenommen hat, würden wir den Staatsbeamten nicht in die Arme laufen.

Mira steuert die Englische Kirche an, die unscheinbar im Schatten einer riesigen Wellingtonia steht. Sie möchte in der Kirche eine Kerze für Donald anzünden. Und für sich. Und auch für mich. Kann ja nicht schaden, denke ich. Allerdings sind die Türen verschlossen. Sich mit Gewalt Zutritt zu verschaffen, kommt nicht in Frage. Ohne Not verstoße ich nicht gegen geltendes Gesetz.

Als wir weitergehen, nehme ich aus dem Augenwinkel eine Bewegung hinter uns wahr. Ich schaue mich um, entdecke ein Männlein mit Rollator. Der gehört wohl kaum zu Leons Leuten. Allerdings scheint er recht rüstig. Ist die Gehhilfe nur Tarnung?

»Was ist?«, fragt Mira besorgt.

»Nichts, Schwesterchen. Ich genieße die Aussicht.«

Sie schaut mich an, als könnte sie nicht verstehen, dass ich mich in unserer Situation an der Natur erfreuen kann. Ich nehme ihre Hand, damit wir weitergehen, und lausche auf Schritte hinter uns. Ich werde sie beschützen. Die Waffe liegt warm an meinem Schenkel.

Unser Weg zum Sanitätshaus führt an den Palais-Thermen vorbei. Die Verlockung ist groß – ein bisschen Sauna, ein bisschen Faulenzen auf dem Sonnendeck, und die Welt sieht gleich viel besser aus. Doch schon wieder beschleicht mich das Gefühl, verfolgt zu werden. Ich sehe einen Mittfünfziger mit Goldkettchen rauchend im Schatten stehen. Er schaut zu Mira. Ein Leuchten liegt auf seinem Gesicht. Sie hat diese Wirkung auf Männer – eine zarte Elfe mit einem unschuldigen Engelsgesicht und sinnlich geschwungenen Lippen.

Der Typ ist mir nicht geheuer. Ich ziehe Mira weiter. Es ist ohnehin Eile geboten. Die Läden haben nicht ewig geöffnet, und Donald wird minütlich steifer.

Meine Anfrage im Sanitätshaus ist ernüchternd.

»Haben Sie ein Rezept?«, fragt der Verkäufer, Typ Korinthenkacker.

Nein, aber eine Leiche im Flur. Ich versuche es mit einem Lächeln. »Geht's denn nicht auch ohne?«

Ich ernte ein Kopfschütteln. »Tut mir leid. Die Probe-Rollstühle sind alle verliehen. Vielleicht kommen Sie am Montag noch mal wieder?«

Bis dahin ist aus Donald ein Insektenmekka geworden. Wir haben Sommer, nicht die ideale Zeit, Leichen länger als nötig in der Wohnung zu lagern. Kurz überlege ich, in der Kurklinik einen Rollstuhl zu klauen. Aber wenn das schiefgeht, kommen wir in Erklärungsnot. Und der Polizei möchte ich im Moment lieber aus dem Weg gehen.

Unverrichteter Dinge verlassen wir das Invaliden-Shopping-center. Ich hebe den Blick in der Hoffnung auf eine rettende Eingebung von oben, lasse ihn über die Schwarzwaldkulisse gleiten. Die Sommerbergbahn kriecht den Hang hinauf. Moderne, behindertengerechte Wagen. Da kämen wir mit einem Rollstuhl gut hinein und oben dann ab in den Wald. Wenn die Waldarbeiter gerade Holz machen, könnten wir Donald häckseln. Passt der Koloss am Stück in so einen Häcksler, oder müsste ich ihn erst zerlegen? Im Geiste sehe ich mich, wie ich versuche, Donald in einen riesigen Baumhäcksler zu stopfen. Das Bild ist so absurd, dass ich mir nur mühsam ein Lachen verkneifen kann.

Im selben Augenblick entdecke ich den Mittfünfziger wieder. Bad Wildbad ist keine Großstadt, da kann man sich schon zweimal über den Weg laufen. Dennoch ziehe ich Mira eilig mit mir fort.

Die S-Bahn rollt an uns vorbei. Vielleicht sollten wir in die nächste Bahn steigen und auf Nimmerwiedersehen davonfahren. Paris soll schön sein. Wir müssten vorher noch mal in unsere Wohnung, ein paar persönliche Dinge holen – insbesondere die Tasche mit dem Geld. Das würden wir brauchen. Paris ist teuer. Aber als mörderische Schwestern ein Leben lang auf der Flucht vor Leon und der Polizei – auch keine berauschende Aussicht.

Automatisch blicke ich mich um. Da ist schon wieder dieser Mittfünfziger. Er zückt sein Smartphone und liest eine Nachricht. Ich wende mich ab, stoße fast gegen einen Paketboten, der samt Sackkarre unseren Weg kreuzt. Ja, hoppla, wäre das eine Lösung? Wir wickeln Donald in einen Teppich ein, schnallen ihn auf eine Sackkarre, und ab damit durchs Treppenhaus. Nachts. Leise. Zudem wäre es auch unauffälliger, einen Teppich in den Kofferraum zu stopfen als eine Leiche.

Wohin dann?

Der Wildsee im Hochmoor. Mit dem Auto müsste man dort relativ gut hinkommen.

Mira ist empört über meinen Vorschlag. »Das Moor ist ein empfindliches Naturschutzgebiet.«

»Wir können Donald ausziehen, das würde die Umweltbelastung reduzieren.« Der Mann in unserer Wohnung mit dem Kopf in der Tüte ist keine dreißig. Ich vermute, er hat noch keine künstlichen Gelenke. Und abgesehen von der Kugel in seinem Schädel müsste der Rest kompostierbar sein.

»Und was ist mit den Wölfen?«

»Die sind scheu, die tun uns nichts.«

»Aber wenn sie Donald finden? Dann beißen sie was von ihm ab, und dann bricht die Hysterie los, und die Wölfe werden zum Abschuss freigegeben.«

Die Hysterie bricht gerade wieder neben mir los, denke ich und lege beruhigend meinen Arm um Miras schmale Schultern. Sie ist nicht nur sensibel, sondern auch sehr tierlieb. »Ist gut, wir werden ihn nicht im Moor entsorgen.«

So langsam gehen mir die Ideen aus.

Irgendetwas stimmt nicht. Ich spüre es bereits beim Anblick der Haustür. Zögernd steige ich die Treppen zu unserer Wohnung hinauf, darauf bedacht, dass Mira dicht hinter mir bleibt. Ich lausche auf Geräusche im Treppenhaus. Es ist alles still. Zu still. Als ich den Schlüssel ins Schloss stecke, öffnet sich der Riegel bereits nach einer halben Umdrehung. Ich bin mir sicher, dass ich beim Verlassen der Wohnung den Schlüssel zwei Mal im Schloss umgedreht hatte. Ich halte inne, trete rasch zur Seite.

»Was …«

»Scht.« Ich schiebe Mira weiter hinter mich und zücke die Beretta. Mein Blick wandert durch das Treppenhaus, nach oben, nach unten. Da ist niemand.

»Du bleibst hier und rührst dich nicht von der Stelle«, wispere ich Mira eindringlich ins Ohr. Sie nickt ängstlich.

Ich stoße die Wohnungstür mit dem Fuß auf, linse in den Flur. Er ist leer.

Er ist LEER!

Das kann nicht sein. Ich hatte Donald genau zwischen den Augenbrauen getroffen. Damit täuscht man keine Ohnmacht vor!

Ich halte die Waffe im Anschlag, betrete unsere Wohnung, öffne vorsichtig eine Tür nach der anderen. Kein Donald. Nirgends. Das gibt es doch nicht!

»Nele?«

Ich fahre herum.

»Du sollst draußen bleiben«, zische ich wütend.

Mira steht im Eingang und deutet zaghaft mit dem Zeigefinger nach links. Das graue Haar von Frau Kling schiebt sich in mein Blickfeld. Die hat mir zu meinem Glück noch gefehlt. Wie ist die Alte überhaupt so schnell und vor allem so leise die Treppen hinaufgekommen?

»Ha noi«, kommt es tadelnd von ihr. »Tun Sie das Ding da weg.« Sie fuchtelt mit der faltigen Hand in Richtung meiner Beretta. »Das ist gefährlich.«

Ach was. Ich stecke die Pistole in meinen Rockbund, um sie schnell wieder zur Hand zu haben. Wer weiß, wer hier als Nächstes reinschneit?

Noch immer scannen meine Augen suchend die Umgebung nach Donald ab. Der Kerl kann unmöglich einfach hinausspaziert sein.

»Der ist weg«, erklärt die Kling.

»Das seh ich.« Ich schaue unsere Nachbarin irritiert an. Woher weiß sie überhaupt, dass *der* hier war?

»Ich hab Kaffee gekocht. Kommen Sie mal mit runter. Wir müssen was besprechen.«

Ich schaue besorgt zu Mira, die mittlerweile nur noch ein bibberndes Nervenbündel ist. Ich glaube nicht, dass Kaffee jetzt das richtige Getränk für sie ist.

Klings Wohnung ist ein Relikt des vergangenen Jahrtausends, mit Häkeldeckchen, rustikalen Eichenmöbeln, und auch das Gemälde der Waldlandschaft über dem grünbeigen Sofa mit Polsterschonern fehlt nicht. Auf dem Couchtisch steht antikes Porzellan. Die Kling weist uns den Platz auf dem Sofa zu und gießt eine braune Plörre in das Blümchengeschirr.

»Mein Bruder ist gestorben«, erzählt sie und lässt sich auf dem Sessel uns gegenüber nieder. Ihr Rock rutscht hoch und entblößt ein Paar zeitlos-moderne hautfarbene Stützstrümpfe.

»Mein Beileid«, sage ich.

Sie winkt ab. »Um den ist's nicht schad. Der war ein wüster Kerl.«

Kurz beschleicht mich der Gedanke, ob sie von Donald spricht. Aber das wären mindestens vierzig Jahre Altersunterschied, eher fünfzig. Unsere verschwundene Leiche könnte ihr Enkelkind gewesen sein.

»Aber so eine anständige Beerdigung, die ist teuer«, fährt sie fort.

Was wird das jetzt? Will die Alte uns erpressen? »Waren Sie in unserer Wohnung?«, frage ich lauernd.

»Ha jo.« Sie scheint sich keiner Schuld bewusst. »Und ich habe mir erlaubt, ein wenig aufzuräumen.«

Ich ziehe eine Augenbraue hoch. »Haben Sie Donald in den Restmüll getan oder auf den Kompost?«

»Donald? Im Ausweis stand Kevin.«

Es ist nicht zu fassen! Da mache ich mir Sorgen um Goldkettchen tragende Mittfünfziger und Rollatorschubser, dabei hätte ich besser meine Nachbarin im Auge behalten. Die Alte hat es faustdick hinter den Ohren. Aber nie im Leben hat sie Donald die Treppen hinunter zu den Müllcontainern getragen.

»Was wollen Sie?«

Der Schalk blitzt auf in ihren wässrigen Augen. »Wir haben beide ein Problem: Ich will die teure Beerdigung meines Bruders nicht zahlen, und Sie haben …« Sie wackelt mit dem grauen Lockenköpfchen. »Sie haben Donald.«

Das stimmt so nicht ganz. Denn im Moment weiß ich nicht, wo der Kerl steckt.

»Und?«, frage ich.

»Wissen Sie, was eine Huckepack-Beerdigung ist?«

»Nein.«

Mira nippt an ihrer Blümchentasse. Ihre Hände zittern.

Oma Kling lacht mädchenhaft. Das macht sie fast sympathisch.

»Was halten Sie davon, wenn wir Ihren Donald zu meinem Bruder in den Sarg legen? Wir könnten uns die Kosten für die Beerdigung teilen. So wäre uns beiden geholfen.« Jetzt lacht sie nicht mehr.

»Aber Donald ist nicht mehr da.«

»Der Bestatter hat ihn bereits abgeholt. Ich wollte unnötige Geruchsentwicklung vermeiden. Ich wusste ja nicht, wann Sie wiederkommen.«

Ich wünschte mir, wir wären gar nicht zurückgekommen. Aber nun sitzen wir hier mit der Alten beim Kaffeekränzchen.

»Ich habe gesehen, dass Sie über die nötigen finanziellen Mittel verfügen, und bin davon ausgegangen, dass Ihnen mein Vorschlag zusagt.«

Sie muss die Tasche mit dem Geld entdeckt haben. Meine Atmung beschleunigt sich.

»Ich habe nur Donald mitgenommen, sonst nichts.«

Gedanken lesen kann sie auch noch.

»Sie können doch nicht einfach in unsere Wohnung gehen und eine Leiche raustragen lassen!«

»Das war nicht schwer. Ich habe einen Schlüssel. Mein verstorbener Mann war ja hier der Hausmeister.«

Somalia, Afghanistan, Syrien. Ich habe als Soldatin einiges in meinem Leben erlebt und verliere wahrlich nicht leicht die Nerven, aber die Situation in diesem beschaulichen Kurort überfordert mich so langsam. Ich wende Atemtechniken an, um meinen Puls wieder auf eine normale Schlagrate zu bekommen. »Der Bestatter, der verpfeift uns doch!«

»Da machen Sie sich mal keine Sorgen, der schuldet mir noch einen Gefallen.« Unsere gedankenlesende Leichenentsorgerin schaut auf ihre von der Arthrose krummen Finger. »Und wer würde ihm glauben, dass eine sechsundziebzigjährige Frau ihn gebeten hat, die Leiche eines Mannes, der offensichtlich mittels eines gezielten Kopfschusses getötet wurde, aus einer fremden Wohnung zu holen?«

Von mir würden die Bullen sicher keine Bestätigung bekommen.

»Huckepack-Beerdigung«, wiederhole ich langsam. »So nennt man das?«

»Keine Ahnung.« Oma Kling schaut liebevoll zu meiner kleinen Schwester. Miras Lippen sind – man möge mir den Vergleich verzeihen – leichenblass. Morgen gehe ich mit ihr in die Therme, nehme ich mir vor. Sie muss sich unbedingt entspannen.

»Wenn Sie wieder mal ein Problem haben, kommen Sie gleich zu mir. Hier gibt es einige Leute, die mir noch einen Gefallen schulden.« Die Patin von Bad Wildbad zwinkert mir verschwörerisch zu. »Wir Frauen müssen doch zusammenhalten, nicht wahr?«

Ruth Edelmann-Amrhein

Tod bei 90 Grad

Freudenstadt

Sie glauben mir nicht. Geben Sie es zu, Sie glauben mir nicht! Ich merke es an der Art, wie Sie Ihre rechte Augenbraue heben, nur die rechte. Es verleiht Ihrem Gesicht den Ausdruck des höchsten Zweifels, und dennoch sage ich Ihnen, es ist so. Weshalb, glauben Sie, säße ich sonst hier? Und ich sage Ihnen, ich werde sie zum Schweigen bringen. Nein, nicht Sie, die anderen, jene, weshalb ich hier bin. Ich werde sie töten, alle! Sie wollen, dass ich nun endlich zur Sache komme, dass ich Ihnen genau sage, um was es überhaupt geht und wann es angefangen hat? Ach ja, da haben Sie recht, woher sollten Sie das auch wissen.

Begonnen hat es in der dunklen Jahreszeit, vor einigen Monaten. Zunächst nahm ich die fremden Geräusche nur als Hintergrundrauschen wahr. Ein leises Wispern und Fiepen durchzog das Haus. Nicht regelmäßig, nur gelegentlich. Die Fenster waren alle verschlossen, das überprüfte ich als Erstes, doch da es überwiegend in den Kellerräumen zu hören war, glaubte ich, die Ursache im Rascheln des Laubs gefunden zu haben, das im Keller durch die Luke gut zu hören war. Ich beruhigte mich wieder, und für einige Tage vernahm ich keine ungewohnten Geräusche mehr. Doch dann hörte ich einen durchdringend gellenden Schrei aus der

Waschküche. Ich riss die Tür auf, und ein feuchter Dampf schlug mir entgegen. Es war Waschtag, und wie immer hatte ich mit der Unterwäsche bei 90 Grad begonnen. Die Maschine war gerade dabei gewesen, ihren ersten Schleudergang einzulegen, da meinte ich, hinter der Glasscheibe der Waschtrommel ein grantig finsteres Gesicht zu erblicken. Ich erschrak zu Tode und holte tief Luft, streckte mir doch das Gesicht die Zunge heraus.

Als sich die Wäschetrommel zu 1500 Umdrehungen aufraffte, begann die Maschine in ungewohnt heftiger Manier zu vibrieren, und eine Stimme schrie: »*Mir stinkt es im wahrsten Sinne des Wortes, schon wieder mit deiner schmutzigen Unterwäsche gefüllt zu werden. Warum, verdammt noch mal, bekomme ich nicht wenigstens einmal einen String Tanga im Tigermuster oder ein rosa Bustier mit schwarzen Schleifen, so wie mein Kollege im Nachbarhaus?*«

Sie verstehen sicherlich, dass es mir die Sprache verschlug. Woher sollte ich denn wissen, dass meine Waschmaschine ein Mann war?

»Entschuldigen Sie bitte«, stammelte ich daher verlegen, »damit kann ich in meinem Männerhaushalt nicht dienen.«

»*Kein Wunder*«, gab meine Maschine mir patzig zur Antwort. »*Mit Schiesser Feinripp kriegst du keine flotte Biene in deinen Korb, allenfalls holst du dir einen.*«

Und dann lachte dieser blöde Kerl, wurde dabei immer langsamer und erstarb schließlich. Der Waschvorgang war zu Ende. Verwirrt öffnete ich die Tür und zog meine Unterwäsche heraus. Schneeweiß war sie nicht mehr, das musste ich zugeben, doch hygienisch einwandfrei und mit einem angenehmen Duft nach frischer Kernseife. Noch immer benommen befüllte ich die Maschine erneut. Diesmal mit meinen feinen Pullis mit 10 % Kaschmiranteil. Ich gab ein Feinwaschmittel mit Lavendelduft hinzu, doch kaum setzte sich die Maschine in Gang, hörte ich sie, oder besser gesagt ihn, auch schon wieder meckern.

»Was soll denn das? Lavendelduft und Kaschmirpullis! Noch weicher gehts wohl nicht! Ich bin nicht vom anderen Ufer, das ist ja der Gipfel! Bist du vielleicht vom andern Stern? Nein, das kann nicht sein, sonst hättest du mehr Stil! Jawohl, mehr Stil! Schiesser Feinripp, ts ts …«

Ich wusste es. Sie glauben mir nicht. Warum sonst starren Sie mich so an? Warum sagen Sie zu alldem nichts, was ich Ihnen hier erzähle? Nein, nein, es ist schon in Ordnung, Sie brauchen nichts zu sagen. Aber denken Sie nicht, dass das, was Sie bis jetzt gehört haben, schon alles ist. Wenige Tage später eskalierte es in der Waschküche.

»Wenn du mir jetzt nicht endlich was Anständiges in den Mund legst, fresse ich das nächste Mal wieder drei von deinen altbackenen Socken!«, drohte mir die Maschine, und mir wurde schlagartig klar, weshalb ich in letzter Zeit oftmals nur eine Socke aus der frischen Wäsche gezogen hatte, obwohl ich mir ganz sicher gewesen war, jeweils ein Paar hineingegeben zu haben. Diesmal war ich gewappnet. Ich stellte sie oder ihn – mein Gott, Herr Doktor, nun schauen Sie mich nicht so an –, ich stellte die Maschine also zur Rede!

»Sag mal«, hob ich an.

»Seit wann sind wir per Du?«, platzte die Maschine hervor.

»Na hören Sie mal, Sie freches Ding, Sie duzen mich doch auch die ganze Zeit, aber wenn Sie wollen, kann ich auch anders. Was erlauben Sie sich eigentlich? Ich habe Sie gekauft, Sie sind mein Eigentum, Sie haben zu waschen, mit was ich Sie fülle!«

»Ich bin doch keine Gans!«, bläffte sie mir entgegen.

»Wieso Gans?«

»Weil du mich füllst.«

»Nun halten Sie mal die Klappe!«, schrie ich. Ja, ich gebe zu, ich war äußerst wütend.

»*Gut, wird gemacht, dann wird die Wasserzufuhr eben unterbrochen*«, konterte die Maschine, und schon hörte ich ein gurgelndes Geräusch, als hätte ich einen Knoten in einen Wasserschlauch gemacht, der jeden Moment zu platzen drohte.

»Nun stellen Sie sich nicht so an. Machen Sie weiter, sonst werden Sie etwas erleben«, befahl ich.

»*Was werde ich erleben?*«

»Ich gebe Sie weg.«

»*Wohin gibst du mich?*«

»Irgendwohin, wo Sie nur mit Bettwäsche, Unterwäsche und Handtüchern gefüllt werden.«

»*Au ja!*«

»Ach, das freut Sie?«

»*Ja, du gibst mich doch in ein Bordell, oder?*«

»In ein Bordell? Nein, Sie Idiot. Ich hatte eher an ein Krankenhaus gedacht.«

Die Maschine verstummte augenblicklich.

Eine Stunde später hingen meine Pullis zart duftend auf der Leine. Ich löschte das Licht in der Waschküche und ging nach oben in meine Wohnung. Ich hatte gewonnen. Dachte ich.

Als ich wenige Tage später meine Hemden wusch, stellte ich fest, dass ich mich geirrt hatte. Ich programmierte 30 Grad Feinwäsche, verließ fluchtartig den Waschraum und schloss die Tür, denn ich hatte nicht die geringste Lust, mich schon wieder mit dem blöden Ding auseinanderzusetzen. Ich blieb noch einige Minuten vor der Waschküche stehen und lauschte mit angehaltenem Atem, doch ich konnte kein Gemecker vernehmen. Die Maschine setzte sich in Gang. Erleichtert ging ich zurück in meine Wohnung, schließlich gab es in meinem

Haushalt noch andere Maschinen, die bedient werden wollten. Die Stunde verging wie im Flug, und als ich schließlich die Luke der Waschtrommel öffnete, traf mich beinahe der Schlag. Meine Hemden waren auf die Größe von Kinderhemden zusammengeschrumpft. Ich blickte auf die Anzeige. 90 Grad! Der Schweiß brach mir aus allen Poren. Ich besaß kein einziges Hemd mehr. Zu allem Unglück hatte ich am nächsten Tag einen wichtigen Geschäftstermin.

»*Haha haha!*«, lachte mich die Maschine aus. »*Rache schmeckt nicht kalt, am besten schmeckt sie bei 90 Grad!*«

Was dann geschah, wollen Sie wissen?

Ich werde es Ihnen sagen. Ich sah nur noch Funken vor meinem inneren Auge. Das Maß war endgültig voll, und ich beschloss, sie zu töten, auf der Stelle.

Ob es mir gelungen ist?

Ja, ich habe sie umgebracht. Ganz, ganz langsam. Ich habe ihr beim Sterben zugesehen, und ich sage Ihnen, es war ein Hochgenuss!

Wie ich das getan habe?

Nun ja, ich gestehe, Mordfantasien hatte ich bereits längere Zeit gehegt. Nun war es an der Zeit, diese umzusetzen. Ich ging also nach oben in mein Schlafzimmer, öffnete die Tür meines Kleiderschrankes, in dessen unterstem Fach ich ein Kissen aufbewahrt hatte, das prall gefüllt war mit einem ganzen Kilo Öko-Faserbällchen-Füllmaterial, herrlich.

Was dann geschah?

Ach, Herr Doktor, es war ganz wunderbar, unbeschreiblich! Ich nahm das Kissen und trug es hinunter. Ich zog den Schlüssel der Waschküche außen ab und nahm ihn mit hinein, um von innen zu verschließen. Verstehen Sie? Von innen! Nur so war gewährleistet, dass ich von keiner Menschenseele gestört werden konnte. Wir waren allein! Ich riss also den Bezug von dem Kissen, nahm ein Messer mit einer besonders scharfen Klinge, das ich schon länger im Keller deponiert hatte, und schlitzte das Kissen damit auf. Ich griff mit beiden Händen tief in die Öko-Füllstoff-Bällchen und stopfte sie in das freche Maul der Maschine. Doch damit nicht genug. Längst hatte ich ein rosa Bustier besorgt. Eines mit schwarzer Spitze, mit Bügel und Stäbchen, wie herrlich. Dieses Teil schlitzte ich ebenfalls auf und ließ Bügel und Stäbchen freien Lauf, indem ich alles zusammen ins Innere der Maschine legte. Dann verschloss ich die Luke, kippte einen halben Karton Waschpulver, jenes mit dem Duft nach frischer Kernseife, in das Pulverfach und stellte die Maschine auf Kochwäsche 90 Grad. Ich nahm mir einen Hocker, setzte mich vor sie hin und wartete.

Zunächst geschah nicht allzu viel, doch dann, so ganz allmählich, konnte ich sehen, wie die Füllstoff-Bällchen im Inneren der Waschtrommel aufzuquellen begannen. Eine bleiche Masse, in deren Mitte immer wieder ein rosa Etwas mit schwarzer Spitze sichtbar wurde. Schließlich hatten sich Bügel und Stäbchen des Bustiers durch die Bällchen gekämpft und machten sich durch anklagendes Kratzen an der Scheibe der Waschtrommel bemerkbar. Ich gebe zu, bei dem Geräusch lief es mir kalt den Rücken hinunter. Nun konnte es nicht mehr lange dauern. Stäbchen und Bällchen verhakten sich ineinander, die schwarzen Spitzen hatten sich inzwischen in ein Netz verwandelt, das sich um den schweren Klumpen im Rumpf der Maschine gewickelt hatte. Endlich! Die Maschine verschluckte sich. Rasch gab ich einen weiteren Messbecher Waschpulver in das vorgesehene Fach, der Schaumberg wuchs und wuchs. Ich sah dabei zu, wie die Maschine langsam verstopfte. Schaum quoll ihr aus allen Ritzen, kleine, nach Kernseife duftende Schaumbläschen schwebten durch die Waschküche. Qualvoll begann sie nach Atem zu ringen, sie vibrierte, schüttelte sich, mit letzter Kraft versuchte sie, etwas zu sagen, doch die Schmähworte erstarben irgendwo zwischen Schleudern und Spülen. Sie gurgelte, sie keuchte, sie röchelte – und irgendwann starb sie, und ich, ich saß davor und lachte! Du Biest, dich habe ich besiegt.

Natürlich hat es mich einiges gekostet, das Ding zu entsorgen. Ich habe mir gleich darauf ein anderes Modell zugelegt, keine Ahnung, ob es männlich oder weiblich ist.

Nun fragen Sie mich sicher, weshalb ich zu Ihnen gekommen bin, wo doch die Sache so glimpflich für mich ausgegangen ist? Nun ja, was soll ich sagen. Das täuscht, denn gestern Abend wollte ich den Fernseher anmachen, und was glauben Sie, ist geschehen? Alle Kanäle, die ich eingeben wollte, reagierten nicht. Stattdessen landete ich auf einem Sender, auf dem es laut herhing. Die beteiligten Personen gaben zu rhythmischen Bewegungen die unmöglichsten Geräusche von sich. Beim Versuch, die Leise-Taste zu bedienen, versagte mir die Fernbedienung ebenfalls wieder ihren Dienst. Das laute Gestöhne der beiden Nacktdarsteller rief schließlich meine Nachbarn auf den Plan, die wild klingelnd vor meiner Tür standen und mich als unmoralische Person beschimpften, dachten sie doch tatsächlich, der Verursacher dieser Geräusche sei unter anderem ich! Es blieb mir nichts anderes übrig, als die Tür jäh und unfreundlich vor den beiden zu schließen. Als ich das Kabel aus der Wand reißen wollte, begann in der Küche die Spülmaschine zu laufen, obwohl ich sie gar nicht eingeschaltet hatte. Das tut sie noch immer, und der Handmixer dreht sich wie wild im Kreis, obwohl er gar nicht an ist.

Verstehen Sie nun, weshalb ich da bin? Ich werde auch sie alle töten müssen.

Herr Doktor? Wie sehen Sie mich denn an? Was ist denn mit Ihnen?

Was soll ich?

Wohin soll ich kommen?

Hier hinaus, auf Ihren schönen Balkon? Aber Herr Doktor, weshalb sehen Sie sich denn ständig um? Man könnte fast meinen, Sie würden verfolgt. Und weshalb flüstern Sie? Damit uns niemand hört? Wie bitte? *Sie* benötigen *meine* Hilfe? Ihr Kühlschrank schreit Sie seit Monaten vor allem in der Nacht an? Er beschimpft Sie, ein Kostverächter zu sein, und fordert teuren Weißwein, französischen Käse, Kaviar und Lachs? Sie wollen ihn beseitigen, Sie wissen nur noch nicht, wie?

Herr Doktor, wir sind Leidensgenossen! Gemeinsam wird uns etwas einfallen, und wenn nicht, dann fragen wir unsere Mikrowelle!

Brigitte Karin Becker

Einmal Mutter

Bergstraße – zwischen Heidelberg und Schriesheim

Über dem Neckar leuchtete das Heidelberger Schloss in den schrägen Strahlen der untergehenden Sonne. Bettina saß im hinteren Wagen der Linie 5, es war heiß und stickig. Sie gähnte und strich sich eine kastanienbraun gefärbte Strähne aus der Stirn. Mit halb geöffneten Augen las sie die Namen der nächsten Stationen, die rot leuchtend über eine Anzeigetafel wanderten: Brückenstraße – Kußmaulstraße – Blumenthalstraße. Als sie »Kußmaulstraße« las, schmunzelte sie. Früher, als man »Kuss« wirklich noch mit »ß« schrieb, war sie hier fast täglich gewesen, denn das war die nächste Haltestelle zu ihrer Schule, dem St. Raphael Gymnasium. Oder dem Lyzeum, wie die Mutter immer gesagt hatte.

Bettina zog ihr Hermès-Tuch enger um die Schultern und presste die Lippen zusammen. Die Mutter. Eine große, dünne Frau mit kalten, grauen Augen. Immer beherrscht und immer die Etikette wahrend. Die Mutter, die ihrer Tochter nicht das kleinste Versehen durchgehen ließ. »Was sollen denn da die Leute denken«, sagte sie immer, schüttelte den Kopf und schaute sie von oben herab an.

Als sie Bettinas Schwangerschaft nicht mehr mit Pubertätsspeck hatte erklären können, packte sie eines Tages einen Koffer und war mit ihr zum Bahnhof gefahren, ohne ein Wort

114

darüber zu verlieren, wohin die Reise gehen würde. Sie dauerte fast den ganzen Tag. Steif und mit zusammengekniffenen Lippen saß die Mutter neben Bettina im Zug und redete kein Wort.

In der Abenddämmerung erreichten sie ein abgelegenes Dorf in einer karstigen Landschaft, die Bettina fremd war. Die Mutter übergab sie an zwei streng aussehende Nonnen und ging, ohne sich verabschiedet zu haben.

Erst nach gut vier Monaten, als Bettina bei den Nonnen ihr Kind, den kleinen Sebastian, zur Welt gebracht hatte, kam die Mutter noch einmal. Ohne sie eines Blickes zu würdigen, nahm sie Sebastian, Frucht der Schande, wie sie ihn nannte, aus seinem Bettchen, legte ihn in eine Tragetasche und ging mit ihm fort. Bettina hatte geheult, geschrien und gebettelt, die Mutter hatte sich nicht einmal mehr umgeschaut.

Bettina ballte die Fäuste so fest, dass ihre langen, weinrot lackierten Nägel in das Fleisch schnitten. Sie hatte ihren Sohn nie wiedergesehen, die Mutter hatte nie verraten, wohin sie ihn gebracht hatte. Ihren Sebi, rosig, weich und nach Babypuder duftend. Ihren Sebi mit den großen, smaragdgrünen Augen und dem gleichen kranzförmigen Muttermal auf dem Handrücken, wie sie es auch hat.

Nie hatte sie aufgehört, nach ihm zu suchen. Noch heute ertappte sie sich dabei, wie sie fremde Männer um die dreißig, denn so alt war Sebastian jetzt, musterte und nach Familienähnlichkeiten suchte. Und noch immer kam in mancher Nacht ihr Alptraum: Sie grub im Garten der Villa der Mutter ein Beet um und stieß mit der Schippe gegen etwas Hartes. Vorsichtig legte sie es frei. Und noch immer fuhr sie schweißgebadet auf, wenn sie sah, was es war: ein kleiner Schädel.

Sie war nicht wieder schwanger geworden, sie hatte nicht geheiratet – sie hatte ihren Sebi gesucht.

»Dort, wo er jetzt ist, geht es ihm gut«, hatte die Mutter immer wiederholt wie eine Schallplatte mit einem Sprung.

Und jetzt, endlich, wollte die Mutter ihr Schweigen brechen.

Die Hausdame hatte früh am Morgen angerufen. Mutter liege im Sterben und wolle ihr vor ihrem Tod noch etwas Wichtiges mitteilen, ein lange gehütetes Geheimnis lüften. Eile sei geboten, es gehe bald zu Ende. Bettina war sofort aufgebrochen und hatte sich in den nächsten Zug nach Süddeutschland gesetzt.

Eine raue Stimme riss sie aus ihren Gedanken.

»Alles gut: Wir haben Tabak, etwas zu trinken, wir haben einen Hund und Hundefutter.«

In einer Sitzgruppe hatten sich zwei Männer mit Plastiktüten und einem Stapel Obdachlosenzeitungen ausgebreitet. Unter der Bank lag ein struppiger Mischling und schnarchte. Eine Fahne aus Tabak und billigem Alkohol wehte zu Bettina herüber. Von dem einen Mann sah sie nur ein paar fettige, weiße Haarsträhnen und einen gebeugten Rücken, der, trotz der Schwüle, von einem abgewetzten Fischgrätmantel bedeckt war. Er wirkte greisenhaft, so wie er zusammengesunken in der Bank kauerte. Der andere war deutlich jünger. Er hatte Aknenarben im Gesicht und dunkle Ringe unter den Augen. Wenn er den Mund öffnete, sah man, dass ihm zwei Schneidezähne fehlten.

Die Bahn wurde langsamer und rollte in die Station Dossenheim Nord. Fast alle Fahrgäste stiegen aus. Als die Bahn wieder anfuhr, war Bettina allein mit den beiden Männern im Wagen. Sie hatten eine Flasche Wodka geöffnet, aus der sie abwechselnd tranken. Der Jüngere drehte sich eine schiefe Zigarette.

Bettina schaute zum Fenster hinaus. Rechts ein paar Zeilen eckiger Neubauten, dahinter Weinberge. Links die Weite der Rheinebene mit Gemüsefeldern und Aussiedlerhöfen. Am Horizont das letzte Abendrot. Bald kamen die ersten Häuser von Schriesheim in Sicht, dahinter erhob sich die Strahlenburg.

Die Straßenlaternen wurden eingeschaltet.

Obwohl die Klimaanlage brummte, war es immer noch schwül in der Bahn. Über der Ebene schob sich ein Turm aus Gewitterwolken vor das Abendrot. Ab und zu flackerte ein ferner Blitz. Geraume Zeit später folgte leises Donnergrollen.

Die Bahn wurde langsamer und blieb stehen. Sie befanden sich zwischen Dossenheim und Schriesheim; hier war keine Haltestelle. Die Klimaanlage war verstummt, die Straßenlaternen erloschen. Stromausfall.

»Das fehlte noch«, murmelte Bettina und schaute auf die Uhr.

Die Luft im Wagen wurde schnell schlechter, der muffige Geruch von lange nicht gewaschenen Kleidern mischte sich in den von Tabak und Fusel. Bettina hielt sich ihr Tuch vor die Nase und atmete flach.

Das Donnergrollen wurde lauter, Blitze zuckten. Draußen wirbelte der Wind Staubwolken und Papierfetzen vor sich her.

Unter der Bank scharrte der Hund mit den Pfoten und winselte. Bettina schielte zu den Männern. Sie tuschelten und schauten dabei immer wieder zu ihr herüber. Der Ältere zeigte auf sie und machte dann eine Bewegung mit Daumen und Zeigefinger, die wohl »Geld« bedeuten sollte. Er grinste sie aus einem zahnlosen Mund an.

Sie zog ihre Gucci-Tasche näher zu sich heran, hielt sie fest und verbarg ihre Finger mit den teuren Ringen unter dem Trageriemen. Über ihre schwere Halskette legte sie ihr Tuch. Sie drückte sich an das Fenster, machte sich klein in ihrem Sitz und zwang sich, ruhig zu atmen. Der Geruch des Wodkas biss in ihre Nase. Sie unterdrückte ein Niesen. Die Männer tuschelten immer noch.

Schließlich nahm der Jüngere einen großen Schluck aus der Flasche, stand auf und wankte auf sie zu. Er trug Jeans mit ausgebeulten Taschen, aus einer quoll ein zusammengeknüllter Stofflappen. Er baute sich vor ihrem Platz auf und hielt sich an der Rückenlehne fest.

Bettinas Mund wurde trocken, ihre Hände krampften sich um den Henkel ihrer Tasche. Sie atmete tief ein und schaute dann mit festem Blick in das Gesicht des Mannes, der neben ihrem Platz stand und schwankte, als führe die Bahn über holprige Geleise. Er lächelte sie an, auf seinen Wangen erschienen kleine Grübchen. Ein Blitz zuckte, seine grünen Augen glitzerten wie Edelsteine. Wie Smaragde.

Bettina schluckte und schaute ihn mit weit aufgerissenen Augen an. Er hielt ihr eine Zeitung hin.

»Möchten Sie eine?«, fragte er schüchtern.

Sie schaute wortlos auf das Heft, auf dem irgendetwas mit »trott« und »war« stand.

»Es kostet nur 2,60.« Er lächelte wieder und streckte ihr das Heft entgegen. Auf seinem Handrücken war ein kranzförmiger Fleck. Bettina hielt die Luft an, sie begann zu schwitzen. Mit aufgerissenem Mund starrte sie auf das Mal auf seiner Hand. Sebi. Ein Obdachloser, vermutlich nirgends gemeldet. Deshalb hatte sie ihn nicht finden können.

»Wie heißen Sie?«, fragte sie mit belegter Stimme.

»Daniel?« Er wurde so etwas offenbar nur selten gefragt.

Bettina atmete aus. Es war nicht Sebi. Oder hatte die Mutter ihm nicht einmal seinen Namen, das Einzige, was sie ihm mitgegeben hatte, gelassen?

»Und was ist das?« Mit zittrigen Fingern deutete sie auf das Mal auf seinem Handrücken.

»Oh, ’tschuldigung.« Daniel zog den Stofffetzen aus seiner Hosentasche, spuckte darauf und rieb über seine Hand. Der Fleck verschwand.

»Besser?« Er lächelte wieder, und seine Smaragdaugen leuchteten.

Bettina nahm ihm das Heft ab und drückte ihm zwanzig Euro in die Hand.

»Behalten Sie den Rest«, murmelte sie. Sie sank in ihrem Sitz zusammen und schaute mit leerem Blick zum Fenster hinaus. Sie registrierte kaum, als der Zug wieder anfuhr.

Obwohl sie eigentlich noch weiter musste, stieg sie an der nächsten Haltestelle aus. Sie setzte sich in das Wartehäuschen und vergrub ihr Gesicht in den Händen. Es war nicht Sebi. Wieder nicht. Der Wind pfiff, und das Donnergrollen wurde lauter. Aus der Dämmerung wurde Dunkelheit.

Bettina stand auf und wischte sich eine Träne ab. Es war spät, sie musste sich beeilen. Zügig ging sie in die Richtung der Villa der Mutter. Sie durchquerte das Gewerbegebiet und bog in die Weinberge ab, ging am Hang entlang, bis sie wieder auf Häuser traf. Über der Rheinebene tobte ein Gewitter, die Silhouette von Ladenburg war hinter einem Regenvorhang verschwunden. Blitze flackerten. Und noch etwas anderes. Ein Blaulicht. Je näher sie der Villa kam, desto heller wurde es.

Mehrere Polizeiwagen standen vor dem Eingangsportal. In der Einfahrt stand der Kombi eines Bestattungsunternehmens. Zwei Männer in schwarzen Anzügen schoben einen Sarg hinein.

Bettina seufzte. Sie kam zu spät, die Mutter hatte ihr Geheimnis mit in das Grab genommen. Trotzdem ging sie hinein.

Hinter dem Haus waren Scheinwerfer aufgestellt und tauchten den Garten in kaltes Licht. Mehrere Männer in weißen Kapuzen-Overalls, die aussahen wie aus Papier, standen in den Beeten und gruben nach etwas.

Bettina beobachtete sie vom Fenster aus. Sie gruben systematisch und konzentriert, wie Bettina in ihrem Traum.

»Ich hab was«, rief einer der weißen Männer schließlich und hielt etwas in die Höhe.

Mit offenem Mund starrte Bettina auf den kleinen Gegenstand in dessen Hand. Es war ein winziger Knochen. Sie schloss die Augen. Der Alptraum war vorbei.

Schwere Regentropfen klatschten auf den Asphalt. Der Donner wurde lauter.

Jutta Weber-Bock

Das rote Sofa

Stuttgart

Mit einem Finger strich sie über den flauschigen Samt des Sofas und kuschelte sich in die Ecke. Heute wollte sie Simon endlich fragen. Wo er nur blieb? Er wollte sich partout nicht auf einen bestimmten Tag und nicht auf eine Uhrzeit festlegen. Aber heute war Dienstag, da kam er meistens vorbei. Sie streichelte die Lehne und streckte sich lang aus. Ihre Füße zuckten unkontrolliert. Abrupt setzte sie sich hin und wippte auf und ab, aber das Sofa war zu hart. Es nutzte nichts, sie war und blieb allein. Sie kratzte mit den Fingernägeln über den roten Samt und strich den Stoff mit der Hand glatt. Sie hätte Simon damals gleich wieder rauswerfen sollen.

»Wie bürgerlich! Das passt nicht zu dir!« Mit dem Finger hatte Simon auf ihr Sofa gezeigt, als er zum ersten Mal ihr winziges Wohnzimmer am Marienplatz unter der Dachschräge betreten hatte. »Entschuldige. Das ist mir gerade so rausgerutscht. Weinroter Samt. Die ganze volle Bourgeoisie. Das würde mein Vater auch heute noch sagen. Recht hat er, zumindest damit. Er hat neben Dutschke gestanden, als sie auf ihn geschossen haben. Jetzt weißt du alles von mir.«

Sie hatte den Kopf geschüttelt. »Ohne das Sofa bin ich nicht zu haben. Es ist von meiner Großmutter, und ich liebe es. Es ist urgemütlich und absolut vintage. Damit weißt auch du alles von mir. Nimm doch Platz!«

Er hatte die Augenbrauen hochgezogen. Sie würde sehen, wie sich diese Geschichte entwickelte. Sein Profil auf dem christlichen Datingportal: *Simon. Neurologe. Professor in Tübingen. Oft und gerne auf Reisen. Suche was fürs Herz,* hatte er geschrieben. Wie ehrlich meinte er es? Darauf würde es ankommen. Sie war bereit gewesen für mehr als einen Versuch. Er war zehn Jahre älter als sie, das hatte er ihr zunächst verschwiegen, was nicht für ihn sprach.

Er hatte sich auf die hellen Holzbohlen gesetzt und an das Sofa gelehnt, das mit dem Rücken zur Wand stand.

Zu Beginn des Studiums hatte es seinen Platz in der Küche ihrer Wohngemeinschaft und gehörte allen. Später ließ sie es aufpolstern. Die Großmutter kannte den alten Barth in der Silberburgstraße und zahlte. Seitdem war das Sofa weinrot und ein wenig steif.

Wie gerne hätte sie jetzt mit Simon im *Café Kaiserbau* unten am Marienplatz gesessen und den warmen Abend genossen. Sie wollte durch seine hübschen braunen Haare wuscheln und sich in seinen Augen verlieren. Grün gesprenkelt waren sie und erzählten von der Welt. Stattdessen saß sie alleine auf dem Sofa, aß Käse und trank zu viel Rotwein. Etwas stimmte nicht. Was wusste sie wirklich von ihm?

»Was ist? Nun setz dich doch!«, hatte sie beim ersten Treffen gesagt und noch mal auf das Sofa gezeigt. »Oder willst du lieber wieder gehen?«

»Schon gut, ich bleibe, aber hier auf dem Boden. Du liebst also dein Sofa, und ich habe mich gleich in dich verliebt.« Simon hatte mit dem Finger auf ihre Nasenspitze getippt. *Christ sucht Christin. Simon sucht Simone. Himmlisch plaudern,* so hast du es geschrieben. »Aber jetzt will ich dich küssen! Du hast mir einen Kuss und mehr versprochen, wenn ich herkomme.«

Dieser erste Kuss war ihr tief in den Leib gefahren. Nicht nur bis zum Herzen. Er war wie ein Gebet. Sie hatte sich Simon schon am ersten Abend hingegeben. Sie waren über den Boden gerollt wie junge Katzen und hatten gelacht. Dann hatte er darauf bestanden, dass sie sich auf ihn setzte. Das war nicht bürgerlich. Später hatte sie sich in seine Arme geschmiegt. Egal, wie er darüber dachte. Sie hatte ihm erzählt, dass sie den Vater nicht kannte und dieser ihre Mutter geschlagen hatte. Ins Frauenhaus war sie mit ihr, dem frisch geborenen Baby, geflüchtet und später an Drogen gestorben. »Ich habe niemanden außer meiner Großmutter«, hatte sie Simon anvertraut. Er hatte ihr sanft über den blonden Igelschnitt gestrichen. Sie hatte auf seinem Bauch gelegen und geseufzt.

»Ich bin für dich da und werde dir niemals wehtun«, hatte er versprochen. »Deine Augen, sie sind so sehnsuchtsvoll blau.«

Sie hatte ihm verschwiegen, warum sie sich die Haare abrasierte. Der Vater hatte die Mutter am Zopf durch die Wohnung geschleift. Das hatte ihr die Großmutter erzählt, sobald diese fand, sie sei alt genug dafür.

Warum nur tat sie sich das an? Sie war nicht besser als ihre Mutter, die nicht, von ihrem Vater hatte lassen können. Sie wartete und wusste nicht, worauf. Immerhin rannte sie nicht mehr alle siebeneinhalb Minuten zum Dachgaubenfenster, wenn die Zahnradbahn vorbeirumpelte. Das wäre bürgerlich. Und so hatte sie Simon auch bereitwillig ihren Wohnungsschlüssel gegeben, als er es verlangte. Sie wohnte in einem anonymen Haus. Es gab keine Klingelschilder, keine Namen.

»Wie soll ich mir 276 merken?«, hatte er gesagt. »Vollkommen willkürlich, diese Nummerierung.«

Da hörte sie den Schlüssel in der Wohnungstür. Doch sie blieb sitzen, steckte ihre Nase ins Buch, das sie auch heute nicht angerührt hatte, und nahm noch einen Schluck Wein. Seine Schuhe zog Simon wie immer im Flur aus. Merkwürdig, wie lange er heute brauchte.

Auf einmal streifte sie sein Atem, und er drückte ihr einen Kuss aufs Ohr. Sie zuckte zurück. Er strich mit den Fingerspitzen durch ihre Haare. Ihre Hände wurden feucht. Nein, erst würde sie ihn fragen. Es war bürgerlich, wenn sie darauf wartete, bis er auf die Idee kam. Sie rutschte auf den Boden, aber er ließ sich heute in die linke Sofaecke fallen und verschränkte die Arme hinter dem Kopf. Zum ersten Mal saß er auf dem Sofa, was ihm gut stand.

»Der Flieger hatte Verspätung.«

Sie schenkte ihm Rotwein ein. »Warum hast du nicht kurz angerufen? Du hast meine Nummer, ich deine immer noch nicht.«

»Die Kinder.«

»Wie bitte? Welche Kinder?«

»Ich wollte es dir schon lange sagen, aber du gibst mir ja keine Gelegenheit.«

In ihren Ohren sauste es. Sie schluckte und spülte den Kloß im Hals mit einem großen Schluck Wein hinunter. »Du hast Kinder?«

»Zwei. Ein Zwillingspärchen. Tim hatte Mathe für mich aufgehoben, und Lea wollte mit mir den neuen Kanon einüben. Ich habe noch die Unterlagen von der Fahrt nach Prag ausgeladen. Nebenbei habe ich die Sachen für Berlin gepackt. Du weißt ja, einmal im Monat die Nachmittagsvorlesung dort.« Er trank hastig einen Schluck und schaute sie nicht an. »Ich habe ein Ticket für die Frühmaschine morgen. Ging nicht anders. Die Kinder sind heute Abend alleine, ich muss bald wieder los. Meine Frau hat einen Termin.«

»Du bist also verheiratet.«

»Ich habe nie etwas anderes behauptet. Zieh dich aus! Ich will dir heute zusehen.«

Sie biss sich auf die Zunge. Ein untreuer Mann war ärgerlich, aber wohl unvermeidbar. Doch das konnte sie ausgleichen. Eifersucht war bürgerlich. Einem geschiedenen Mann hingegen hatte sie nichts entgegenzusetzen.

»Ich hol erst noch eine Flasche Rotwein.« An der Tür drehte sie sich um. Er schnitt eine Ecke vom Schweizer Emmentaler ab.

»Bring ein kleineres Messer mit. Mit dem kannst du eine Birke fürs Lagerfeuer fällen. Das hat mein Vater früher in Lappland gemacht.« Er hielt die Klinge hoch und zerhackte die Luft. »Du hast aufwendig gekocht, wie ich gesehen habe. Besuch gehabt?«

»Ich hatte keine Lust zum Aufräumen.« Der Geschirrberg in der Küche war nicht zu übersehen, und die Küchentür stand wie immer offen. Sie war ihm keine Erklärung schuldig. Jetzt schon gar nicht mehr. *Verheiratet*, pochte ihr Herz. Ihre Frage hatte sich erledigt, doch das würde er büßen.

Das lange Finnmesser steckte mit der Spitze im Holzbrett, als sie mit dem Rotwein zurückkam. »Wie war es in Prag?« Sie blieb unter dem Dachfenster stehen und lehnte sich an den Stützbalken.

Simon entkorkte die Flasche und blieb ihr eine Antwort schuldig. In beidem war er Profi. Ehefrau und Kinder! Jetzt wusste sie, warum er schon am Anfang betont hatte: *Mit uns soll es so frisch bleiben wie beim ersten Mal. Einmal die Woche wir zwei. Und nur wir. Wenn ich bei dir bin, gebe ich mich ganz hin. Aber nur an diesem Abend. Schließlich liest du auch nicht jeden Tag die gleiche Bibelstelle.*

Was hätte sie dagegen sagen sollen? Wenn sie damals gewusst hätte … Er war so zärtlich und immer ganz bei ihr, wenn er da war. Von Anfang an schmuste er lange mit ihr und zog sie dabei langsam aus, wie sie es mochte. Warum aber sollte sie heute einen Striptease hinlegen? In ihrem Bauch war noch immer dieses Gefühl vom ersten Mal. Stets liebten sie sich vor dem Sofa auf dem harten Boden. Alles andere war *bürgerlich*. Das betonte er andauernd. Später lehnten sie sich an den roten Samt.

Er schenkte sich vom französischen Rotwein ein, der viel zu teuer gewesen war. Sie holte das Holzbrett mit dem restlichen Käse aus der Küche. Auf den Ziegenfrischkäse mit Asche und Edelschimmel war er ganz wild. Den aber ließ sie vorerst im Kühlschrank. Ein Rezept ihrer Großmutter, mit Kümmel verfeinert.

»Auf uns«, sagte er.

»Auf uns beide«, antwortete sie und zog die lange, geblümte Bluse aus, unter der sie nackt war.

Sie bekam das Wort *verheiratet* nicht aus ihrem Kopf, als sie sich wild ineinander verhakten. *Kinder*, hallte es in ihren Ohren. Das war *bürgerlich*. Oder nicht? Mit zweiunddreißig wurde es Zeit. Noch war es nicht zu spät für ein Kind, aber wollte sie auch einen Mann dazu? Jedenfalls keinen geschiedenen.

Er kam wie immer kurz und heftig, riss sie aber dieses Mal nicht mit sich. Widerwillig blieb sie noch einen Moment liegen, bevor sie sich von ihm löste und ins Bad ging. Dort streifte sie sich ein weites Shirt über, zog ihre Boxershorts an und schlüpfte in die Flipflops.

Er sprang auf, als sie zurückkam. Gerade konnte sie ihm noch ausweichen. Klatsch! Eine Mücke. Sie schüttelte den Kopf.

Schwarzrot war der Fleck, groß wie ein Fünfcentstück. Die Tapete war versaut, aber das war jetzt auch egal.

»Die hatte sich vollgesogen«, sagte er und schnitt sich Appenzeller und Bergkäse ab. Das Messer stach er wieder in das Käsebrett.

»Von mir ist das nicht.« Sie wischte mit dem Finger über das Blut auf der Tapete, das schon eingetrocknet war.

»Von wem denn sonst?« Er schenkte ihnen nach. »Wohl von deinem Besuch. Zwei Teller und zweimal Besteck. Wer war denn hier? Wozu all die Töpfe und Pfannen? Was hast du gekocht und für wen? Du erzählst gar nichts mehr von dir.«

»Pascal, unser Praktikant, war gestern zu einem Abschiedsabend da und wollte unbedingt etwas Schwäbisches. Ich bin für die Betreuung der Berater und Praktikanten bei uns in der Werbeagentur zuständig. Keine Sorge, sie bleiben nie lange. Man legt nichts auf die Goldwaage. Ist was für dich.«

Simon zog die Augenbrauen hoch und griff nach der Gitarre. Er setzte sich nackt vor das Sofa und zupfte an den Saiten. Musste er nicht zurück zu den Kindern? Sie strich mit der Hand über den roten Samt, stand auf und lehnte sich wieder an den Stützbalken. So hatte sie alles im Blick. Wie gut, dass sie Staub gesaugt hatte. Es war auch bei ihr Zeit für die Wahrheit. Simon machte es ihr leicht mit seinem Geständnis.

»Es gab Spätzle, handgeschabt. Ich bin aus der Übung. Und dann auch noch vegan. Du hast die Sauerei in der Küche gesehen. Es ist einfach passiert mit Pascal, aber das hat nichts zu bedeuten. Alles andere ist bürgerlich. Das Sofa reicht, hast du gesagt.«

Ein Schatten flog von unten dicht an ihrem Auge vorbei. Sie duckte sich. Ein Knall, gefolgt von einem spitzen Klirren. Sie riss die Arme über den Kopf. Es regnete Glassplitter. Das Dachfenster! Sie ließ sich zur Seite fallen und stöhnte auf.

Etwas bohrte sich in ihren Oberschenkel. Die Zinnkanne ihrer Großmutter! Sie hielt sie hoch und ballte die Faust. Das gute Stück hatte eine Delle. Das würde sich nicht reparieren lassen. Simon hockte nackt auf seinen Fersen. Auf dem Sofa glitzerten Scherben. Einfachverglasung. Der Vermieter hatte sich geweigert, sie auszutauschen.

Sie stand auf und holte den Staubsauger. Unter ihren Flipflops knirschte es. Simon stieg in seine Hose und verzog sich in die andere Ecke. Sie stellte den Staubsauger an. Weißes Rauschen. Sie atmete bewusst aus und ein und fuhr mit dem Rüssel des Staubsaugerschlauchs über den roten Samt. Ihre Finger prüften vorsichtig, ob sie alle Scherben erwischt hatte.

»Meldest du das Missgeschick mit dem Dachfenster deiner Haftpflicht?«

»Bist du wahnsinnig? Sag mir, was es kostet. Von mir aus eine Sicherheitsverglasung. Ich gebe es dir in bar.«

»Ich verstehe. Deine Frau. Handgeschabte Spätzle«, sagte sie, »mit Buschbohnen und Tomaten vom Wochenmarkt. Dich darf ich ja nicht bekochen.« Sie zögerte kurz, zog heftig am Stecker, wischte sich Blut von der Lippe und einen winzigen Glassplitter von der Wange. »Mit Pascal war es nicht wie mit uns. Simon sucht Simone, hast du gesagt. Etwas fürs Herz. Auch wenn das bürgerlich ist.«

»Und was ist das?« Simon hob ein langes schwarzes Haar vom hellen Holzboden in die Höhe.

Das hatte sie beim Staubsaugen nun zum zweiten Mal übersehen. Nur das Sofa war wichtig gewesen.

»Ist das von Pascal? Hast du mit ihm *vor* dem Sofa geschlafen? Das ist mein Platz. Ein Praktikant, dass ich nicht lache. Bestimmt zehn Jahre jünger als du. Schäm dich!«

»Du bist zehn Jahre älter als ich«, sagte sie. »Das war für dich nie ein Problem. Was ist mit Prag? Und Berlin, Tokio, New York? Wo auch immer. Denkst du, ich rieche die anderen

Frauen nicht, selbst nach dem Duschen und wenn du Stunden unterwegs warst? Im Übrigen dürftest du die Gebrauchsanleitung für Treulosigkeit länger und genauer kennen als ich. Das wäre kein Problem gewesen, doch verheiratet? Das setzt dem Ganzen die Krone auf. Und vermutlich gibt es sonntags bei euch Rostbraten. Du führst dich auf, als ob ich dir gehören würde. Ist nicht *das* bürgerlich?«

Er zog sein weißes Hemd an. Mit grimmigem Gesicht band er die Krawatte. »Du hast mich betrogen!«

»So kannst du es nennen. Ganz recht.« Sie holte das schwarzlederne Schmuckkästchen der Großmutter von der Kommode. »Hier, schau! Schwarz wie Ebenholz, Pascals Locke. Das Haar in deiner Hand passt dazu. Pascal trägt einen Sidecut. Hat zwei Gesichter. Bis zur Schulter auf der einen Seite gehen seine wunderbaren Locken. Die andere Gesichtshälfte ist männlich herb.« Sie hielt eine weitere Haarsträhne hoch. »Diese hier, rot wie Blut, ist von John. Irisch gut war dieser Praktikant. Er mochte das spanische Restaurant in der Tübinger Straße am liebsten. Am besten aber war Silberlocke. Ein Profiler aus der Schweiz, der unsere Agentur beraten hat. Zehn Jahre älter als du und ein Dauerbrenner. Du verstehst.« Sie hielt ihm ihre Sammlung hin. »Ein hübscher Farbkasten, nicht wahr? Alle Schattierungen, einmal quer durch Europa. Skandinavien ist immer blond. Und immer sind wir unten im Eiscafé oder im Kaiserbau gewesen. Aber ich verstehe jetzt, warum du nie mit mir weggehen wolltest. Man hätte uns sehen können. Du hast gedacht, auf Dienstreise besteht keine Gefahr. Ich aber habe dich auf einem Gruppenfoto erkannt. Die Bilder vom Kongress in Tokio stehen überall im Netz. Deinen Namen haben sie in der Bildunterschrift wohl vergessen. *Neurologen präsentieren neues Mittel gegen Alzheimer.* Das war nicht zu übersehen. Neben der kleinen Japanerin stehst du, erinnerst du dich? Wie sie dich anhimmelt. Schade, dass ich nicht die Auswahl hatte wie du. Ein Praktikant aus Japan oder China wäre schön gewesen. Damit ich nicht bürgerlich werde.«

Seine Faust traf sie unvermittelt. Sie taumelte zurück, riss die Arme nach oben und trat nach ihm. »So sieht es also aus, wenn du mir nicht wehtun willst!«

Er wich ihr aus. »Sei froh, dass ich nicht richtig zugeschlagen habe und du mit einem blauen Auge davonkommst, anders als die Mücke. Übrigens, Simon ist nicht mein richtiger Name, deshalb hast du mich in der Bildunterschrift nicht gefunden. Ich wusste ja nicht, dass du wirklich Simone heißt. Das ist zu kitschig, Simon und Simone, aber wie leicht ich dich damit rumgekriegt habe. Und das christliche Datingportal war eine perfekte Tarnung. Ich würde gerne noch mal. Damit auch du auf deine Kosten kommst, aber ich muss jetzt gehen. Entschuldige, dass mir die Hand ausgerutscht ist. Das ungarische Blut in meiner Familie. Da kann ich nichts machen. Die Gene. Früher habe ich immer meinen Teddy verdroschen. Ihn zerfetzt, bis die Holzwolle herausquoll. Sei also froh.« Er ließ sich auf das Sofa fallen.

Seine Worte brannten in ihrem Bauch. So war das also. Sex hatte er gewollt, keine Liebe und schon gar keine Ehe. Jedenfalls nicht mit ihr.

Ein Notarzt raste mit anschwellendem Signalton zum Marienhospital. Sie befühlte ihr Auge und ging ins Bad, wo das Fenster offen stand. In der Luft hing der Geruch von Hefe, Hopfen und gemälzter Gerste. Sie würgte und verfluchte ihre Wohnung. Vor dem typischen Braugeruch vom Dinkelacker hatte ihr Vormieter sie nicht gewarnt, nur vor der Zacke, wie die Stuttgarter, die nicht am Marienplatz wohnten, die Zahnradbahn liebevoll nannten, die den ganzen Tag vorbeirumpelte. Sie sah in den Spiegel. Das Veilchen war eine Einladung. Er hatte es so gewollt. Mit einem nassen Handtuch tupfte sie über das Lid und schluckte ein paar hochpotenzierte Kügelchen Arnika. Die nächsten Tage konnte sie eine Sonnenbrille tragen, das Wetter war perfekt dafür. Ein wenig Lidschatten würde helfen. Simon aber half jetzt nur noch der Ziegenkäse.

Sie ging in die Küche und holte den Teller aus dem Kühlschrank. Zwei Laibchen, wie immer. Die Keramikdose der Großmutter. Nie hatte sie dort hineingreifen wollen. Die *Mandel* brannte in ihrer Hand. Sie steckte diese in eines der runden Laibchen, wälzte es in Asche und verzierte es mit einem Herzchen.

Im Wohnzimmer stand er vor dem roten Sofa und hielt die Socken in der Hand. »Da kommt das Friedensangebot, wusste ich es doch. Das lasse ich gelten.«

Sie nahm rasch den Käse ohne Herzchen und knabberte daran. Er stopfte sich das andere Stück in den Mund. Niemals ging er, ohne diesen Käse zu essen. Zuverlässig gierig war er danach. Langsam kaute er, mit vollen Backen, und grinste sie an. Seine Halsschlagader trat deutlich hervor.

»Mehr Kümmel als sonst«, nuschelte er. »Und was ist da heute Hartes drin?«

»Eine geröstete Mandel. Gut kauen, dann entfaltet sich ihr Geschmack. Passt prima zum Käse, nicht wahr?«

Sie stupste ihn an der Schulter wie einen guten Kumpel. »Melde dich. Ich halte dir den Dienstag frei.«

Er zog sein Jackett über, kaute und schluckte. Das war brav. Die Großmutter hatte ihr vor langer Zeit alle Tricks bei der Herstellung der winzigen aromatischen Käselaibe gezeigt.

Simon beugte sich mit spitzem Mund zu ihr herunter, als wollte er sie küssen. Sein Atem stank. Sie drehte sich weg.

»Simone, was hast du …« Er sackte in sich zusammen. »Ein Taxi, ins Marien…«

Das Finnmesser schaute sie an. Sie brauchte es nicht mehr. Simon krümmte sich. Gelächter drang durch das zerbrochene

Fenster vom Marienplatz herauf. Sie drehte sich um und schloss die Wohnzimmertür von außen ab. Kurz zögerte sie und legte den Kopf an die Tür.

»Bist du wahnsinnig!«, krächzte es von der anderen Seite. »Hilf mir! Ich heirate dich! Das wolltest du doch!«

Schnell stöpselte sie die Ohrhörer ein. Samba fuhr ihr tief in den Bauch. Im Zweivierteltakt tanzte sie wie beim Karneval in Rio zur Küche. Samba ist ein alter brasilianischer Volkstanz mit afrikanischen Wurzeln, hatte ihr die Großmutter erklärt, die Samba über alles liebte. Zum Welttanzprogramm gehörte er jetzt. Bürgerlich. Sie schüttelte den Kopf.

Unter der Spüle holte sie die extrastarken Müllsäcke hervor und warf das dreckige Geschirr hinein. Simons Smartphone, das an der Garderobe im Jackett steckte und wie immer ausgeschaltet war, ertränkte sie im Spülbecken, das sonst nichts zu tun hatte. Anschließend warf sie es zum schmutzigen Geschirr. Die SIM-Karte zertrümmerte sie mit einem Topf und warf zwei Einzelteile in die Toilette. Eines entsorgte sie im Restmüll, den sie später ordnungsgemäß beseitigen würde. Sie leerte die Schränke.

Nach drei Schleifen im Sambaprogramm hielt sie inne. Eine halbe Stunde dürfte gereicht haben. Im Wohnzimmer war es still. Vorsichtig öffnete sie die Tür. Simon lag mit ausgebreiteten Armen und Beinen auf dem Rücken wie ein toter Frosch. Mit dem Fuß stupste sie ihn an. Er rührte sich nicht. Die *Mandel* der Großmutter hatte gewirkt. *Man weiß nie*, hatte diese gesagt. *Du musst vorsorgen. Kümmere dich um dich selbst. Ich hätte es auch schon viel früher tun sollen. In unserer Familie haben wir einfach Pech mit Männern. Opa war ja zwanzig Jahre älter als ich, aber ein Tyrann bis zuletzt. Da hat er nichts mehr gewusst, deshalb war es einfach. Du verstehst. Die Cyanidkapseln hatte er aus dem Krieg. Eine nehme ich mit nach Brasilien. Die anderen verwahrst du gut. Pass auf dich auf.*

Simone nahm das Bild der Großmutter von der Wand, strich darüber und stellte es an die Eingangstür. Im Bittermandelgeruch konnte sie es nicht zurücklassen. Sie wischte sich über die Augen, straffte sich aber sogleich. Simon war nur ein Mann. Und sie kannte ihn nicht näher. Ein Anzug ohne Socken, dem eine hellrote Zunge aus dem Mund hing. Seine Arme legte sie über der Brust zusammen, streifte ihm einen Jägersack über den Körper und zog den Reißverschluss zu. Sie schleifte den Professor zur Dachschräge. Ihre Plüschtiere stopfte sie mit ein paar Töpfen in eine zweite Tierhülle und drapierte diese daneben. Sie legte die Müllsäcke mit dem schmutzigen Geschirr und dem restlichen Hausrat auf die beiden schwarzen Plastiksäcke und warf zuletzt noch den alten zerschlissenen Perser, den sie unter dem Sofa hervorholte, auf den Haufen.

Sie würde die Mittagsmaschine nach Rio nehmen. Ihre Füße tanzten Samba. Wie gut, dass sie nicht Simone hieß. Die Großmutter hatte ihr dazu geraten. *Nenn erst mal nicht deinen richtigen Namen. Sicher ist sicher.* Das Bild würde mit ihr fliegen. Morgen früh würde sie die Entrümpelungsfirma bestellen. Sie besaß noch ein Wegwerf-Handy. Die Wohnung der Großmutter, würde sie sagen. Ziemlich verwahrlost. Der gesamte Hausrat mit den Möbeln und allen Säcken tauge nur für die Müllverbrennung. Schade war es nur um das weinrote Sofa, aber es war wirklich zu bürgerlich. Sie nahm das Finnmesser und schlitzte es auf.

Regine Bott

Ein neuer Stern

Ludwigsburg

Ich mache den Motor aus und würge Johnny Rottens Stimme ab. Normalerweise lasse ich ihn immer aussingen, zumindest die Strophe beenden, aber heute bin ich nicht so recht bei mir. Etwas unsicher setze ich zuerst einen, dann den anderen Fuß auf den Bürgersteig. Die Nacht ist klar. Wenn ich nicht so ein Verlierer in Sternenkunde wäre, könnte ich die Bilder bestimmen. Irgendwo muss sich der Große Wagen befinden, aber alles, was ich sehe, sind funkelnde Perlenketten. Kassiopeia, Großer Bär, Kleiner Wagen und wie sie alle heißen. Nicht den Schimmer, wohin ich schauen, was ich suchen soll.

Die Kälte der letzten Tage hat sich in angenehme Wärme verwandelt; ich lasse meine Jacke also im Wagen und schließe geräuschlos die Fahrertür. Soll ich einfach klingeln? Über den von Hortensien begrenzten Kiesweg gehen (warum haben reiche Leute immer Kies vor ihrer Hütte?), unbekümmert, nonchalant, rotzfrech? Oder über die circa zwei Meter hohe Gartenmauer auf das Grundstück gelangen wie ein Dieb?

Da ich befürchte, Elkenhagen könnte mir die Tür vor der Nase zuschlagen, noch bevor ich auch nur einen Fuß in seine Villa setzen kann, deren weißer Putz auch noch im Dunkeln strahlt, entscheide ich mich für den Mauer-Stunt.

Entfernt klingt das Rauschen der B 27, die direkt durch die Ludwigsburger Innenstadt führt, an mein Ohr, aber ansonsten ist es still, und weit und breit sind keine spätabendlichen Spaziergänger zu entdecken. Also steige auf eine Mülltonne, ziehe mich hoch, sitze einige Sekunden auf dem Abschluss der Gartenmauer und lasse mich von der Schönheit des beleuchteten Residenzschlosses ablenken, besinne mich dann und springe, in der Hoffnung, dass Elkenhagens Garten nicht zwei Meter tiefer als das Straßenniveau angelegt wurde, hinunter. Ich habe Glück, der vom Regen durchnässte Rasen federt meinen Sprung ab. Lautlos wie ein Assassine – oder das, was ich mir darunter vorstelle – bewege ich mich auf eine Kiefer zu, hinter der ich in Deckung gehe. Wegen Hunden muss ich mir keine Sorgen machen, Elkenhagen hasst Tiere vielleicht sogar noch ein wenig mehr als Menschen.

Aus dem gekippten Wohnzimmerfenster dröhnen die kreischenden Klänge irgendeiner dem LSD-Rausch erlegenen Band aus den Siebzigern. Das Keyboard hört sich an wie der Angriff der Engländer auf Dresden. Das ist ja nun mal gar nicht mein Ding.

Als sich unerwartet die Verandatür öffnet, senkt sich mein Magen, und meine Schweißdrüsen spielen kurz verrückt. Ich drücke mich noch mehr in den Schatten des Baumes, bevor ich vorsichtig einen Fuß vor den anderen setze. Ich bin Winnetou, der sich anschleicht, die Verkörperung von Eleganz und Leichtigkeit, wie ich da über das feuchte Gras husche. Als die Blätter hinter mir rascheln, wird mir klar: Entwarnung. Es war nur eine kurze Windbö, die für einen Moment an der Verandatür zerrte.

Ich will gerade vor Erleichterung aufstöhnen, als sich plötzlich eine Hand wie eine Stahlkralle auf meine Schulter legt und mich herumreißt. Im Licht der Wohnzimmerbeleuchtung, die durch die großzügig bemessenen Fenster dringt, starre ich in den Lauf eines Schießprügels. Ich sage absichtlich »Schießprügel«, denn ich kann eine Walther nicht von einer Ruger unterscheiden, weiß nur, dass das Teil, das auf mich zielt, gewaltig eindrucksvoll ist. Lang. Groß. Old Shatterhand hätte daran seine Freude. Das Klicken, als die Waffe durchgeladen wird, hallt in meinen Ohren wie eine Explosion. Ich schlucke. Vielleicht wäre die Vordertür doch die bessere Wahl gewesen. Vielleicht war es auch ein wenig naiv gewesen anzunehmen, die Anwohner der herrschaftlichen Einfamilienhäuser der Oststadt würden auf Überwachungskameras verzichten.

Die Musik spielt immer noch, und die Band hat zu Flötentönen gewechselt, einem Winseln und sich Winden von Noten und Halbtonschritten – der Soundtrack eines Horrorfilms. Wie äußerst passend.

»Was willst du hier?«, krächzt Elkenhagen.

»Mein Geld«, erwidere ich, selbst erstaunt darüber, wie lässig mir das jetzt über die Lippen kommt. »Mir steht ein Anteil zu.«

»Drauf geschissen«, sagte er und grinst. Ein typischer Elkenhagensatz.

Ich räuspere mich. »Es steht mir zu«, wiederhole ich stur. »Fünftausend Euro. Cash.« Während ich die Summe ausspreche, kommt sie mir wieder lächerlich vor. Da Elkenhagen nicht über das nötige Gehirnschmalz verfügt, braucht er Leute, die für ihn planen und logistische Maßnahmen ergreifen. Leute wie mich eben. Absolventen von Orchideenstudiengängen, die auf dem Jobmarkt niemals Fuß fassen werden, es aber trotz aller angewandten Torturen der Arbeitsagentur über die Jahre nicht verlernt haben, logisch zu denken.

Elkenhagen ist barfuß und in einen mit Klatschmohn bedruckten Kimono gehüllt. Ich frage mich, ob er das Teil von seiner Frau geklaut hat oder ob sein Kleidungsstil in den eigenen vier Wänden einfach eine sensationelle Individualität annimmt.

»Schickes Outfit«, bemerke ich. Ich kann einfach nicht anders.

»Hat mir meine Sofia geschenkt.«

»Sehr geschmackvoll.«

Eine kleine Ewigkeit sieht er mir ins Gesicht, nicht sicher, ob ich ihn verarschen will, dann bewegt er den Schießprügel in Richtung der Veranda. »Komm doch rein.«

»Ich will nur mein Geld …«

»Halt die Fresse und beweg dich endlich.«

Wir gehen also ins Wohnzimmer.

Auf dem Esszimmertisch stehen eine Flasche Rotwein und ein benutztes Glas. Offensichtlich schläft Sofia schon oder sie ist aushäusig, was ich ihr bei dem Gedröhne, das immer noch aus den Boxen der Stereoanlage schallt, nicht verdenken kann. Elkenhagen klemmt sich den Schießprügel unter den Arm und lehnt sich lässig an eine Vitrine.

»Trollinger mit Lemberger«, sagt er und deutet mit dem Kinn auf die Weinflasche.

»Ich bin nicht wählerisch«, meine ich.

»Setz dich.«

Das Wimmern und Winseln der Musik ist jetzt, da ich mitten vor dem Lautsprecher stehe, die reinste Folter. Ich rücke den mir angebotenen Stuhl zurecht und nehme Platz. Lege die Hände auf den Tisch, offene Haltung, vertrauenerweckend, verschränke aber die Finger wie zum Gebet. Das geschieht aus reinem Instinkt heraus, allem Anschein nach will mein Inneres den Herrn im Himmel bitten, einen Blitz in die jaulende Stereoanlage fahren zu lassen.

»Erkläre dich«, sagt Elkenhagen, für seine Verhältnisse verschwurbelt. Er lehnt den Schießprügel an den Tisch, nimmt ein zweites Glas aus einer Vitrine und schenkt mir ein.

»Mich erklären?« Mein Gehirn ist wie verklebt, eine zähe Masse, die an der Schädeldecke pappt. Nichts rattert, nirgendwo klingelt es, kein Groschen fällt. Die Musik macht mich langsam irre.

»Du sollst mir mitteilen, was du willst!«

»Ach so. Nun ja. Mein Geld.«

»Ich sagte eben schon, das kannst du dir abschminken.« Er setzt sich zu mir. »Ich hab dir einen Vorschuss gegeben. Und die Ausgaben, die angefallen sind – von dir im Alleingang errechnet und für nötig befunden –, um die ganze Chose vorzubereiten, waren in dieser Höhe nicht abgemacht. Mein Gewinn hat sich dadurch verschmälert. Eigentlich stehst du bei mir in der Kreide und nicht umgekehrt, verstehste?«

Ich sage ihm nicht, dass verbale Überzeugungsarbeit nun mal nicht reicht, um Angestellte der Bauaufsichtsbehörde zu überreden, die Grundrisspläne der örtlichen Sparkasse herauszurücken. Nein, ich schweige.

Die Musikanten leider nicht.

»Du weißt, was das bedeutet«, hakt er nach. »Das Bei-mir-in-der-Kreide-Stehen. Beim nächsten Deal arbeitest du umsonst.«

Wie um seine letzten Worte zu unterstreichen, setzen jetzt indianische Trommeln ein, und ich mache mir vor Schreck beinahe in die Hose. Wildes Gerassel malträtiert meine Ohren, dringt in jede Pore meines Körpers. Springt mich an wie ein Dämon.

»Kannst du die Musik vielleicht ausmachen?«, flehe ich.

»Gefällt sie dir nicht?« Die Vorstellung, dass ich nichts für seinen Musikgeschmack übrighabe, scheint ihn mehr zu verstören als die Tatsache, dass ich mich auf sein vornehmes Grundstück geschlichen habe, um mein Geld zu fordern. »Das ist eine limitierte Pressung eines frühen Grateful-Dead-Konzerts. Eine Hommage an die Musik der indigenen Völker.«

»Faszinierend«, heuchle ich und versuche, den scheppernden, schrillen Klagegesang im Hintergrund auszublenden.

»Die Scheibe ist Tausende wert«, doziert er weiter.

Die innere Systemüberlastung, unter der ich eben noch gelitten habe, ist nach diesem Satz wie weggeblasen. Tausende. Dieses Gejaule, das Elkenhagen allem Anschein nach verehrt wie eine heilige Kuh, ist Tausende wert. Mit einer Schnelligkeit, von der selbst ich nicht wusste, dass sie in mir steckt, springe ich zum Plattenspieler, bevor Elkenhagen auch nur mit einem Muskel zucken kann. Schon habe ich den Tonabnehmer hochgehoben und das Vinyl vom Teller genommen. Wie die olympische Fackel recke ich die Scheibe in die Höhe.

Jetzt erst kapiert Elkenhagen, was auf ihn zukommt. Zuerst wird er bleich wie Edamer, dann springt er auf und kreischt wie eine Katze, der man auf den Schwanz getreten ist. Das Gewehr hat er scheinbar völlig vergessen.

»Das wagst du nicht!« Seine Stimme klingt, als hinge ihm ein Skorpion an den Eiern.

»Mein Geld«, sage ich ruhig. »Jetzt. Alles.«

Sein King-of-Cool-Look ist wie fortgeblasen. Erschüttert steht er vor mir, sein Kimono hat sich geöffnet, darunter wird ein Satinschlafanzug in Türkis sichtbar, seine Finger nesteln fahrig am Saum des Oberteils.

»Du wirst das nicht tun«, keucht er mit zitternder Stimme.

»Siehe hin und staune.« Ich hebe das Knie und lege die Schallplatte demonstrativ langsam darauf. Als wollte ich sie zerbrechen. Dabei ziehe ich wie Joker die Mundwinkel zu einem diabolischen Grinsen nach oben.

»Nein!«, schreit Elkenhagen und reißt verzweifelt die Arme hoch. In seinen Augen steht nackte Panik, ein Speichelfaden spannt sich zwischen den geöffneten Lippen. »Bitte! Um Gottes willen. Tu. Das. Nicht!«

In dem Augenblick werfe ich die Scheibe in die Höhe, ignoriere Elkenhagen, der nach seiner Wertanlage hechtet wie der Champion eines Frisbee-Turniers, und schnappe mir das Gewehr.

»Regulus«, sage ich ruhig, als ich auf seine Brust ziele, an die er die Schallplatte gepresst hält wie einen Koffer voller Diamanten. »Regulus, diese Kugel wird dein eigener Tod und gleichzeitig das Ableben deiner Heulsusenmusik sein. Die durchschlägt euch beide. Und ›grateful‹ wird es nicht werden, das verspreche ich dir. Nur ›dead‹.«

Nur zehn Minuten später sitze ich im Wagen und streiche mit den Fingerspitzen zärtlich über das Geldbündel in der Aldi-Stofftasche neben mir, auf der ein Fair-Trade-Logo prangt. Offenbar überlässt Elkenhagen seiner Frau nicht nur den Kleidungs-, sondern auch den Lebensmitteleinkauf. Als ich den automatischen Anlasser drücke, ist Johnny Rottens Stimme wieder da.

Ich lasse den Motor laufen, steige noch einmal aus, gehe um das Auto herum und öffne den Kofferraum. Die Dose mit dem feuerroten Sprühlack, die ich mir vor zwei Wochen in der Werkstatt gekauft habe, um eine kleine Delle auszubessern, liegt immer noch neben dem Warndreieck. Ich nehme sie in die Hand, schüttele ein paarmal kräftig und mache mich an die Arbeit.

Nach nur drei Minuten steige ich wieder in den Wagen.

Als ich neben dem doppelflügeligen Tor der Garagenauffahrt des Elkenhagen'schen Anwesen ausparke und einen letzten Blick in den Rückspiegel werfe, überkommt mich diebische Freude. Meinen Boss im Klatschmohnkimono, der im Augenblick sicher noch mit Freudentränen überströmtem Gesicht seine Psychedelic-Scheibe an sich gepresst hält, wird am nächsten Morgen der Schlag treffen.

Der »Punk's not dead«-Slogan, der in großen Lettern auf dem verzinkten Blechtor prangt, wird kleiner, je weiter ich mich von der Hausnummer 14 entferne. Ich wechsele zum nächsten Song meiner Sex-Pistols-CD und drehe voll auf.

Während Johnny Rotten sich überzeugend als Antichrist zelebriert, habe ich die Anarchie schon längst umgesetzt. Grinsend werfe ich einen Blick aus der Frontscheibe in die wolkenlose Nacht. Und plötzlich erkenne ich es: Einige Sterne haben sich direkt vor mir zu einer fast geschlossenen Null angeordnet. Einer Null, die an einer Seite offen ist und die von zwei waagrechten Strichen durchbrochen wird.

Ich frohlocke. Nicht nur der Punk, sondern auch der Himmel ist ganz meiner Meinung. Eins mit mir. Ein ins Weltall gemaltes Währungszeichen, der meinen eben durchgeführten Auftrag zum Wohle der Gerechtigkeit gutheißt, ja mir quasi ein Zeichen für mein kommendes Tun geben will.

Das Euro-Sternbild. Ganz neu. Extra für mich.

Elkenhagen wird sich warm anziehen müssen. Der Klatschmohnkimono wird da nicht reichen.

Maribel Añibarro

Der Erlkönig

Trossingen

Elias Falkenberg blendet die Gegenwart des leeren und vom grauen Licht des Morgens erfüllten Konzertsaals der Musikhochschule aus. Er taucht ein in die Geschichte des von Liszt adaptierten Erlkönigs und beginnt zu spielen. Mit jeder Note, die er auf dem Bösendorfer anschlägt, spürt er die Hilflosigkeit des tröstenden Vaters und die Furcht des Kindes, und er lässt jede Nuance seines Mitgefühls in die Intonation einfließen. Doch der Erlkönig ist stärker. Er lockt ihn an, fließt durch Elias' Finger in seinen Geist, lässt ihn von seiner Macht kosten. Und Elias saugt diese Macht in sich auf. Der Sieg des Erlkönigs am Ende des Stücks gibt Elias die Gewissheit, dass auch er siegen wird, denn jetzt ist er der Erlkönig.

»Jetzt fahr schon!«, schreit Professor Arnold Winckler und schlägt dabei aufs Lenkrad. »Schon mal was vom Reißverschluss gehört? Ein Auto reinlassen, nicht zwei!«

Einen Finger in den Krawattenknoten gehakt, lockert er diesen, um besser Luft zu bekommen. Da taucht ein Audi neben ihm auf. »Nix da, hinten anstellen.« Winckler fährt dichter auf den Polo vor ihm auf, sodass er dessen Stoßstange nicht mehr sehen kann. Plötzlich bremst der Vordermann ab, gerade noch kann Winckler auf die Bremse steigen. Doch

142

der brachiale Adrenalinstoß umkrallt schmerzhaft sein Herz. Flach atmend klemmt Winckler das Lenkrad mit seinem linken Knie ein. Hektisch durchwühlt er die Taschen seines Mantels auf dem Beifahrersitz. Aus dem Augenwinkel beobachtet er, wie der Polo mit exakt 30 km/h dahinkriecht und wieder eine riesige Lücke vor sich lässt. Heiß glühen die anschwellenden Äderchen an Wincklers Wangen und treiben den Schweiß aus den Poren. Endlich hat er sein Nitrolingualspray gefunden. Ein Sprühstoß unter die Zunge, dann wird sich sein Herz gleich wieder entspannen.

Jeden Morgen und jeden Abend das Gleiche: 75 Kilometer über die A 81 von Herrenberg bis zur Ausfahrt Villingen-Schwenningen und dann noch das Gegurke über die Landstraße bis nach Trossingen. Aber das würde sich bald ändern. Bei dem Gedanken an seine Zukunft huscht ein Lächeln über sein erhitztes Gesicht.

Denn diesmal hat er, Professor Arnold Winckler, den Sechser mit Superzahl in der Tasche. Wenn sein Schüler, Elias Falkenberg, den Erlkönig perfekt vorspielt und den Klavierwettbewerb heute Abend gewinnt, dann wird er endlich der Rektor der Universität für Musik und darstellende Kunst in Wien. Ja, da waren noch die anderen Kandidaten und Elias' schärfste Konkurrentin und Schülerin dieses Möchtegernprofessors Masoni, aber keiner von denen kommt gegen Elias an. Sicher, er hat alles auf eine Karte gesetzt, denn von dem Sieg hängt die Zusage nun mal ab. Aber das wird schon funktionieren. Es muss funktionieren.

Die wundervolle Aussicht, sein triumphales Ziel in greifbarer Nähe zu wissen, seinen Konkurrenten Masoni auszustechen, lässt Wincklers verkrampfte Muskeln entspannen. Ein Seufzer findet seinen Weg aus seinen malträtierten Eingeweiden.

Sie ist gut, verdammt gut, denkt Elias. Er sitzt in der hintersten, unbeleuchteten Reihe des leeren Konzertsaals der Musikhochschule, um der Probe an diesem Vormittag zu lauschen.

Die letzten Klänge des Préludes B-Dur Opus 23 Nr. 2 von Rachmaninoff prallen noch an den Wänden des Saals ab, bis sie ihren Frieden finden und sich auflösen. Ein Moment der Stille füllt den Saal, gibt der energiegeladenen und lebensbejahenden Geschichte, die Rachmaninoff mit seinem Werk erzählte, seinen Raum.

Dann passiert alles gleichzeitig. Professor Masoni steht von einem der Sitze in der ersten Reihe auf und klatscht. Seine Schülerin, Teresa Kaminski, schiebt die Klavierbank vorsichtig nach hinten und verbeugt sich vor einem imaginären Publikum. Eine Tür hinter Elias wird aufgerissen, und Professor Winckler stapft schnaufend in den Saal. Blicke werden gewechselt, die Konkurrenten taxieren sich.

Elias beobachtet, wie Teresa ein Tuch aus der Hosentasche zieht und damit über die Tasten fährt. Er sieht ihr dabei zu, wie sie genau den richtigen Druck ausübt, sodass die Mechanik, die mit der Taste verbunden ist, nicht ausgelöst wird; kein einziges Hämmerchen schlägt auch nur eine Saite an. Dabei ist es eigentlich üblich, dass der kommende Klavierspieler den Schweiß des vorherigen von den Tasten wischt, nicht umgekehrt.

Kurz darauf nehmen Professor Masoni und seine Schülerin ihre Taschen auf und verlassen den Saal am Bühneneingang ohne einen weiteren Blick, ohne einen Gruß.

»Das war doch gar nichts, mein Junge«, sagt Professor Winckler, während sie die Treppe entlang der Stuhlreihen hinuntergehen. »Sie beherrscht nur die Technik, wie ein Roboter, weiter nichts. Dir kann sie das Wasser nicht reichen.«

Elias sieht seinen Professor an, damit dieser seine Zweifel sehen kann. »Na, ich weiß nicht, sie ist wirklich richtig gut«, sagt Elias.

»Hör mal, Elias«, der Professor verstellt seinem Schüler den Weg, »du weißt, von dir hängt alles ab. Meine Karriere, alles. Du wirst diesen Wettbewerb gewinnen! Enttäusch mich nicht!«

Elias wendet sich ohne einen weiteren Kommentar ab und steigt die Treppen zum Podium hinauf. Er dreht die Klavierbank entsprechend seiner Körpergröße nach unten, setzt sich und holt ein Tuch aus seiner Hosentasche hervor, mit dem er – gleich seiner Kommilitonin – über die Tasten fährt.

Wie bereits am frühen Morgen konzentriert Elias sich, um seiner Mission gerecht zu werden.

Schon die ersten schnellen Oktav-Repetitionen der rechten Hand sind bleiern. Aus der stürmischen Nacht, in der ein Vater mit seinem kleinen Sohn im Arm durch den dunklen Wald reitet, wird das Stolpern eines Pferdes, das von einem lauen Wind begleitet durch den Wald irrt. Die lockenden Worte des Erlkönigs gehen unter in einem Durcheinander von im Wettstreit miteinander stehenden Tönen. Die Angst des verzweifelten Vaters wird zur Angst des Zuhörers, ob der Interpret die richtigen Tasten trifft. Elias muss seinen unwilligen Fingern, die auf den Tasten kleben, Gewalt antun. Der Erlkönig reißt nicht nur das Kind mit sich, sondern lässt mit dem letzten Akkord auch die Seele des Klavierstücks sterben.

Elias lässt seine Hände sinken und sieht zu seinem Lehrer. Mit einer Hand auf sein Herz gepresst und mit der anderen Hand sein Spray umklammernd, gibt dieser einen Stoß seines Medikaments unter die Zunge, seine aufgerissenen Augen starren Elias aus einem purpur angelaufenen Gesicht an.

»Was war das denn?« Der Professor stemmt sich schwerfällig aus dem Sitz, stürmt die Treppen zum Podium hinauf, baut sich vor Elias auf und lässt eine Faust auf den Flügel krachen. »Das war ja wohl nicht dein Ernst! Jeder Fünfjährige kann das besser als du! Willst du mich lächerlich machen? Mich umbringen?«

»Ich weiß auch nicht«, sagt Elias, »meine Finger haben sich so schwer angefühlt, als hielten die Tasten sie fest.« Elias steht auf. Er stellt sich an das andere Ende der Klaviatur, um Abstand zwischen sich und den Professor zu bringen. Man weiß nie, wozu dieser fähig ist.

»Ach, jetzt sind also die Tasten schuld!« Winckler haut bei jedem seiner Worte mit Karacho auf die Tasten. Plötzlich hält er inne. Er reibt seine Fingerkuppen aneinander, hält sie sich vor die Nase und leckt an seinem Zeigefinger.

»Masoni!«

Teresa Kaminski schlägt gerade das Notenbuch zu, in das sie mit Masoni noch einige Anmerkungen eingetragen hatte, als die Tür des Raumes so heftig aufgerissen wird, dass sie gegen die Wand schlägt. Im Türrahmen baut sich Professor Winckler auf, dahinter ist Elias zu sehen.

Winckler sieht aus wie ein Vulkan, der gleich Lava spuckt, denkt Teresa. Schade, dass er nicht in seinem eigenen glühenden Sud verbrennt.

»Sie«, Winckler zeigt drohend mit seinem Zeigefinger auf Masoni, »Sie Betrüger! Sie ziehen sogar Ihre Schülerin in Ihre Machenschaften mit rein! Dass Sie sich nicht schämen!«

Teresa sieht zu Masoni, der sich betont langsam zu seinem brodelnden Kollegen dreht.

»Nun, werter Herr Kollege«, sagt Masoni mit einer Stimme, die so ruhig ist wie die Oberfläche eines Sees in der Nacht. »Sie machen mir einen äußerst aufgebrachten Eindruck. Was halten Sie davon, wenn Sie mir die Ursache näherbringen, damit wir das Missverständnis – denn nichts anderes kann es sein – aus der Welt schaffen können?«

»Ha, Missverständnis, dass ich nicht lache. Ihre eigene Studentin hat die Dreistigkeit besessen, Honig auf die Tasten zu schmieren. Das mag ja bei Ihnen in Italien gang und gäbe sein, sich seine Konkurrenten so vom Hals zu schaffen. Aber eines sage ich Ihnen, mit mir machen Sie so etwas nicht noch mal!«

»Teresa, wissen Sie etwas darüber?«

»Nein, natürlich nicht.« Teresa legt in ihre Worte eine gehörige Portion Empörung. »Ich habe ja direkt vor Elias gespielt, und da war noch alles in Ordnung mit den Tasten.«

»Ja, und dann sind Sie mit einem Tuch über die Tasten gefahren. Ich hab's genau gesehen. Und in dem Tuch war Honig.«

Teresa steckt eine Hand in ihre Hosentasche, zieht ein Baumwolltuch hervor, hält es an einer Ecke fest und schüttelt es aus. »Da ist kein Honig«, sagt sie.

»Ich weiß genau, was Sie vorhaben«, sagt Winckler zu seinem Kollegen, »aber der Rektor in Wien werde ich werden. Sie haben keine Chance. Denn mein Schüler«, er zeigt hinter sich, »Elias Falkenberg wird diesen entscheidenden Wettbewerb gewinnen.«

»Da würde ich mir an Ihrer Stelle nicht so sicher sein, werter Kollege«, kontert Masoni. »Aber wenigstens haben Sie dann noch die Offerte aus Berlin. Als ...«, Masoni zögert kurz, »... Trostpreis.«

Teresa ist sich nicht sicher, ob das letzte Wort noch bei Winckler angekommen ist, da dieser den Raum bereits verlassen hat.

Andere hätten wohl Mitleid mit Winckler gehabt, denkt Elias, während sie gemeinsam den kurzen Weg vom Konzertsaal zur Musikhochschule die Straße entlanggehen. Wincklers Zustand ist erbärmlich. Seine Krawatte hängt auf Halbmast, die Haare kleben am feuchten Gesicht, der Hemdkragen sitzt schief, und die rechte Hand umklammert das Spray mit dem Herzmedikament, das Winckler in letzter Zeit immer öfter davor zu bewahren scheint, einem Herzinfarkt zu erliegen.

Kurzatmig versucht Winckler, Elias zu motivieren. »Lass dich von so schmutzigen Tricks nicht beirren, hörst du. Mir hat man damals als Student auch einen Streich gespielt, mit Zuckerwasser, aber mich hat das nur noch mehr angespornt. Die haben ganz schön blöd aus der Wäsche geschaut, denn denen habe ich es damals gezeigt. Und du wirst es denen auch zeigen. Heute Abend wirst du den Wettbewerb gewinnen!«

Elias nickt, nur damit Winckler denkt, er hätte es geschafft, ihn zu beruhigen. Dabei bezweifelt Elias jedes Wort, das der Professor soeben von sich gegeben hat.

Eigentlich wollte Winckler die Probe im Konzertsaal wiederholen, doch dieser war zum Glück bereits wieder besetzt, sodass er entschied, einen freien Flügel in der Hochschule zu suchen.

»Moment bitte«, sagt Elias, als sie an seinem Spind vorbeikommen, »ich will nur kurz was trinken.« Elias öffnet das Vorhängeschloss, das an der Metalltür angebracht ist. Beim Öffnen der Tür flattert ein Zettel aus dem Innern des Schrankes auf den Boden, direkt vor die Füße des Professors.

Wie bei einem Erpresserschreiben sind darauf Wörter aus einer Zeitung aufgeklebt. Elias ist sich nicht sicher, ob der Professor sich nach vorne beugt, um das Blatt aufzuheben, oder ob dieser in ein extremes Wanken geraten ist. Schnell bückt Elias sich, hebt das Blatt auf und liest den Text vor:

»Du Niete, gib auf! Jeder weiß, dass du ein miserabler Klavierspieler bist. Alle lachen über dich! Wenn du an dem Wettbewerb teilnimmst, wirst du versagen! Lass es besser sein!«

Winckler entreißt Elias das Stück Papier und zerknüllt es in seinen zitternden Händen. Hektisch sieht er sich um, als wollte er sich vergewissern, ob der anonyme Briefschreiber die beiden heimlich und hämisch beobachtet. Doch die Studierenden, die an ihnen vorbeigehen, sind alle mit sich selbst beschäftigt.

»Das war diese Kaminski«, stößt Winckler aus. Weiter kann er nicht sprechen, da er kaum Luft zu bekommen scheint. Er lehnt sich an die Wand und nimmt einen Stoß seines Medikaments.

Elias wartet, bis es seinem Lehrer besser geht, und auf die unvermeidlich *motivierenden* Worte seines Professors, die durchtränkt sein werden von seiner Angst, heute Abend sein Gesicht zu verlieren.

»Elias, du darfst dich von so etwas nicht beeinflussen lassen, hörst du.« Die Worte kommen fast flehend aus Wincklers von Schweißtropfen umrandeten Mund.

Elias vermeidet es, seinem Lehrer ins Gesicht zu sehen, damit dieser die Verachtung in seinen Augen nicht erkennen kann.

Winckler fährt sich mit einem Taschentuch über das Gesicht und seinen Nacken. »Das … das hat sie gemacht, weil sie weiß, dass du besser bist als sie.«

»Ich kann das Stück heute vor dem Konzert nicht mehr spielen. Ich würde es einfach nicht schaffen«, sagt Elias und legt in seine Stimme die Verzweiflung des Vaters, der sein sterbendes Kind in den Armen hält.

Elias kann in Wincklers Mimik erkennen, wie dieser nach Worten sucht, um ihn umzustimmen, um diese unsäglichen Psychotricks der Gegenseite ungeschehen zu machen, doch dann scheint er zu kapitulieren.

»Na gut«, sagt er. »Aber versprich mir, das alles hier zu vergessen. Und heute Abend, da spielst du dann wieder so wie die letzten Wochen auch.«

Elias nickt nur, dreht sich um und geht.

Arnold Winckler sieht seinem Schüler hinterher. War es richtig, ihn einfach gehen zu lassen? Nein, das war es nicht! Er will Elias hinterhereilen, muss sich jedoch an der Wand abstützen, da sich plötzlich alles vor seinen Augen dreht. Dabei fällt ihm das Spray aus der Hand. Er bückt sich, fällt vornüber und landet auf den Knien. Zwei Studenten eilen auf den Professor zu. Sie haken ihn unter und helfen ihm auf die Beine.

»Schon gut, schon gut«, sagt Winckler und schüttelt die helfenden Hände ab. »Es war nur … Es ist nichts.«

Elias ist mittlerweile außer Sichtweite, sodass Winckler beschließt, sich erst einmal in seinem Büro auszuruhen.

Noch während er die Bürotür hinter sich schließt, fängt sein Smartphone auf dem Schreibtisch zu vibrieren an. Seine Frau. Auch das noch.

»Na, wie ist die Probe gelaufen?«, fragt sie statt einer Begrüßung, sobald Winckler den Anruf angenommen hat. »Dein Wunderschüler wird den Wettbewerb gewinnen, nicht wahr? Da muss ich mir doch keine Sorgen machen, oder?«

»Nein, nein, alles ist in Ordnung.« Winckler hört aus seinen Worten selbst den Zweifel heraus und will das Thema wechseln, seine Frau kommt ihm jedoch zuvor.

»Arnold, du hast mir versprochen, dass wir spätestens zu Weihnachten endlich raus sind aus diesem Kaff. Dass wir dann in Wien leben werden, in einer Kulturstadt. Ich habe schon allen von unserem Umzug und deiner neuen Stelle, deiner Beförderung erzählt. Ich verlasse mich darauf. Da darf jetzt nichts schiefgehen, hörst du?«

»Es ist alles in Ordnung«, wiederholt Winckler stoisch. »Ich muss noch arbeiten, bis später.« Er legt auf, lehnt sich zurück in das weiche Polster seines Bürosessels und schließt die Augen.

Durch die Stille um ihn herum dringt Masonis letzter Satz in Wincklers Hirn: *Aber wenigstens haben Sie dann noch die Offerte aus Berlin.*

Das mit Berlin, das ist so eine Sache. Sicher, die Universität der Künste Berlin hatte ihm eine Stelle angeboten, und seine Frau wäre bestimmt überglücklich, wieder zurück nach Berlin zu ziehen. Aber da war dieses Gerede wegen dieser Emilia Schmidt. Natürlich war das alles nur eine üble Verleumdung. Nie hätte er einen Klavierdeckel mit Absicht in einem Wutanfall auf die Finger seiner Schülerin geknallt. Das musste doch allen klar sein, dass es sich um einen Unfall gehandelt hatte. Zugegeben, er hätte ihr nicht so lautstark die Wahrheit beibringen müssen, was für eine Versagerin sie war und dass sie maximal als unterbezahlte Klavierlehrerin in einer kleinen Dorfschule landen würde. Diese Emilia Schmidt hatte wahrhaftig gedacht, den Erlkönig spielen zu können. Winckler hasste dieses Stück seitdem und hätte Elias am liebsten verboten, auch nur eine Note davon zu spielen. Wer hätte gedacht, dass ihm ausgerechnet der Erlkönig zu seinem größten Karriereschritt verhelfen würde, wo er ihn doch damals in Berlin an der Hanns Eisler Hochschule fast zu Fall gebracht hatte. Denn dass sich diese Emilia Schmidt das Leben nahm, als klar war, dass die Verletzungen ein steifes Gelenk des Mittelfingers nach sich gezogen hatten, damit hatte er nun wirklich nichts zu tun. Sicher, es gab Gerede. Aber ihr Wort hatte gegen seines gestanden. Und sie war einige Monate zuvor beim Stehlen erwischt worden. Damit war ja wohl klar, wer log und wer nicht!

Berlin ist dennoch keine Option. Genauso wenig wie Trossingen. Diese Teresa Kaminski scheint es auf ihn abgesehen zu haben. Was war denn schon dabei, dass er ihr seine Hand auf die Schulter gelegt hatte. Und dass seine Hand dann auch am Rücken entlanggerutscht war, hatte nur an ihrer erbärmlichen Haltung gelegen.

Winckler öffnet die Augen und starrt auf sein Smart-phone. Er hätte Elias nicht einfach davonlaufen lassen sollen. Das war ein Fehler gewesen. Elias braucht jetzt jemanden, der ihn aufbaut. Er braucht ihn. Winckler greift nach dem Telefon und wählt Elias' Handynummer. Mit jedem Tuten in der freien Leitung bildet sich mehr und mehr Schweiß auf Wincklers Stirn. Warum geht der Junge denn nicht an sein Handy? Als die Mobilbox anspringt, muss Winckler sich aufs Äußerste beherrschen, um nicht zu schreien. Doch die Nachricht ist deutlich: »Ruf mich an, sofort!«, dann knallt er das Smartphone auf den Tisch.

Winckler hält es nicht mehr aus. Er greift in das rechte Fach seines Schreibtischs, schiebt die Ordner zur Seite und holt die Whiskeyflasche aus dem Fach. Sein Arzt hatte ihm zwar strikt verboten, Alkohol mit seinem Herzmedikament zu kombinieren, aber was wusste denn schon sein Arzt, wie stressig seine Arbeit war. Großzügig schenkt er in ein Glas ein, das schon einige Tage auf seinem Schreibtisch steht. Alkohol desinfiziert.

Die nächsten Stunden sind die schlimmsten, die Winckler je hinter sich hat bringen müssen. Elias ist nicht erreichbar ge-wesen. Vierundzwanzig Mal hat er ihn angerufen. Und er hat mehrmals die Gänge der gesamten Hochschule nach ihm ab-gesucht. Nichts. Kein Rückruf, nichts. Die Ungewissheit, was mit Elias ist, schraubt sich wie ein Bohrer in Wincklers Herz hinein und durchlöchert das filigrane und vernarbte Gewebe.

Elias rückt seine Fliege zurecht, während er seinem Professor nachsieht, der wie eine Dampflock den Vorbereitungsraum der Wettbewerbsteilnehmer verlässt. Die Szene, die ihm Winckler gemacht hatte, war zwar über alle Maßen peinlich, aber vorhersehbar gewesen, und vor allem war sie wichtig.

Da war dieser eine Moment gewesen, bei dem er Winckler ganz nah kommen musste. Elias war, als müsste er gegen ein unsichtbares Feld, bestehend aus sich abstoßenden Kräften, ankommen. Elias allein hätte das Feld wohl nicht überwinden können, doch der Erlkönig verlieh ihm die Kraft, dagegen anzukämpfen, den in Alkohol getränkten Atem zu ertragen, den Stoff des Jacketts zu spüren und seine Hand in die Jackentasche des Professors gleiten zu lassen.

Als Elias die Bühne betritt, wandert sein Blick über die vorderen Reihen der Zuschauer. Gleich in der zweiten Reihe, hinter der Jury, sitzt ein unruhiger Winckler, mit seiner Frau neben sich. Elias setzt sich auf die Klavierbank, er lauscht dem rauschenden Pochen gegen sein Innenohr nach, mit dem sein aufgeregtes Herz sich Verhör verschafft. Nur gilt die Aufregung nicht dem Publikum, sondern ihm selbst, seinem Ego, das im Gegensatz zum Erlkönig alles geben will, um den Wettbewerb zu gewinnen. Doch der Erlkönig ist stärker. Aber er lässt sich Zeit. Er gönnt den Zuhörern den Genuss des perfekt vertonten Dramas. Er gibt dem Professor die Gelegenheit, seine Hand auf die seiner Frau zu legen, von den Würden seines Amtes als Rektor zu träumen und im Geiste in einem Kaffeehaus am Graben eine Wiener Melange zu genießen. Dann, ganz plötzlich, schlägt der Erlkönig zu. Das Pferd, es stürzt in einen Strudel aus Disharmonien, die beruhigenden Worte des Vaters verkommen zu leeren Worthülsen, und die Panik des Kindes versackt in Gleichgültigkeit. Nur die verführerischen Worte des Erlkönigs verfehlen ihre Wirkung nicht. Der Erlkönig kostet den Tumult, der im Publikum aufkommt, aus. Er spürt dem Gehäuse, das sich in Elias Hosentasche befindet, nach, denn darin befindet sich das Medikament, das ihm widerstehen könnte. Hilferufe werden laut, nach einem Krankenwagen wird verlangt. Aber der Erlkönig spielt weiter.

Er begnügt sich nicht mehr mit Lockungen. Mit Gewalt zieht er den Professor zu sich an den düsteren Ort.

Auf der Beerdigung hält Elias nach einem ganz bestimmten Gesicht Ausschau. Kein leichtes Unterfangen, denn um das Grab herum stehen so viele in Schwarz gekleidete Menschen, dass Elias sich an diesen vorbeischlängeln muss, um *sie* zu finden. Nie hätte er gedacht, dass sich so viele Trauernde einfinden würden. Bestimmt die Hälfte der Anwesenden sind Lehrende oder Studierende der Hochschule. Trauer kann er in deren Gesichtern jedoch nicht erkennen. Einige sehen nach der Uhr, viele auf ihr Smartphone, manche telefonieren sogar.

Als er Teresa inmitten einer Menschentraube entdeckt, geht er auf seine Kommilitonin zu.

»Danke für deine Hilfe«, flüstert er ihr ins Ohr.

Teresa lächelt ihn an und schiebt ihre Hand in seine. »Ich habe doch nichts weiter gemacht, als mit einem Tuch über die Tasten zu fahren«, sagt sie. »Apropos, hast du mal ein Taschentuch für mich?«

Elias greift in seine Hosentasche. Beim Herausziehen des Tuches finden auch einige Zeitungsschnipsel ihren Weg an das Tageslicht. Ein Windstoß ergreift die kleinen Papierstückchen, trägt sie zwischen den Anwesenden wie kleine Schmetterlinge hindurch und lässt einige in das offene Grab flattern. Kurz betrachtet Elias die Initialen E.S., die auf dem Taschentuch eingestickt sind. Dann schüttelt er den Kopf und sagt zu Teresa: »Das gehörte meiner Halbschwester Emilia, nimm das besser nicht, da ist Honig drin.«

Anne Grießer

Camping mit Horst

Freiburg

»Schön langsam. Immer einer nach dem anderen!«

Am Ausgang der Justizvollzugsanstalt *Café Fünfeck* in Freiburg hat sich eine kleine Schlange gebildet. Vor mir steht mein Kumpel Fliege. Ja, genau wie der Fernsehpfarrer, an den sich die älteren Semester vielleicht noch erinnern können. Allerdings heißt Fliege nicht wirklich so, es ist nur ein Spitzname. Weil er so gut *die Fliege machen* kann.

Ganz vorne steht Drago, ein fieser albanischer Zuhälter, der am selben Tag rauskommt wie wir. Sonst haben wir allerdings wenig gemeinsam. Uns hat man wegen Diebstahls und Sachbeschädigung eingebuchtet, Drago wegen Beschädigung eines Zuhälter-Rivalen. *Tödlicher* Beschädigung.

Er nickt uns grimmig zu, nimmt seine Habseligkeiten und zischt ab.

»Dreißig Euro, zwei dunkle Sonnenbrillen, zwei Streifen Kaugummi und eine Packung Kondome. Unbenutzt.«

Der Schließer ist ein Spaßvogel, der eindeutig zu oft *Blues Brothers* gesehen hat. Ich stecke meine Sonnenbrille, Fliege steckt den Rest ein, und das Tor fällt hinter uns ins Schloss.

»Frei…heit«, versucht sich Fliege an dem Westernhagen-Song. Er hält sich für einen begnadeten Sänger, steht mit dieser Meinung aber ziemlich alleine da.

Mein Magen knurrt, ich habe Kohldampf. Gegenüber vom Knast finden wir ein Café, das schon geöffnet hat. Nach dem Frühstück ist unsere Barschaft auf 6,20 € geschrumpft.

»Und nun?« Fliege hat den Ernst der Lage begriffen, und ausnahmsweise fällt ihm nicht mal ein Lied dazu ein.

»Bank, Tankstelle oder Supermarkt?«, stelle ich zur Auswahl. Irgendwie müssen wir ja an Kohle kommen, und zwar möglichst schnell.

»Nee, Rocky.« Fliege schüttelt den Kopf. »Ich brauch erst mal Urlaub, bevor ich wieder schufte. Schlafen, essen und angeln – so stelle ich mir die nächsten Tage vor.«

Ich nicke betrübt. Auch ich hätte gern ein bisschen Ruhe, bevor ich mich wieder an die Arbeit mache. Fliege grinst und deutet mit dem Kopf rüber zum Parkplatz vor dem Finanzamt. Dort steht ein nagelneues Wohnmobil – groß, weiß, einladend.

Ist das nicht Drago, der Zuhälter, der gerade aussteigt? Nein, ich muss mich täuschen. Der ist sicher schon längst über alle Berge und mit seiner Großfamilie vereint.

Fliege glaubt an göttliche Fügung und den Wink des Schicksals. Ich hingegen glaube an günstige Gelegenheiten. Wir sind uns also einig.

Das Knacken überlasse ich Fliege, darin ist er der Meister. Es dauert nur ein paar Minuten, bis er den Wagen unter seiner Kontrolle hat. Der Tank ist voll, und wir setzen gut gelaunt unsere dunklen Sonnenbrillen auf, während wir Richtung Hochschwarzwald tuckern, wo Fliege einen ruhigen kleinen Stausee kennt, einen echten Geheimtipp, mit Campingplatz und ideal zum Angeln. Einmal halten wir unterwegs noch an, um die Kennzeichen gegen die eines rumänischen Lkw auszutauschen. Reine Routine.

»Sunshine, sunshine Reggae«, brummt Fliege, und ich kann nicht anders – ich summe mit.

Der Kirnbergsee liegt ruhig und verschlafen in der heißen Nachmittagssonne. Grillen zirpen und Blesshühner gackern. Fliege hat nicht zu viel versprochen: Hier kann man perfekt die Seele baumeln lassen. An diesem See sucht uns bestimmt keiner – auch nicht der Bewährungshelfer.

Im Handschuhfach finden wir netterweise ein paar Scheinchen, die für fünf Tage Campingplatz ausreichen. Vom restlichen Geld mietet sich Fliege eine Angelausrüstung und macht sich auf den Weg, unser Abendessen zu fangen. Ich fläze mich derweil ans Seeufer und lasse mir die Sonne auf den Pelz brennen. So fühlt sich die Freiheit an! Ich bin glücklich und schlafe ein.

Fliege kommt nicht ganz so gut gelaunt zurück. »Die Scheißviecher beißen nicht an.«

Mein Magen knurrt vernehmlich, die Brötchen vom Morgen sind längst verdaut. »Ich seh mal im Wohnmobil nach«, schlage ich vor. »Sicher gibt es dort Konservenbüchsen.«

Im Wagen ist es stickig. Wir haben über dreißig Grad, und die Luft ist zum Schneiden dick. Außerdem ist es düster, weil die Vorhänge zugezogen sind.

Ich öffne einen Schrank nach dem anderen und finde – nichts. Gähnende Leere, keinerlei Vorräte. Nicht mal Geschirr. Was sind das nur für komische Camper, denen wir das Wohnmobil geklaut haben?

Wütend schlage ich die letzte Schranktür zu und lasse meinen Blick durch den Wagen wandern. Als er an der Schlafkoje hängen bleibt, erkenne ich, dass das Wohnmobil nicht ganz so unbewohnt ist, wie ich dachte.

»Ähm, Fliege …«, rufe ich meinen Kumpel. »Komm doch mal rein.«

Der Kerl in der Koje liegt auf den Bauch und rührt sich nicht. Entweder schläft er den Schlaf der Gerechten, oder er ist …

»Mausetot«, stellt Fliege fest, nachdem er den Typ genauer untersucht hat. Ein Arm hängt jetzt schlaff über die Bettkante.

»Scheiße.« Ich schließe vorsichtshalber die Wagentür. Muss ja nicht jeder mithören, was wir hier drin bequatschen.

»Und jetzt?«

Irgendwie sind wir beide mit der Situation überfordert. Mussten wir ausgerechnet das einzige Wohnmobil in Freiburg klauen, in dem eine Leiche liegt?

»Wir müssen den Horst loswerden.« Fliege kratzt sich am Hinterkopf.

»Woher kennst du seinen Namen?«, wundere ich mich.

»Tu ich ja gar nicht. Das sagt man doch nur so.«

»Ah, verstehe.«

Ich verspüre auf einmal eine bleierne Müdigkeit. Fast sehne ich mich nach dem Knast. Dort wäre so etwas nicht passiert.

»Und wenn wir die Polizei …«, schlage ich zaghaft vor.

»Spinnst du?« Fliege wird richtig wütend. »Willst du gleich wieder in den Bau wandern?«

Wir schweigen resigniert und hängen eine Zeit lang unseren Gedanken nach.

Plötzlich hören wir ein leises Knurren vor der Tür und scharrende Geräusche. Unsere Nackenhaare stellen sich auf. Ist uns jemand auf der Spur? Verdammt, wer ist eigentlich dieser Horst?

Dann eine weibliche Stimme: »Komm da weg, Air Force One! Was gibt's denn da zu schnüffeln?« Ein Hund kläfft rau, dann kehrt wieder Stille ein.

»Wir sollten erst mal darüber schlafen«, sagt Fliege und gähnt.

Mir fällt auch nichts Besseres ein, also legen wir uns mit knurrenden Mägen zur Ruhe – Fliege in die Schlafkoje über Horst, ich auf die Sitzbank hinterm Esstisch.

Hoffentlich bekomme ich keine Alpträume, denke ich noch, dann bin ich auch schon weg.

Am nächsten Morgen ist Horst natürlich immer noch da. Die vage Hoffnung, wir hätten alles nur geträumt, zerplatzt wie eine Seifenblase.

»Er müffelt«, stellt Fliege fest.

Kein Wunder, bei diesen Temperaturen! Wir haben schon am frühen Morgen über zwanzig Grad.

Ich will mich frisch machen und trete vor der Tür in etwas Weiches. Es riecht widerlich. Ein Blick nach unten verrät mir, warum: Air Force One hat vor unser Wohnmobil geschissen. Irgendwie hatte ich mir den Campingurlaub anders vorgestellt.

Während ich meine Schuhe säubere, reklamiert Fliege die gemietete Angelausrüstung und bekommt das Geld zurück. Davon können wir wenigstens ein paar Lebensmittel kaufen. Mit vollem Bauch sieht die Welt gleich viel rosiger aus. Ohne Horst wäre alles ganz angenehm.

»Woran er wohl gestorben ist?«, überlege ich laut.

»Keine Ahnung.« Fliege teilt meine gute Laune nicht. »Ist ja nichts zu sehen. Die Hitze? Vielleicht hat ihn der Schlag getroffen, als wir die Karre geklaut haben.«

Kein schöner Gedanke. Wir klettern ins Führerhaus und hören uns die Elf-Uhr-Nachrichten an. Von der Hitzewelle ist die Rede. Von einem Waldbrand in Kalifornien, einem südwestdeutschen Bandenkrieg zwischen der russischen und der albanischen Mafia, von einer eingestürzten Brücke in China und von irgendwelchen Streitereien zwischen den Regierungsparteien. Nichts von einem geklauten Wohnmobil mit Insassen.

Ohne große Begeisterung sehen wir uns Horst noch einmal aus der Nähe an. Blass ist er. Schlank und gut gekleidet.

Um die vierzig, würde ich sagen. Kurze Zeit später haben wir dann doch die Todesursache gefunden: Das Einschussloch in der Stirn war vorher von seinem halblangen, dunklen Haar verdeckt.

»Mist, Mist, Mist!« Fliege tobt, und auch mir ist jetzt klar, dass wir mit unserem Fund besser nicht zu den Bullen gehen.

»Er muss weg«, sage ich und klinge dabei abgebrühter, als ich mich fühle.

»Und zwar schnell.« Fliege nickt und deutet auf seine kleinen Namensvettern, die ein reges Interesse an Horst zeigen. Zu allem Übel hören wir jetzt vor der Tür wieder das leise Schnüffeln vom Vorabend und Frauchens aufgeregte Stimme: »Weg da! Aus!«

Auch Air Force One scheint eine Vorliebe für unseren Mitreisenden zu entwickeln.

Wo entsorgt man einen toten Horst am besten?

»Na, auf dem Friedhof«, sagt Fliege, nachdem ich die Frage laut ausgesprochen habe. Er haut die Faust auf den Tisch. »Wir verscharren ihn einfach in einem frischen Grab, das merkt kein Mensch. Wir machen es heute Nacht, wenn alle schlafen.«

Ich bin froh, dass Fliege bei mir ist. Er weiß immer eine Lösung. Jetzt, da wir einen Plan haben, geht es mir bedeutend besser. Am liebsten würde ich mich den Rest des Tages ans Seeufer legen, aber davon will Fliege nichts wissen. »Vorbereitungen!«, sagt er. »Gegend erkunden und Spaten besorgen.«

Der Friedhof von Unterbränd, dem Dorf am See, scheidet schon mal aus. Er liegt mitten im Ort, und ein frisches Grab gibt es auch nicht.

Fliege schwitzt. »Dann eben im Nachbardorf!«

Dittishausen ist nicht weit.

Wir packen Horst ein paar Kühlakkus aus dem Gefrierfach in die Koje und brechen zu Fuß auf: über die Staumauer, um den See herum und dann quer über eine Wiese, dem Schild mit der Aufschrift *Wassertretstelle* nach.

An einem abgesägten Baum weist eine Inschrift auf den *Vergessenen Bildstock* hin. Ich schaue Fliege fragend an. Wäre das nicht ein guter Platz für Horst?

»Mal sehen«, sagt er nachdenklich und stapft durchs hohe Gras. Kurze Zeit später höre ich beunruhigende Geräusche: Ein tiefes Knurren und schnelle Schritte im Gestrüpp. Fliege kehrt im Schweinsgalopp zurück, dicht gefolgt von einem kompakten Fleischpaket von Hund, das eine schmächtige Frau an der Leine hinter sich herzieht.

»Bei Fuß«, schreit sie. »Bei Fuß!«

Was die Kampfmaschine mit der platten Schnauze aber nicht sonderlich interessiert.

»Besser, Sie kommen ihm nicht zu nahe!«, ruft die Lady uns zu. »Ich habe ihn aus dem Tierheim, er ist noch nicht an Menschen gewöhnt!«

Sehr witzig.

Der Bullterrier hat Fliege mittlerweile erreicht, und mein Kumpel kann von Glück reden, dass er eine lange Hose anhat. Mit einem lauten Ratsch reißt der Hund ein Stück vom Stoff heraus. Fliege gibt Fersengeld.

»Pfui, Air Force One! Was machst du denn da? Bring dem Mann sofort den Fetzen zurück!«

»Schon gut«, krächzt Fliege. »Er darf ihn behalten.«

Wir machen uns schnell vom Acker, solange der Köter noch mit dem Stoff beschäftigt ist. Erst an der Wassertretstelle wagen wir es, eine Rast einzulegen. Von hier aus können wir Dittishausen schon sehen.

Der Friedhof liegt zwar schön außerhalb des Ortes, aber ein frisches Grab gibt es auch hier nicht. Wir werden wohl doch den *Vergessenen Bildstock* nehmen müssen.

Bis es endlich dunkel wird, liegen unsere Nerven blank. Horst ist auf Dauer kein sonderlich angenehmer Reisegefährte, und das, obwohl er nicht spricht. Dafür riecht er inzwischen reichlich streng. Die Kühlakkus haben komplett versagt.

Mehrmals hören wir im Laufe des frühen Abends vor dem Wagen Frauchens verzweifelte Stimme: »Air Force One? Wo bist du? Komm nach Hause, Liebling, es gibt Fressi-Fressi!«

Fliege kichert nervös. Der kleine Racker wird doch nicht abgehauen sein? Wir sind jedenfalls froh, dass wir im Wagen sitzen.

Gegen Mitternacht brechen wir auf. Bis zur Parkbucht beim *Vergessenen Bildstock* ist es nur ein Katzensprung. Alles läuft wie am Schnürchen: Um diese Uhrzeit ist keine Menschenseele hier oben unterwegs.

»Du nimmst seine Schultern, ich die Beine«, dirigiert Fliege. Andersrum wäre es mir lieber gewesen, aber ich will nicht lange diskutieren, sondern die Sache hinter mich bringen.

»Sollen wir nicht erst die Grube ausheben?«, werfe ich dennoch ein.

Fliege muss zugeben, dass die Überlegung berechtigt ist, und so hieven wir Horst zurück in die Koje. Ich packe den Spaten und habe den Türgriff schon in der Hand, als ich es höre: lautes Rascheln im trockenen Gras und ein wütendes Knurren. Dann wirft sich ein schwerer Körper gegen den Wagen. Air Force One hat uns gefunden.

«Verschieben wir's auf morgen«, rege ich nach fünf Minuten Schockstarre an.

»Ja«, nickt Fliege. »Der Klügere gibt nach.«

Das Knurren wird lauter. Wir würden gern abhauen, aber im Wohnmobil ist zwischen dem Führerhaus und dem Wohnbereich eine Trennwand eingebaut.

»Ich könnte ihn ablenken«, schlage ich halbherzig vor. »Während du zum Führerhaus schleichst.«

»Auf mich reagiert er aggressiver«, wendet Fliege ein.

»Machen wir es lieber umgekehrt.«

Eine halbe Stunde später haben wir noch immer keine Lösung für das Problem gefunden. Air Force One macht keine Anstalten zu verschwinden. Immer wieder wirft er sich gegen die dünne Wagentür. Wie lange die das wohl aushält?

Fliege seufzt. »Er hat einen echten Narren an Horst gefressen.«

Wir schauen uns an, während die Worte nachhallen, und denken genau dasselbe.

»Es muss aber schnell gehen«, sagt mein Kumpel. »Wir geben Horst einen kräftigen Stoß. Dann renne ich zum Führerhaus, und du ziehst die Tür hinter mir zu.«

Wir schwitzen. Wir haben ja nur einen Versuch.

Air Force One lässt grässliche Geräusche hören, als unser Reisebegleiter ihm entgegensegelt. Er kümmert sich weder um Fliege noch um mich, hat nur noch Augen für unseren Kumpel. Wenige Sekunden später springt der Motor an, und wir brettern zurück zum Campingplatz. Dort treffen wir ein paar Jugendliche, die eine Party feiern, und kaufen ihnen eine halbe Flasche Wodka und ein bisschen Gras ab, womit wir uns so weit beruhigen, dass wir bei Sonnenaufgang endlich Schlaf finden.

Bullterrier zerfleischt Mann.

Unklar ist noch, woran das Opfer, das als Horst Ivan Stankovic identifiziert wurde, verstorben ist. Fest steht nur, dass der Mann schon vor der Attacke des Kampfhundes tot war. Die Bissspuren, die sich auf Gesicht und Kopf des Opfers kon-

zentrieren, erschweren die Obduktion. Gegen die Halterin des Hundes wird ermittelt.

»Horst«, sagt Fliege zufrieden, als er die Zeitung sinken lässt. »Ich wusste es.«

Wir buddeln hinter dem Campingplatz ein paar Blumen aus einem Kübel und pflanzen sie vor den *Vergessenen Bildstock*. Als Andenken an Horst, der uns vermutlich das Leben gerettet hat.

Am nächsten Tag steht zu unserer Überraschung Drago vor der Wohnmobiltür, der fiese Zuhälter aus dem *Café Fünfeck*, der am selben Tag entlassen wurde wie wir.

»Gute Arbeit, Jungs«, sagt er in seiner wortkargen Art und drückt uns ein kleines Päckchen in die Hand. »Hätten wir nicht besser machen können. Die Familie zeigt sich dankbar fürs Entsorgen.« Er nickt uns zu. »Das Wohnmobil könnt ihr behalten.« Dann zischt er wieder ab.

Vermutlich werden wir nie rausfinden, was der Zuhälter mit unserem Horst zu tun hatte – aber ehrlich gesagt interessiert es uns auch nicht sonderlich. Die fünftausend Euro, die wir in dem Päckchen finden, nehmen wir jedenfalls gern. Und den Wagen auch.

Eine feine Sache, so ein Campingurlaub! Vor allem *ohne* Horst.

Ilona P. Köhle

Angenehme Nachtruhe

Stuttgart, 1970

Johann war, seit er denken konnte, schon Hotelier. Genau wie
sein Vater und sein Großvater. Seit 1945 war das »Hotel am
Marktplatz« im Familienbesitz, auch wenn es genauer gesagt
unter dem Marktplatz lag. Das leuchtende Schild am Eingang
vor dem Treppenabgang hielt seitdem tapfer die Stellung und
verhieß den Gästen einen schönen Aufenthalt im zum Hotel
umfunktionierten ehemaligen Luftschutzbunker.

Johann ließ seinen Blick durch den kleinen Empfangsbe-
reich schweifen. Der Eichenholztresen war spiegelnd poliert,
an der Wand hinter ihm hingen die Zimmerschlüssel mit
ihren schweren Messinganhängern fein säuberlich aufgereiht.
An diesem Tag befanden sich viele Schlüssel dort, was bedeutete, dass es noch etliche freie Zimmer gab. Dabei war
es keine Seltenheit, dass Nachtschwärmer, die in Stuttgart
gestrandet waren, spontan ein Zimmer nahmen. So wurde
quasi über Nacht noch unverhofft Geld in die Kasse gespült.

Ja, das liebe Geld – mit beklemmender Enge in der Brust
dachte Johann an den Besucher von letzter Woche.

Als der gut gekleidete Mann mit Hut und brauner Hornbrille
das Hotel betrat, hielt ihn Johann zunächst für einen Ge-
schäftsreisenden und begrüßte ihn äußerst zuvorkommend.

Der Herr zog die Schultern nach oben und reckte das Kinn. »Schmid mein Name«, sagte er mit spitzen Lippen. »Ich bin Ihr Bankier. Wir korrespondierten ja bereits postalisch.«

Woraufhin er hüstelte und Johann einen vielsagenden Blick aus tief liegenden Augen zuwarf. Dabei zog er seine buschigen Augenbrauen so zusammen, dass sie hinter die Gläser der Brille rutschten. Johann wurde heiß und kalt zugleich, und er spürte, dass ihm Schweiß auf die Stirn trat.

»Herr Schmid! Sehr angenehm, Sie persönlich kennenzulernen«, log Johann mit einer Stimme, die ein wenig zu euphorisch klang. »Was kann ich für Sie tun?« Dabei knallte er die Absätze seiner gewichsten Schuhe zusammen, als wollte er vor dem Bankbeamten salutieren.

»Nun, Herr Ebendorfer, können wir das unter vier Augen eruieren?«

»Natürlich, natürlich. Folgen Sie mir bitte.« Johann eilte Herrn Schmid voraus in sein Büro am Ende des Ganges. Vor lauter Aufregung öffnete er die Bürotür mit zu viel Schwung und fiel beinahe zusammen mit ihr in den kleinen Raum.

»Darf ich Ihnen einen Kaffee anbieten, Herr Schmid?« Johann verbeugte sich in einen tiefen Diener, als er dem Bankier einen Stuhl gegenüber seinem Schreibtisch wies.

»Lassen Sie uns das nicht unnötig in die Länge ziehen, Herr Ebendorfer«, sagte der, während er Platz nahm und die Akte, die bisher unter seinem Arm klemmte, auf den Schreibtisch legte. »Ich habe viel zu tun.«

Johann nahm hinter dem Tisch auf der Stuhlkante Platz, mehr hockend als sitzend.

»Herr Ebendorfer, mit Entsetzen musste ich feststellen, dass Sie mit einigen Kreditraten säumig sind.« Er schlug die Aktenmappe auf und blickte Johann ernst an.

»Es gab ein paar schwache Monate, jedoch sind die Einnahmen jetzt wieder stabil«, sagte er und ratterte schnell die Umsatzzahlen und Prognosen herunter. Seine Krawatte schien auf einmal viel zu eng zu sein und nahm ihm die Luft zum Atmen.

»Hmm hmm«, gab Herr Schmid von sich, ohne den Kopf zu heben, und notierte sich etwas in der Akte.

»Nun, Herr Ebendorfer, ich bin hier, um mir ein genaues Bild des Hotels zu machen. Als Vorbereitung einer möglichen Zwangsversteigerung, versteht sich. Lassen Sie mich bitte zunächst Ihr Terminbuch einsehen.«

Johann sprang auf und hechtete zur Rezeption. Als er Herrn Schmid das Buch vorlegte, spürte er sein Hemd am Rücken kleben.

Mit gerunzelter Stirn beugte sich der Bankier darüber und fuhr mit dem Finger die Zeilen nach. »Herr Ebendorfer, ich sehe, Sie haben heute drei Reservierungen. Zwei Geschäftsreisende und ein Touristenpaar werden erwartet.«

Johann nickte zustimmend und auch ein wenig stolz. Drei Reservierungen an einem Tag sind mehr als in den Wochen zuvor, dachte er im Stillen.

»Mehr nicht?« Herr Schmid hob eine buschige Augenbraue in die Höhe. »Lassen Sie mich nun bitte einen Blick in die nicht belegten Zimmer werfen. Ich möchte mir gerne jedes einzelne genau ansehen.«

In Johanns Kopf schrillten die Alarmglocken so laut, dass er die nächsten Sätze, die Herr Schmid sagte, nicht mehr hören konnte.

Herr Schmid war bereits über zwei Stunden weg, und trotzdem sah Johann noch immer die buschigen Augenbrauen in der Luft schweben, und er hörte die harten Worte, die er immer so übertrieben betont ausgesprochen hatte, nachklingen.

Ich schaffe das schon. Noch ein paar mehr Gäste, dann sind wir wieder im Plus und können die Raten bezahlen.

Johann straffte die Schultern und ging zurück an seinen angestammten Platz an der Rezeption.

Gegen Nachmittag trudelten die erwarteten Gäste ein. Die beiden Geschäftsmänner kamen kurz nacheinander. In schwarzen Dreiteilern standen sie geschäftig in der Lobby und nahmen ihre Schlüssel mit ungeduldigen Gesten entgegen. Dabei beäugten sie sich misstrauisch. Während der eine, Herr Kramer, direkt im Gang zu den Zimmern verschwand, wühlte der andere noch fahrig in seiner Aktentasche, die er auf dem Empfangstresen abgestellt hatte. Mit einem lauten Poltern fiel sie zu Boden, und ihr Inhalt ergoss sich über den Teppich.

»Himmel Herrgott!«, entfuhr es ihm.

»Lassen Sie mich Ihnen helfen, Herr Diekhoff.«

Johann eilte um den Tresen herum und griff gebückt nach den ersten herumliegenden Papieren. Plötzlich stutzte er, verharrte mitten in der Bewegung. Zwischen den Unterlagen und Bauzeichnungen lagen mehrere Bündel Bargeld verstreut. Diekhoff bemerkte wohl Johanns Blick und verstaute das Geld blitzschnell zuunterst in der Aktentasche.

Wie es sich für einen diskreten Hotelier gehörte, tat Johann so, als hätte er nichts gesehen.

»Was haben Sie denn heute noch vor?«, fragte Johann mit aufgesetztem Lächeln.

Diekhoff klaubte die letzten Baupläne vom Boden und stand auf, dabei huschte sein Blick nervös durch die Lobby. »Ich habe einen Termin mit einer Baufirma. Wenn man heutzutage erfolgreich sein möchte, muss man alle Mittel nutzen«, raunte Diekhoff in verschwörerisch leisem Ton, »und ich muss schnell sein. Die Konkurrenz schläft nicht. Allerdings schläft sie auch in diesem Hotel. Und zufällig weiß ich, dass Herr Kramer auch Geschäfte mit der Baufirma machen will.«

Johann schaute zum Gang, der zu den Zimmern führte. Selbstredend war Herr Kramer längst nicht mehr zu sehen. Er blickte wieder zu Herrn Diekhoff. »Die Baubranche scheint ein heiß umkämpfter Markt zu sein. Ich wünsche Ihnen viel Erfolg.«

»Diesen Auftrag werde ich schon holen«, sagte Diekhoff mehr zu sich selbst als zu Johann und klopfte bekräftigend auf seine ausgebeulte Aktentasche.

Danach wurde es still im Bunkerhotel. Am Abend eilte Herr Kramer aus seinem Zimmer Richtung Ausgang.

Da hat es ja einer eilig, dachte Johann amüsiert. Jaja, die Baubranche schläft nicht.

Johann stellte die kleine silberne Glocke und das gerahmte Messingschild »Bitte klingeln« auf den Tresen. Gerade wollte er sich in den Aufenthaltsraum hinter der Rezeption zurückziehen, da fiel sein Blick auf etwas Weißes am Boden. Johann trat vor den Tresen und fand eine Visitenkarte auf dem Boden liegen. Als Johann sie näher betrachtete, fiel ihm der Name einer bekannten Baufirma ins Auge.

Die muss Herrn Diekhoff vorhin aus der Tasche gefallen sein. Ich werde sie ihm bringen.

Er ging den Gang hinunter. Vor der Tür der Nummer 12 blieb er stehen und klopfte an. Keine Antwort.

Johann klopfte erneut und rief ein fragendes »Herr Diekhoff?« durch die Tür.

Er wird wohl ausgegangen sein, dachte er. Ich werde die Visitenkarte einfach auf das Bett legen, so findet er sie bei seiner Rückkehr gleich.

Johanns zog den Schlüsselbund aus der Hosentasche, steckte den Schlüssel ins Schloss und … es war nicht abgeschlossen. Die Tür glitt auf, und das Licht vom Gang ergoss sich in das Zimmer. Diekhoff lag ausgestreckt auf dem Bett. Johann zuckte zusammen, wich einen Schritt zurück.

»Herr Diekhoff, entschuldigen Sie bitte«, stammelte er. »Ich nahm an, Sie wären ausgegangen. Ich habe in der Lobby eine Visitenkarte gefunden, die Ihnen wohl aus der Tasche gefallen ist.« Er hob die Karte in die Höhe.

Doch er bekam keine Reaktion. Erst in diesem Moment nahm er wahr, dass Diekhoff vollständig bekleidet war und seine geöffneten Augen ins Leere blickten.

Johann erstarrte. Die Visitenkarte segelte zu Boden. Mechanisch bewegte er sich vor, trat ans Bett. Auf den ersten Blick sah Diekhoff friedlich aus, als hinge er sinnierend seinen Gedanken nach. Bei näherer Betrachtung fiel Johann der rote Striemen, der sich über seinen Hals zog, auf. Auch das Weiß seiner Augen war mit roten Flecken durchzogen.

Johanns Hals war staubtrocken. Er schaffte es nicht einmal mehr, hinunterzuschlucken.

Kurz tauchte die Titelseite einer Zeitung mit der Schlagzeile »Tod im Bunkerhotel!« vor seinem inneren Auge auf. Nach so was würden doch keine Gäste mehr kommen. Der Schmid allerdings schon. Um ihm sein Hotel wegzunehmen.

Johann blickte sich im Zimmer um. Es sah nicht nach einem Kampf aus. Alles war noch an Ort und Stelle. Keine umgeworfenen Möbel, nichts war zu Bruch gegangen. Lediglich Diekhoffs Aktentasche stand geöffnet neben dem Bett. Johann nahm sie hoch und überprüfte den Inhalt. Die Baupläne waren verschwunden. Mit zitternden Händen schob er die verbliebenen Unterlagen zur Seite. Johanns Herz schlug schneller, als zwischen den Papieren die Geldbündel hervorblitzten. Er ließ sich an der Wand zu Boden gleiten. Sein Herz pochte nun so stark, dass er das Gefühl hatte, es müsse ihm jeden Moment den Brustkasten sprengen.

Johann blickte wieder hinüber zu dem Toten und rieb sich die Nasenwurzel.

Es konnte nur … Es musste … Johann stand auf, verließ das Zimmer und trat vor die Tür mit der Nummer 23. Die Hand zum Klopfen erhoben, verharrte er mitten in der Bewegung. Er ließ sie auf die Türklinke sinken, drückte sie hinunter, und die Tür sprang auf. Johann begann zu frösteln, gleichzeitig hörte er sein Blut in den Ohren rauschen.

»Herr Kramer?«, fragte er zaghaft in die Dunkelheit. Nichts. Johann tastete mit der Hand nach dem Lichtschalter, und kurz darauf leuchtete das Deckenlicht. Das Zimmer war leer. Verlassen. Kein Koffer lag auf der Kofferablage. Keine Aktentasche auf dem Schreibtisch und auch kein Beutel mit Toilettenartikeln auf der kleinen, eigens dafür gedachten Anrichte.

Hatte Kramer seinen Koffer bei sich, als er an der Rezeption vorbeigeeilt war? War ihm das etwa entgangen?

Dabei entging Johann doch sonst nie etwas.

Ihn würde es nicht wundern, wenn Herr Kramer gar nicht Herr Kramer war, sich nur mit diesem falschen Namen angemeldet hatte.

In seinem Kopf ratterte es unaufhörlich. Wenn er die Polizei einschaltete, würde die Presse davon Wind bekommen und die Gäste ausbleiben. Tod im Bunkerhotel! Wer möchte schon in einem Hotel übernachten, in dem ein Mord passiert ist? Schmid würde wieder auf der Matte stehen, und sie konnten hier endgültig zusperren.

Das werde ich unter keinen Umständen zulassen, beschloss Johann kämpferisch.

Vielleicht sollte er gar den Mörder auf eigene Faust jagen? So würde er den Namen des Hotels aus der Sache raushalten können. So würden auch die Gäste weiterhin kommen, und das bedeutete Geld in der Kasse. Und vielleicht würde er als Held gefeiert werden. Zuvor müsste er natürlich erst mal alles loswerden, was das Hotel belasten könnte. Dann konnte er sich auf die Suche nach dem Täter begeben.

Aber was ist, wenn der Mörder auch mich beseitigt?

Bei diesem Gedanken verkrampfte sich Johanns Körper. Für eine Mörderjagd fehlte ihm der Schneid.

»Komme, was wolle, ich werde dieses Hotel retten«, sagte Johann – mehr, um sich selbst Mut zu machen.

Er löschte das Licht und eilte wieder zurück in Diekhoffs Zimmer. Leider lag dieser noch immer tot auf dem Bett. Was ja auch zu erwarten gewesen war.

Johann schloss die Tür hinter sich und warf einen Blick auf den kleinen Reisewecker auf der Nachtkommode. 22.30 Uhr. Er rechnete frühestens gegen ein Uhr mit den ersten Nachtschwärmern, die kurz entschlossen eine Übernachtung buchten.

Nervös rieb er über die Bartstoppeln auf seiner Wange und ging im Zimmer auf und ab. Sein Blick fiel auf die Aktentasche. Ihm kam eine Idee. Jäh blieb er stehen und beugte sich über die Leiche. Sacht zog er Diekhoff an den Beinen über die Bettkante. Das dumpfe Poltern, als Körper und Schädel auf dem Boden aufprallten, verursachte Johann Übelkeit. Er kämpfte den aufsteigenden Mageninhalt nieder, denn er hatte keine Zeit. Er durfte jetzt keinen Fehler machen.

Sorgfältig wickelte er den Gast in den am Boden liegenden Teppich und betrachtete sein Werk. Nur schade um das gute Stück. Der Läufer lag schon einige Jahre hier und gehörte zum ureigenen Stil des Hotels.

Was machst du dir nur für Sorgen? Lieber ein Teppich weg als das ganze Haus zu. Mensch, Johann, reiß dich mal zusammen. Hilft ja nichts.

Er griff nach Diekhoffs Fesseln und zog ihn zur Tür. Bereits dieses kurze Stück Weg reichte aus, um dafür zu sorgen, dass ihm der Schweiß ausbrach. Die Tür öffnete er nun einen kleinen Spalt und spähte hinaus. Niemand zu sehen. Er schlüpfte in den Gang, bückte sich, griff erneut nach Diekhoff und zog ihn Richtung Rezeption. Auch die Lobby war verlassen. Am Tresen angekommen, betätigte Johann den Schalter, durch den das oberirdische »Zimmer frei«-Schild unter dem Hotelemblem erlosch.

Gerade als Johann die Leiche den Treppenaufgang hinaufziehen wollte, vernahm er Schritte auf der Treppe. Seine Muskeln verkrampften sich augenblicklich, und er starrte mit weit aufgerissenen Augen in die dämmrige Beleuchtung des Aufgangs. Zuerst sah er Stiefel, dann Hosenbeine die Stufen herunterkommen.

Johann blickte sich um. Die Rezeption war zu weit entfernt, um den Teppich inklusive Inhalt dahinter unauffällig verschwinden zu lassen. Er hörte schäkernde Stimmen und leises Gekicher aus dem Aufgang. Von oben kam ein junges Pärchen die Treppe heruntergeschlendert. Johann bückte sich und versuchte, den Teppich unter die Treppe zu schieben.

»Guten Abend«, vernahm er den tiefen Bass des Mannes.

Johann schoss in die Höhe, stand steif da und lächelte den Mann an, der auf dem untersten Treppenabsatz stehen geblieben war. Dabei versuchte er, den Teppich mit einem Fuß tiefer in die Dunkelheit unter die Treppe zu schieben.

»Herzlich willkommen im Hotel am Marktplatz. Was kann ich für Sie tun?« Er mobilisierte alle Kräfte, um das Zittern aus seiner Stimme zu vertreiben.

»Haben Sie eventuell noch ein Zimmer für eine Nacht frei?« Die junge Frau im gepunkteten Kleid blickte erst lächelnd zu Johann auf und dann auf den Teppich. »Oder stören wir Sie gerade?«

Johann fühlte sich wie durch einen Stromschlag elektrisiert, seine Fingerspitzen vibrierten. Mit einem Blick, der den Teppich streifte, lachte er auf. Ein wenig zu grell.

»Dieses alte Ding? Nein, nein. Ich habe den Teppich für die Reinigung vorbereitet und wollte ihn gerade zum Auto tragen.« Johanns Wangen brannten. »Natürlich haben wir noch ein Zimmer für Sie frei. Folgen Sie mir bitte zur Rezeption.«

Während er die Formalitäten für das Paar erledigte, musste er sich dazu zwingen, nicht immer wieder zum Teppich zu schauen.

»Hier sind Ihre Schlüssel. Das Zimmer liegt im Gang hinten links. Ich wünsche Ihnen einen angenehmen Aufenthalt.«

Der Mann nahm die Schlüssel mit einem Nicken entgegen. Dann deutete er auf dem Teppich und sah Johann fragend an. »Soll ich Ihnen helfen, den Teppich ins Auto zu verladen? Der sieht ziemlich schwer aus.«

Johann erstarrte, schluckte trocken, dann lachte er gekünstelt auf.

»Nein, wo kämen wir denn da hin, wenn die Gäste hier Teppiche durch die Gegend schleppen müssten. Vielen Dank für Ihr Angebot, aber ich schaffe das schon.«

»Wirklich?«, versicherte sich der Mann.

»Ganz sicher. Vielen Dank, und Ihnen eine gute Nacht«, sagte Johann und schenkte dem Mann sein strahlendstes Lächeln.

Der Mann nickte ergeben, und das Paar verschwand eng umschlungen in Richtung Zimmer.

Johann schloss die Augen, eine Hand am Tresen festgekrallt. Als er die Augen wieder öffnete, waren die beiden nicht mehr zu sehen. Jetzt oder nie, sagte er sich, atmete tief durch und ging zum Treppenabsatz. Er zog den Teppich hervor und wuchtete Diekhoff über seine Schulter. Dabei sackte er beinahe in die Knie. Doch er stemmte sich mit aller Macht gegen das Gewicht des Mannes und umfasste mit der freien

Hand das Treppengeländer. Mühsam zog er sich Stufe für Stufe nach oben.

Am Ende der Treppe angekommen, war Johann schweißgebadet. Sein Rücken war klatschnass. Das Hemd klebte wie eine zweite Haut am Körper.

Kurz erlaubte er sich, innezuhalten und wieder zu Atem zu kommen. Dann schaute er sich vorsichtig um. Keine weiteren Passanten zu sehen. Der Marktplatz war wie ausgestorben.

Erleichtert trug er Diekhoff zu seinem Wagen.

Mit der freien Hand fummelte er die Schlüssel aus der Hosentasche und schloss den Kofferraum auf. Als Johann sich nach vorne beugte, um Diekhoffs Körper abzuladen, fiel der regelrecht hinein.

Johann schloss den Kofferraum, lief um die S-Klasse herum und ließ sich erschöpft in das weiche Lederpolster des Fahrersitzes sinken. Kurz schloss er die Augen und atmete tief durch. Jetzt noch ein letzter Schritt, und das Hotel war gerettet. Oder zumindest ein wenig weniger gefährdet.

Johann startete den Motor und fuhr sacht an.

Er fuhr über den Marktplatz, bog an der Markthalle in die Marktstraße ein und fuhr weiter in die Holzstraße. Die Fahrt dauert nicht lange. An einem gut versteckten, unverdolten Zugang des Nesenbachs, des Nebenflusses des Neckars, parkte er den Wagen und schaltete den Motor aus. Diesen letzten in der Innenstadt verbliebenen Zugang zum Gewässer kannten nur eingefleischte Stuttgarter. Dieser Gedanke machte Johann Mut für sein Unterfangen.

Er hatte kaum noch Kraft, aber diese aktivierte er, hievte die Leiche aus dem Kofferraum und schulterte sie erneut.

Mit zitternden Knien schaffte er sich und Diekhoff ans Ufer. Er ging in die Hocke und rollte den Toten über die Schulter ins Gras.

Der Nesenbach plätscherte friedlich in dunkler Schwärze dahin. Aber die Unschuld trog, wie Johanns Nase verriet. In diesem Gewässer wurden seit jeher die Schlachtabfälle aus dem nahe liegenden Schlachthof entsorgt. Und das roch man schon von Weitem.

Umso besser, dachte Johann, so wird schon keiner auf die Idee kommen, dass hier eine menschliche Leiche verwesen könnte.

Dabei hoffte er natürlich, dass Diekhoff nicht irgendwo hängen bleiben, sondern ihn der Fluss weit bis in den Neckar tragen würde.

Er rollte den Toten über die Seite Stück für Stück ins Wasser. Sacht, ohne verräterisches Plumpsen, entließ er ihn in den Nesenbach.

Johann setzte sich ins Gras und schaute dem davontreibenden Gast hinterher.

»Angenehme Nachtruhe«, flüsterte er.

Die Ruhe tat ihm gut. Lange genießen konnte er sie aber nicht, denn das Mitternachtsläuten des Silberglöckchens an der Stiftskirche schreckte ihn auf. Johann hastete zum Auto. Die kurze Fahrt zurück ins Hotel verlangte ihm viel ab, da es sich mit zitternden Knien nicht gut fahren ließ.

Mit abgeschaltetem Motor rollte er leise auf den Hotelparkplatz, kam zum Stehen. Auch die Tür schloss er so leise wie möglich. Dann eilte er die Treppen hinunter.

Am Treppenfuß angekommen, sah Johann, dass die Lobby menschenleer war. Erleichterung durchflutete seinen angespannten und ausgelaugten Körper. Er straffte die Schultern, tat so, als wäre alles wie immer, und ging zu Zimmer 12. Er schlüpfte hinein und schloss die Tür hinter sich. Schnell sammelte er Diekhoffs Habseligkeiten ein und steckte dabei die Geldbündel in seine Hosentaschen. Danach machte Johann das Bett neu. Als er fertig war, ließ er seinen prüfenden Blick durch das Zimmer gleiten, das nun unberührt vor ihm lag.

Alles gut, sagte er sich, löschte das Licht und schloss die Tür.

Diekhoffs Sachen trug er in sein Büro und verstaute sie in der unteren Schublade des Schreibtisches. Auf dem Heimweg würde Johann sie Stück für Stück in verschiedenen Mülleimern entsorgen. Sorgsam schloss er die Schublade ab und ging nach vorn an die Rezeption. Er zog das Terminbuch hervor und trug hinter den Namen Diekhoffs den Vermerk »kurzfristig abgereist – Storno« ein.

Die Nacht zog sich endlos. Johann wälzte sich von Seite zu Seite. Jäh schreckte er aus einem Traum auf, in dem die Polizei an seiner Tür klingelte und Johann schon beim Öffnen alles gestand. Er starrte an die dunkle Decke und spürte die Angst mit eisernen Klauen nach ihm greifen.

Wieder drückte der Schweiß aus all seinen Poren. Johann setzte sich auf und trank einen Schluck aus dem Wasserglas neben dem Bett. In seinem Kopf drehte sich alles. Er dachte an seinen Plan und wie er sein Hotel damit retten würde. Ein warmes Gefühl legte sich wie eine Decke über seine Brust. Johann lächelte erleichtert. Er legte sich zurück ins Bett und schlief zufrieden ein.

Am nächsten Morgen saß Johann mit strahlendem Lächeln in seinem Büro. Er nahm den Telefonhörer von der Gabel, holte tief Luft, während er wählte. Bereits nach dem zweiten Klingeln wurde abgenommen.

»Herr Schmid, schön, dass ich Sie gleich erreiche. Johann Ebendorfer vom Hotel am Marktplatz hier. Ich wollte Ihnen nur mitteilen, dass ich sämtliche rückständigen Raten heute in Ihrer Filiale einzahlen werde. Heute Nacht hatten wir überraschend viele kurzfristige Gäste, die alle bar bezahlt haben.«

Epilog

Trotz Johanns großen Bemühungen, die Familientradition aufrechtzuerhalten, schloss das Hotel am Marktplatz 1985 seine Pforten für immer.

Mareike Fröhlich

Muttersöhnchen

Buoch – Remstal

Langsam ließ er die Klinge des Messers über seine Haut gleiten. Er genoss diesen Moment der Harmonie zwischen dem
scharfen Metall und der Sensibilität seiner Haut. Es war seine
Achtsamkeit, die seine Rasur perfekt machte. In diesem Moment ging es nur um ihn. Um ihn allein. Seinen Rhythmus.
Messer ins Wasser eintauchen, schwenken, herausziehen,
Wasser abschütteln, ansetzen, hinunterziehen. Bei jedem Zug
reflektierte das Metall das Licht der Morgensonne, das durch
das Badezimmer hereinfiel.

»Michael?«

Er stockte, das Messer verharrte am Adamsapfel, und er
schloss die Augen.

Auf Anfrage folgte Aufforderung. Immer. Einundzwanzig.
Zweiundzwanzig. Dreiundzwanzig.

»Michaeeeeel!«

Auf Aufforderung folgte Befehl. Einundzwanzig. Zweiundzwanzig. Dreiundzw…

»MICHAEL!«

Ihre Stimme war zu einem Bellen geworden. Ein Dobermann. Mit dunklen, stechenden Augen. Er ließ das Messer
sinken. Dabei zitterte seine Hand leicht. Wie er es hasste. Wie
er sie hasste. Aus tiefstem Herzen.

Er öffnete die Augen, sah sich im Spiegel an. In den wenigen Sekunden war er ein anderer geworden. Älter, grauer, eingefallener.

Einundzwanzig. Zweiundzwan…

»Herrgott, MICHAEL. Bist du taub?«

Er atmete. Ein und aus.

»Nein, Mutter, ich bin nicht taub. Ich höre dich sehr gut.«

»Und warum kommst du dann nicht, wenn ich nach dir rufe?«

Sein Blick fiel auf das Rasiermesser in seiner Hand. Kohlenstoffstahl, vergoldeter und serrierter Erl, Kullenrücken, Ebenholzgriff. Ein gutes Messer. Sein ganzer Stolz. Für seinen Bart nur das Beste.

»Michaaaeel.«

Die nächste Stufe. Der weinerliche Unterton.

Einundzwanzig. Zwei…

»Jetzt lass deine Mutter nicht immer so lange warten. Ich brauche dich doch.«

Er rieb das Messer mit dem Baumwolltuch trocken, klappte es zusammen und steckte es in die Gesäßtasche seiner Jeans. In die andere steckte er das weiche Baumwolltuch.

Die nächste Stufe stand bevor. Er wandte sich um und ging zur Badezimmertür.

»MICHAEL! So hab ich dich nicht erzogen. Wenn dein Vater noch leben würde, dann …«

Wenn Vater noch leben würde, dann hätte er dir deine giftige Zunge schon längst aus deinem bösen Maul geschnitten.

»Ich komme!«, sagte er stattdessen und ging ins Wohnzimmer mit der offenen Küche.

Sie saß auf dem Armlehnstuhl am langen Esstisch aus Mahagoni vor der Fensterfront. Ihr Körper steckte in einem quietschbunten Lounge-Anzug, und in ihrem Gesicht klebte neben künstlichen Wimpern noch jede Menge Make-up. In der einen Hand hielt sie eine *Davidoff Gold Slim*, in der anderen die *Gala*.

»Ach, Michael. Was hast du so lange gemacht? War dein Bart mal wieder wichtiger als deine arme kranke Mutter?«

»Du bist nicht krank, Mutter.«

»Und nicht mal ein Hemd hast du an. Du weißt doch, dass ich das Zeugs da nicht anschauen will. Du kannst mir nicht erzählen, dass überhaupt irgendeine Frau dieses Gekritzel da auf deiner Haut toll findet. Das … das … wie sagt man … turnt … voll ab.«

»*Törnt*, Mutter. Man spricht es *törnt* aus. Weil es nämlich Englisch ist. Turnen tut man am Boden. Und meine Tattoos müssen dir nicht gefallen. Schau einfach weg.«

»Ach, Nasenbärchen, sei doch nicht gleich beleidigt.«

Sie zog an ihrem Möchtegern-Zigarettchen, das sie sicher nur rauchte, weil Frau von Welt so etwas tun musste.

»Und?«, fragte er. »Was willst du?«

»Tee«, sagte sie und widmete sich wieder ihrer Zeitschrift. »Den weißen. Den Yin Zhen. Aber denk dran, nur achtzig Grad und nur drei Minuten.«

Michael starrte sie an. Stumm.

Sie ließ die *Gala* sinken, legte den Kopf ein wenig schief. »Was ist denn los? Du weißt doch, wo der Yin Zhen steht.«

»Ja, Mutter, das weiß ich. Aber warum stehst du nicht selbst auf, um dir einen Tee zu machen? Ich bin gerade dabei, mich zu rasieren – ich bin also beschäftigt.«

Seine Mutter lachte auf. »Beschäftigt. Ach, Nasenbärchen, mit was? Deinem Bart? Du weißt genau, dass es nicht gut für mich ist, wenn ich so oft aufstehen muss. Meine Knie sind nicht mehr die besten. Ich muss mich schonen.«

»Deinen Knien tut Bewegung gut. Sie funktionieren nur nicht mehr, weil du sie nicht bewegst. Außerdem gehe ich einem Beruf nach – für den ich mich gerade fertig mache. Also: Du weißt ja, wo der Yin Zhen steht.«

»An Motorrädern rumschrauben ist doch kein Job. In einer Bank oder einer Versicherung ganz oben sitzen, das ist ein Job. Oder bei einem Autohersteller. Ganz oben! Und nur dort.«

»Ich habe eine eigene Harley-Davidson-Werkstatt. Und ich habe Angestellte.«

»Ach, die verwahrlosten Typen da – du solltest deine soziale Ader abstellen und das Pack auf der Straße lassen, anstatt ihnen noch einen trocken Ort anzubieten. So wird nie was aus dir, Junge.« Sie riss die Zeitschrift nach oben, um in die Welt des Glamour abzutauchen. »Und jetzt mach Tee!«

Michael zog die rauchgeschwängerte Luft tief in seine Lunge, schloss die Augen und atmete bewusst wieder aus.

»Natürlich, einen Moment bitte – ich bin gleich wieder da.« Mit diesen Worten wandte er sich ab und ging in sein Kinderzimmer. Ja, seine Mutter bezeichnete es immer noch so. Aus dem Kleiderschrank holte er das schwarze Panzertape, welches er vor einiger Zeit dort deponiert hatte. Für diesen Moment. Mit dem Tape in der Hand ging er zurück.

»Hach, da muss ich so lange auf einen Tee warten«, hörte er sie hinter ihrer Zeitschrift jammern.

Mit zwei Schritten war er bei ihr, packte ihr Handgelenk, drückte es auf die Armlehne. Mit einer gekonnten Bewegung wickelte er das Panzerklebeband um Handgelenk und Holz.

»Michael. Was tust …«

Zu mehr kam sie nicht, Michael hatte bereits das zweite Handgelenkt gepackt und fixierte es an der anderen Armlehne. Erst jetzt ließ seine Mutter ihre Zeitschrift los.

»Michael. Lass das! Hör sofort damit auf.« Sie versuchte, mit ihren bordeauxroten Pantöffelchen nach ihm zu treten.

Aber Michael packte den Fuß – obwohl er sie wirklich am liebsten gar nicht angefasst hätte. Doch was sein musste, musste eben sein. Er fixierte ihren Knöchel am Stuhlbein.

»MICHAEL«, kreischte sie und trat mit ihrem noch freien Fuß nach ihm. Natürlich traf sie nicht einmal. Der Fuß wippte nur vor und zurück und verlor dabei sogar das Designer-Pantöffelchen.

Mit einem Handgriff war auch der zweite Knöchel am Stuhl fixiert. Michael richtete sich auf, fuhr sich über den Bart. Die Aktion hatte ihn tatsächlich leicht ins Schwitzen gebracht.

»Schön«, sagte er und zog einen der anderen Stühle neben den ihren. »Endlich haben wir mal Zeit, uns ganz in Ruhe zu unterhalten. Das haben wir lange nicht mehr getan, Mutter. Ich würde dir ja einen Tee machen, aber du hast gar keine Hand frei.«

»Michael, du Nichtsnutz von einem Sohn. Du bist genauso ein Versager wie dein Vater. Ohne mich wärt ihr ein Misthaufen, auf den der Gockel kackt, bevor er im Topf landet. Hörst du mich! Du bist ein Versager, ein … Wie heißt das noch? Ein Looooser!«

»Luser, spricht man das aus. Mit einem u, obwohl es mit o geschrieben wird. Ist so, weil auch das Englisch ist. Und, Mutter, du vergisst gerade deine guten Manieren.«

»Du Loser, du elendiger. Was wärst du ohne mich, verreckt wärst du. Wer kocht denn bitte für dich? Na, sag schon.«

»Die Köchin. Oder ich tue es selbst.«

»Ach, die paarmal – die tun nichts zur Sache. Ich bin es, die aufräumt. Jeden Tag.«

Michael schüttelte langsam den Kopf. »Nein, Mutter, das tust du nicht. Schon seit zwanzig Jahren nicht mehr.«

Tränen traten in ihre Augen. »Ach, papperlapapp. Alles Blödsinn. Kleinkariert bist du. Und du drehst die Dinge gerade so, wie sie dir in den Kram passen. Auch so eine Eigenschaft, die du von deinem Vater gelernt hast. Ja, dein Vater … Nichts hatte der in der Birne. Gar nichts. So wie du. Sonst wärst du ja ein Banker geworden. Oder würdest bei einem Autohersteller oben sitzen. Hörst du: OBEN! Aber dafür hats nicht gereicht. Und dein Vater … Dem war die Karriereleiter zu steil. Traurig, ja sehr traurig. Und jetzt mach mir ENDLICH DEN TEE, DU NICHTSNUTZ! ACHTZIG GRAD, DREI MINUTEN!«

Michael zog das Rasiermesser aus der Gesäßtasche seiner Jeans. Kohlenstoffstahl, vergoldeter und serrierter Erl, Kullenrücken, Ebenholzgriff. Ein gutes Messer. Ganz langsam klappte er es auseinander.

Die Augen seiner Mutter weiteten sich.

»Michael. Du wirst doch nicht …«

Da war er wieder, der weinerliche Ton. Die stimmlichen Facetten, die seine Mutter so draufhatte, hatten ihn schon immer fasziniert.

»Oh doch, Mutter, ich werde. Und wie!« Er führte die Klinge an ihre Nasenspitze und … Es war nur eine kleine Bewegung aus dem Handgelenk. Seine Mutter begann zu schreien, und das kleine Stück Haut fiel, landete auf dem Lounge-Anzug und verlor sich dort in den Quietschfarben des Designers – genau wie das Blut, das seinen Weg über ihre Lippen und das Kinn auf den Anzug fand.

»Warum? Warum tust du das? Was hat dir deine dich liebende Mutter denn getan?«

Michael neigte den Kopf ein wenig zur Seite. Lächelte. Dann zog er das Baumwolltuch aus der anderen Gesäßtasche und reinigte die Klinge.

»Lass mal überlegen – was hast du mir getan? Beispielsweise kannst du deine Nase nicht aus meinen Angelegenheiten raushalten.«

»Aber die Mandy, die hat einfach nicht zu dir gepasst. Die hatte was von einem Flittchen. Das hat sie schließlich auch eingesehen.«

Michael lachte auf. »Ja, genau. Sie hat mich aus unserer gemeinsamen Wohnung rausgeschmissen, weil du sie bedroht hast.«

»Nein«, schluchzte seine Mutter und wischte sich mit der Schulter das Blut vom Kinn. »So war das nicht. Wir haben nur ein Gespräch unter Frauen geführt, und wir waren beide der Meinung, dass dein Zuhause nun mal hier ist. Dass ein Leben mit deiner Mutter am besten für dich ist.«

»Seltsam.« Michael zog seine Stirn kraus. »Mir hat Mandy etwas von vergiftetem Kaffee erzählt und dass du das Gegenmittel hättest – aber nur unter der Voraussetzung, dass sie mich vor die Tür setzt.«

»Aber da siehst du doch, wie dämlich diese Frau ist. Das sagt der Name ja schon. Mandy. Gegengift, ha, die glaubt auch alles. Sogar gewürgt hat sie, um den Kaffee und das … uhuhuu … Gift wieder loszuwerden.«

Sie zog die Nase geräuschvoll nach oben. »Wer hat dich denn mit offenen Armen wieder aufgenommen? Deine Mutter! Wer hat extra dein Zimmer staubgesaugt? Deine Mutter. Undankbar! Das bist du!«

Er packte ihren kleinen Finger, und keine Sekunde später segelte das kleine Hautstück von der Fingerkuppe zu Boden. Seine Mutter schrie. Gerade so, als hätte er ihr den gesamten Finger abgeschnitten. Aus dem bellenden Dobermann war ein Jammerlappen geworden.

»Warum?«, meinte er zwischen dem Schreien und Stöhnen heraushören zu können.

»Das, meine liebe Mutter, war für die Trachtenhose«, sagte er, während er die Klinge erneut mit dem Baumwolltuch reinigte.

Sie hörte schlagartig auf zu heulen. »Was?«

»Kaum konnte ich laufen, hast du mich in dieses Lederteil gezwängt, mich jeden Samstag an die Hand genommen und mich die Straße rauf- und runtergeführt. Unseren Laufsteg hast du das genannt.«

Sie schüttelte verständnislos den Kopf. »Was ist daran falsch? Du sahst putzig aus mit deinen Locken und den Knie-strümpfen.«

»Erst als ich zehn geworden bin, hast du damit aufgehört. Und das nur, weil Vater dir angedroht hat, den Geldhahn zuzudrehen.«

»Pah! Als ob ich das Geld von deinem Vater je gebraucht hätte.«

»Ja, ich weiß, deine Familie war schon immer reich an so vielen Dingen, von denen wir nie etwas zu Gesicht be-kommen haben. Und deine tollen Verwandten haben sich nie blicken lassen.«

»Daran war auch nur dein Vater schuld. Er hat die Men-schen allein durch seinen griesgrämigen Gesichtsausdruck vergrault. Ach, Nasenbärchen, nicht ich bin hier die Böse. Ich war es nie. Wir sind doch ein gutes Team.«

Michael nickte. »Gutes Team.«

Er stand auf, holte ein Paar Einweghandschuhe aus der Schublade unter dem frei stehenden Herd und arbeitete seine Hände hinein.

Die Augen seiner Mutter weiteten sich erneut. Sie wurden noch größer als beim ersten Mal. »Michael … Michael, bitte tu das nicht. Egal was. Tu es nicht.«

Er setzte sich wieder neben sie, fuhr ihr mit der behand-schuhten Hand über die haarsprayharte Frisur.

»Es muss sein. Das weißt du, oder?«

Sie schüttelte unentwegt den Kopf. »Nein, nein, bitte«, flehte sie. Die dick aufgetragene Farbe in ihrem Gesicht verlief mit den Tränen. Eine der künstlichen Wimpern hing nur noch an einer Klebestelle.

Zum ersten Mal in seinem Leben hörte Michael Angst in ihrer Stimme. Kein Trick, um zu erreichen, was sie erreichen wollte, sondern pure Angst. In dieser einen Sekunde tat sie ihm beinah leid. Doch Sekunden vergehen schnell. Und mit ihnen das Mitleid. Mit der einen Hand hielt er ihr die Nase zu, die zweite Hand hielt er bereit. Wie erwartet öffnete sie kurz darauf den Mund und schnappte nach Luft. Michael packte blitzschnell zu. Ja, er kämpfte mit dem Ekel, hätte sich am liebsten übergeben, so widerlich fand er es. Aber hier ging es um Elementares. Er bekam die Zunge zu fassen und zog sie heraus. Seine Mutter versuchte, den Kopf zu winden, versuchte, seinem Griff zu entkommen. Michael war stärker. Gewillter. Er nahm sein Messer vom Küchentisch und … Auch hier reichte die lockere Bewegung aus dem Handgelenk. Es war nur ein kleiner Schnitt. Kein tiefer, nur so ein kleiner Ritzer. Ehrlich. Doch es blutete stärker, viel stärker, als er vermutet hatte. Er ließ die Zunge wieder los, woraufhin seine Mutter etwas gurgelte.

»Das ist für deine Lügen, die dir, seit ich denken kann, aus den Mund quellen. Und nenn mich nie wieder Nasenbärchen. Nie wieder! Hast du mich gehört!«

Ihr Kopf kippte nach vorne, zu hören war nur noch das Wimmern, während Michael erneut das Messer am Baumwolltuch reinigte. Ihm war bewusst, dass er es auf jeden Fall waschen musste. Obwohl, er würde sich einfach ein neues kaufen.

»So, Mutter.« Er legte das Messer und das Tuch zur Seite, griff in ihr Haar, zog den Kopf nach hinten. »Lass uns über Papa reden. Über sein Ableben.«

Sie gurgelte etwas. Blutstropfen flogen dabei aus ihrem Mund und liefen mit Speichel vermischt über ihr Kinn.

Er ließ ihre Haare los, die längst nicht mehr perfekt frisiert aussahen. »Sprich deutlich, Mutter«, sagte er und fand, dass er nun schon ein bisschen so klang wie sie.

»Herz-Kreislauf«, behauptete sie.

Michael schüttelte den Kopf. »Nein, Mutter.«

»Doch, ehrlich.«

Michael seufzte, nahm das Messer wieder zur Hand und fuhr mit der Klinge über ihren Hals. Ohne Druck. Ganz sacht. Wirklich. Doch seine Mutter wurde plötzlich ganz steif.

»Mach dich nicht lächerlich, Mutter. Ein Mann, dem Joggen über alles geht, stirbt nicht urplötzlich an einem Herzversagen.«

Sie zitterte leicht, sagte aber kein Wort.

Er bewegte die Klinge zurück und … ups! Da hatte er wohl doch etwas zu fest gedrückt. Blut quoll aus dem kleinen Schnitt unterhalb des Kinns. Es war aber wirklich ein ganz feiner Schnitt. »Gut, dass ich so weit oben war«, sagte er. »Aber du weißt ja, wenn man einen Gegenstand lange hält, dann wird er immer schwerer und schwerer.« Er ließ die Klinge tiefer sinken, strich an ihrer Kehle entlang. »Ich habe gelesen, dass man viel Kraft braucht, um eine Kehle durchzuschneiden. Nicht einfach so ein kurzes *Zack,* und dann sprudelt es. Aber Kraft … Ja, das ist etwas, was ich von meinem Vater geerbt habe, nicht wahr?«

Sie antwortete nicht.

»Du hast es geschickt angestellt, das muss man dir lassen, denn niemand hat Verdacht geschöpft.« Er ließ die Klinge an der Kehle entlang hin und her wandern. »Ja, blöd bist du nicht.« Er packte ihr Kinn, dreht ihren Kopf, sodass sie ihn anschauen musste. »Wie hast du es gemacht?«

Sie verdrehte die Augen, versuchte, seinem Blick auszuweichen. Aber es gelang ihr nicht wirklich. »Kissen«, sagte sie schließlich. »Ich habe ihm ein Kissen aufs Gesicht gedrückt.«

Er konnte nicht anders, als sie anzustarren. Dann platzte es aus ihm heraus, das Lachen.

»Du! Willst ihn erstickt haben«, sagte er, nachdem er sich gefangen hatte. »Du, die nicht mal eine Kiste Bier tragen kann.«

Sie richtete sich ein wenig auf, streckte ihm ihre Brust entgegen. »Ich!«, spuckte sie aus, und feine Tröpfen trafen ihn im Gesicht. »Personal Trainer. Muskeltraining. Liegestützen. Das gesamte Programm. Ins Bett bin ich mit Gustavo auch noch gehüpft. Ja, das war das Ausdauerprogramm.«

»Wann?«

Seine Mutter verzog das Gesicht zu einer Fratze. »Ist das wichtig? Es hat funktioniert. Basta!«

Michael ritzte die Haut an ihrer Kehle. »Ich habe dich was gefragt!«

Sie lehnte sich ein wenig vor, spuckte auf den Boden und wischte ihren Mund erneut am Designerteil ab. »Dein Vater und seine Schlafmittel. Weil ihm der Druck im Geschäft zu groß war. Sport und Schlafmittel. Wie passt das denn bitte zusammen? Darüber verlierst du nie ein Wort … Nein, natürlich nicht. Für dich war er perfekt. War er aber nicht. Er hat seelenruhig geschlafen, hat es gar nicht gemerkt. Okay, ein bisschen gezappelt hat er schon, aber Gustavo hat mir genau gezeigt, was ich machen muss. In Brasilien kennt man sich damit offensichtlich aus.« Sie lachte, was sehr hysterisch klang. Zudem ähnelte sie allmählich einem Horror-Clown.

»Und dann habe ich den Rettungswagen gerufen und ins Telefon geweint, dass er nicht mehr atmet. Ja, genauso habe ich es gemacht. Zufrieden?«

Michael ließ die Klinge sinken. Er brauchte einen Moment, um sich zu sammeln. Doch schließlich nickte er. Er hatte bekommen, was er wollte. Also holte er das Prepaidhandy und wählte die Nummer.

»Ihr könnt sie holen«, sagte er nur und legte wieder auf.

»Holen? Wer? Wen holen?« Seine Mutter riss, zerrte, wand sich, aber das Panzertape hielt.

Michael nahm die Flasche Wein, die noch immer vom Vorabend auf dem Tisch stand, und füllte das Glas bis oben hin. Mit einem Gaja von 2013. Dann holte er die Tropfen. »Eins, zwei, drei …«, zählte er mit.

»Was ist das?«, schrie seine Mutter. »Michael! Red mit mir!«

»Oh, stimmt. Das ist Gamma-Hydroxybuttersäure. Und weißt du, es ist schon praktisch, wenn man asoziales Pack als Freunde bezeichnen kann. Die helfen einem und wissen immer Rat.« Er ließ das Fläschchen sinken.

»Michael, ich flehe dich an. Wir finden sicher eine Lösung. Willst du Geld?«

»Geld?« Er lachte und schüttelte dabei den Kopf. »Ich habe eine Firma, die läuft so gut, dass ich sie sogar vergrößere. Morgen wird das neue Fundament gegossen. Eine schöne große Fläche. Und tief. So hat der Sohn seine Mutter für immer bei sich. Ganz nah. So wie es sich für Muttersöhnchen eben gehört.«

»MICHAEL«, kreischte sie, ruckte herum, versuchte, den Stuhl zu bewegen.

Michael griff erneut nach ihrer Nase, drückte zu, zog den Kopf nach hinten. Ja, seine Mutter war eine Kämpfernatur, und sie kämpfte verdammt lang. Sie versuchte, den Wein, den er in ihren Mund goss, auszuspucken, ihn nicht runterzuschlucken, aber es gelang ihr nicht wirklich. Denn Michael goss langsam und stetig. Auch als das Glas schon längst leer war und er ihren Kopf losgelassen hatte, wand sie sich weiterhin, hustete, weinte.

»Du bist Abschaum«, stieß sie hervor. »Sie werden dich finden!«

»Tja, Abschaum. So wie du. Das sind die Gene.«

Dann wurde sie ruhig, schaute ihn mit Chihuahua-Augen an. »Nasenbä…«, sie räusperte sich. »Liebling. Es wird auffallen, wenn ich plötzlich verschwunden bin.«

Michael tätschelte ihre Hand. »Darum habe ich mich während der letzten Tage gekümmert. Ich habe beim kläglichen Rest der Verwandtschaft angerufen – also die, die hier nie aufgetaucht sind – und ihnen mitgeteilt, dass ich mir große Sorgen um deinen seelischen Zustand mache. In den nächsten fünfzehn Minuten werde ich dich bei der Polizei als vermisst melden. Und ich habe mir einen Fernsehsessel bestellt – so ein modernes Teil mit einer Holzwanne, welches mit feinstem Leder bezogen ist. Superteuer und verdammt groß. Darum wird das Ding auch in einer großen Holzkiste geliefert.«

Es klingelte.

»Das wird er sein.« Michael stand auf und betätigte den Türöffner.

Kurz darauf schleppten zwei Männer eine große Holzkiste ins Wohnzimmer.

»Mutter, darf ich vorstellen, das sind Robbi und Manne. Meine asozialen Freunde.«

Am Anblick der Kiste begann sie wieder zu hampeln, doch die Bewegungen waren lange nicht mehr so dynamisch wie vor der Gamma-Hydroxybuttersäure, dem Liquid Ecstasy, den K.-o.-Tropfen.

Robbi und Manne machten sich daran, die Kiste zu entladen. Nachdem der neue Sessel im Wohnzimmer seinen Platz gefunden hatte, packten die beiden – einer links, einer rechts – den Armlehnstuhl, auf dem seine Mutter festgeklebt war, und hoben ihn an.

»Moment«, sagte Michael. Er ging zu seiner Mutter und hauchte ihr ein Küsschen auf die Wange. »Bitte entschuldige, dass ich dich nicht begleiten kann, aber ich habe mich noch nicht fertig rasiert.« Dann drückte er ihr das blutverschmierte Baumwolltuch in die Hand. »Das kannst du als Andenken behalten. Ich brauche es nicht mehr.«

Robbi und Manne verluden seine Mutter in die Kiste. Kein Ton war mehr von ihr zu hören. Kein Gekeife, kein weinerliches Jammern, kein Gestöhne. Seine Männer verschlossen die Kiste, nagelten sie zu und verschwanden genauso schnell, wie sie gekommen waren.

Michael schloss für einen Moment die Augen, atmete tief durch. Er nahm sein Rasiermesser vom Tisch, ging ins Bad und betrachtete sich im Spiegel. Mit dem Dachs-Zupf-haar-Pinsel trug er den Rasierschaum auf. Er lächelte sich zu, tauchte das Messer ins Wasser, schwenkte es, zog es heraus und schüttelte das Wasser ab. Mit einer bewusst langsamen Bewegung setzte er die Klinge am Hals an, ließ es hinab-gleiten. Das Metall reflektierte das Licht der Sonne, das durch das Badezimmerfenster hereinfiel. Er genoss diesen Moment der Ruhe, der Harmonie zwischen dem scharfen Metall und der Sensibilität seiner Haut. Es war seine Achtsamkeit, die seine Rasur perfekt machte. Und die Zeit, die er sich dafür nahm. In diesem Moment ging es nur um ihn. Um ihn allein.

Martina Uhl

Der französische Gockel

Donnstetten auf der Schwäbischen Alb

»Des isch doch dr Goggel von dr Erna.« Dieser Satz hatte
Alberts Schicksal besiegelt. Erna hatte ja nicht ahnen können, dass jemand – und dann noch ausgerechnet der Albert – ihren Gockel allein an seinem ausgefallenen Krähen
erkennen würde. Ihr Gockel war etwas ganz Besonderes,
das stimmte schon. Sie hatte ihn selbst gezüchtet aus einem
Barbezieux-Hahn. Seine Mutter war das Luisle gewesen, die
beste Legehenne von ganz Donnstetten, sodass er nur eine
Aufgabe hatte, einen ganzen Stall von besten Legehennen zu
zeugen. Nicht, dass Erna das noch nötig gehabt hätte. Die
Schulden, die ihr seliger Herbert ihr hinterlassen hatte, waren
abbezahlt. Das Polster auf ihrem Bankkonto wuchs langsam
an, und solange sie nicht darüber nachdachte, wie das kleine
Vermögen zustande kam, übte es eine sehr beruhigende Wirkung auf sie aus.

Bis sie den verräterischen Satz »Des isch doch dr Goggel von
dr Erna« gehört hatte. Sie hatte den Hörer von sich geworfen,
als wäre er aus glühendem Eisen, hatte sich aufs Sofa fallen lassen und sich bemüht, ihres Herzrasens Herrin zu werden. Die
hellblaue Kittelschürze mit dem Muster aus in sich verschlun-
genen, weiß abgesetzten Gänseblümchen hob und senkte sich

über ihrem wogenden Busen wie die Gezeiten in diesem französischen Ort. Wie hieß der noch mal? Saint-Malo.

Mit der Geografie hatte sie es nicht so sehr. Schließlich lebte sie seit ihrer frühesten Kindheit auf der Schwäbischen Alb. Mit einer kurzen Ausnahme, die sie lange verdrängt hatte. Nur einmal, als Herbert ihr den riesigen Schuldenhaufen hinterließ, war sie gezwungen, alte Erinnerungen wieder hervorzukramen. Und, das musste sie sagen, es war nicht zu ihrem Nachteil gewesen. Das Ganze passte zwar nicht zu den schwäbischen Moralvorstellungen, aber es hatte ihre Probleme gelöst, basta. Wäre nicht der Albert gewesen, der das Krähen vom Louis am Telefon erkannt hatte, wäre jetzt alles bestens. Wer hätte denn auf die Idee kommen können, dass ausgerechnet der Albert so was machen würde. Ihr wurde schlecht.

Jetzt hieß es einen kühlen Kopf bewahren. Erna holte den sauren Fritz aus der Küche. Sie schenkte sich ein großzügiges Glas ein, und dann noch eins und noch eins.

Als sie irgendwann später wieder an die Hühner dachte – leider auch an den vermaledeiten Hahn –, gackerten diese schon halb verhungert in ihrem Gehege. Erna schleppte sich im Schutz der Dunkelheit zum Stall und hielt sich am Gitter fest. Alles schwankte, und sie wunderte sich, dass sie so viele Hühner hatte. Sie holte die doppelte Futtermenge herbei, doppelt so viele Hühner hieß auch doppelt so viel Futter. Sehr zur Freude der gefräßigen Hühner streute sie den Inhalt des riesigen Eimers in den Stall. Dem Louis gab sie einen Tritt, schließlich hatte der mit seinem Gekrähe für das ganze Schlamassel gesorgt.

Am nächsten Morgen bereute Erna alles. Ihr Kopf dröhnte wie eine ganze Horde Presslufthämmer, um sie zu foltern. So wie dieser dämliche Albert.

Was war das? Fing das Federvieh schon wieder an? Nie wieder würde sie sein Krähen hören können, ohne an den vergangenen Abend zu denken. Kurz entschlossen ging sie zum Hühnerstall und drehte ihrem ganzen Stolz, dem quasi adlig gezüchteten Gockel Louis, der eigentlich mit vollem Namen Ludwig der Vierzehnte hieß, mit einem vehementen Griff den Hals um. Den ungläubigen Blick, mit dem er sie ansah, als ein Wirbel nach dem nächsten knirschend brach, würde sie nie vergessen. Schließlich wusste er, dass er ihr Augenstern und ihr ganzer Stolz gewesen war.

Kurz dachte sie, ihr Problem wäre damit gelöst, aber gleich darauf kam es noch schlimmer. Sie sah es schon von Weitem. Beziehungsweise sie hörte es – Alberts alte Rostkutsche war am Klappern kilometerweit zu erkennen. Der Weg zu ihrem Hof war einsam. Wenn ein Auto sich näherte, gab es nur ein Ziel. Das hatte ihr gerade noch gefehlt! Schnell warf sie den toten Hahn in den Mist, danach wischte sie sich die Hände an der Kittelschürze ab.

Da stieg er schon aus dem Auto, der Albert, und grinste sie anzüglich an.

»Grüß Gott, Erna. Ich hab gedacht, ich komme heute mal persönlich vorbei. Und wenn ich dich so anschaue, lohnt sich das ja auch richtig.«

Erna zog ihre Kittelschürze glatt.

»Hallo, Albert. Ich wüsste nicht, was es hier anzuhören und zu sehen gibt. Hier gibts nur Mist und dem Herbert, Gott hab ihn selig, seine Schulden.«

»Und den Louis. Sag mal, wo ist er denn, dein Louis? Dem sein Krähen würde ich echt in jeder Lage erkennen. Wenn ich gewusst hätte, dass ich die Erfüllung meiner geheimen Wünsche bei dir auf dem Hof finde, hätte ich mir echt manches sparen können. So dick hab ichs nun auch nicht, weischt.«

»Mach dich vom Acker, Albert. Ich weiß nicht, was du hier schwätzt. Ich hab zu arbeiten. Wer rastet, rostet. Das kann ich mir nicht leisten.«

»Hmmmm«, brummte Albert und musterte sie mit durchdringendem Blick von oben bis unten, sodass sie das Gefühl hatte, sie stünde nicht in ihrer blau geblümten Kittelschürze vor ihm, sondern in der fleischfarbenen Miederhose, die sie darunter trug.

»Tja, wenn du nicht mit mir reden willst, dann muss ich mal ein Schwätzle im Dorfladen halten und erzählen, wie ich deinen Gockel erkannt habe. Aber wir können sicher auch zusammen eine Lösung finden. Um dem Herbert seinem Ansehen willen, Gott hab ihn selig, aber auch um meinem Geldbeutel willen. Ich wär ja nie auf die Idee gekommen, aber seit gestern find ich, das hat was. Heut hat der Dorfladen zu. Morgen gehe ich mal hin. Bis dahin weißt du ja, wo du mich findest.«

Und weg war er. Allerdings nur für den Moment. Erna wusste, dass sie aus der Nummer nicht mehr rauskam. Sie konnte nicht zulassen, dass die Geschichte im Dorf breitgetreten werden würde. Dann wäre sie das Gespött des ganzen Dorfes, und alles wäre umsonst gewesen. Sie würde in Schimpf und Schande Donnstetten verlassen oder bei jedem Gang durch das Dorf einen Spießrutenlauf ertragen müssen. Backhäuslesverein ade, die Landfrauen würden die Nase rümpfen wie bei einem vergammelten Hering. Bis so was vergessen war, dauerte es in Donnstetten mindestens drei Generationen. Bei so einem Skandal würden sich vermutlich sogar noch die Enkel vom Peterle, das immer so brav bei seiner Mutter im Kinderwagen saß, mit ihren Enkeln totlachen.

Erna stapfte in ihren Stallpantoffeln in den Garten und fing an, Unkraut zu jäten. Mit aller Kraft pfefferte sie es in die Schubkarre, als könnte das ihr Problem lösen und diesen Wüterich Albert für immer zum Schweigen bringen. Auf seinen Erpressungsversuch, denn nichts anderes war es gewesen, einzugehen kam nicht in Frage. Sie schüttelte sich vor Ekel, wenn sie nur daran dachte. Eine Garantie, dass er es sich nicht irgendwann anders überlegen würde, hatte sie zudem auch nicht.

Blöder Gockel! Wenn der nicht schon tot auf dem Mist liegen würde, wäre er spätestens jetzt reif fürs Jenseits. Sie blickte zuerst auf das Unkraut in ihrer Hand, dann sinnierend auf den Römerstein, der in der Ferne aufragte und eine Idee in ihr aufkeimen ließ. Vielleicht konnte der blöde Gockel ja helfen, das Unheil, das er angerichtet hatte, wiedergutzumachen. Erna kannte nicht nur Ludwig den Vierzehnten, sondern auch Sokrates. Sie eilte mit dem Unkraut in der Hand zum Misthaufen und holte das unglückbringende Federvieh aus dem Mist.

Am Abend war der große Tag des Gockels gekommen. Na ja, zumindest von einem Teil des Gockels, einen Teil des Fleisches wollte Erna später selbst genießen.

Der Gockel stand auf dem Tisch – als Petersilienhähnchen oder, wie sie es am Telefon vornehm ausgedrückt hatte, als Coq au persil épicé. Natürlich hatte sie dem Trottel Alfred erklären müssen, dass es kein Waschmittelgöckele geben würde, sondern dass sie extra für ihn ein scharfes Hähnchen mit Petersilie, auf Französisch persil, kochen würde. Sein anzügliches Lachen hatte sie runtergeschluckt.

Da saß er jetzt, an ihrem Esstisch in Eiche rustikal auf ihrem schönen braunen handgehäkelten Stuhlkissen vor dem Gockel auf dem Teller. Er schielte ihr in den Ausschnitt ihres schwarzen Kleides, das sie seit über zwanzig Jahren zum

Kirchgang trug und das sie heute wie ein sicheres Korsett in ihrem Vorhaben stützte.

»Ist das ein Anblick, und kochen kannst du auch noch. Dafür bin ich dem Louis echt dankbar. Dem muss ich noch mal ebbes zum Fressen spendieren.«

Mit diesen Worten fing er an, das Essen in sich reinzuschaufeln.

Wohl nicht, dachte Erna. Sie schielte auf seinen Teller.

»Mann, ist das scharf«, konnte er gerade noch sagen, bevor er erstarrte. Seine Finger krampften sich um das Besteck, er versuchte nach Luft zu schnappen, aber die Lähmung hatte bereits seinen Brustkorb erreicht.

Erna hob ihr Glas mit Rotwein, einem französischen, der zu dem Hähnchen passte. Sie prostete dem Albert zu.

»Wohl bekomms, Albert!«

Albert fielen fast die Augen aus dem Kopf, weil er keine Luft mehr bekam, aber vielleicht auch wegen der Erkenntnis, dass er sich in seiner Geschwätzigkeit und Sparsamkeit lebensgefährlich verkalkuliert hatte.

Als sie sicher war, dass er kein Lebenszeichen mehr von sich gab, ging Erna in die Küche und rief einen Krankenwagen.

Was dann kam, war eine schauspielerische Meisterleistung, fand Erna. Dem Kommissar erzählte sie von Hähnchen mit wilder Petersilie, nachbarschaftlicher Freundschaft und dass sie nicht wisse, was passiert sei.

Sie sei noch mal in die Küche gegangen, um das Salz zu holen, da habe ihr Nachbar schon angefangen zu essen, vielleicht hatte er einen Herzinfarkt?

Ein paar Tage später bereitete sich Erna aus dem restlichen Fleisch des Gockels ein feines Hühnerfrikassee à la Louis zu.

Sie setzte sich mit einem Gläschen Champagner an den gedeckten Tisch – zu einem besonderen Anlass gehörte eben auch ein besonderes Getränk, da ging halt nichts über das Französische.

Diesem Kommissar hatte sie ganz schön was vorgeflunkert und das Problem elegant aus der Welt geschafft. Auch der Kommissar war ein Mann, und mit Männern wusste sie umzugehen, in jeder Lebenslage. Sie strich ihre geblümte Kittelschürze glatt. Lächelnd prostete sie sich zu.

Noch bevor sie das Glas mit dem perlenden Getränk an ihre Lippen führen konnte, klingelte es. Vor der Tür stand schon wieder dieser Kommissar, der gleich darauf ihr gegenüber am Esszimmertisch saß. Seufzend schob Erna das Champagnerglas und das Hühnerfrikassee zur Seite.

Beim Anblick der Champagnerflasche zog der Kommissar die Augenbrauen hoch.

»Nobel geht die Welt zugrunde, das hätte ich Ihnen gar nicht zugetraut. Aber so manch anderes auch nicht. Ihr Nachbar ist an einer Schierlingvergiftung gestorben. Der Schierling war in Ihrem Hähnchengericht. Ein berühmter Tod sozusagen. Wie Sokrates.«

»Schierling, in meinem Göckele? Ich hab doch nur wilden Peterling aus dem Garten … Oh weh, hab ich da etwa etwas verwechselt? Das würde ich mir nie verzeihen, das muss ein Versehen gewesen sein. Welchen Grund sollte ich denn gehabt haben, der liebe Albert …« Erna brach ab, sie hielt sich in einer Geste, die sie für Verzweiflung hielt, die Hände vors Gesicht.

»Da kann ich Ihnen auf die Sprünge helfen.« Der Kommissar legte sein Smartphone auf den Tisch und spielte eine Datei ab, ein Telefongespräch.

Erna wurde beim Anhören immer bleicher. Mitten im Gespräch stoppte der Kommissar die Aufnahme.

»Sie haben einen Hahn, auf den Sie sehr stolz sind, habe ich gehört.«

»Ich habe keinen Hahn«, krächzte Erna.

»Da sagen Ihre Nachbarn allerdings etwas anderes. Der Schrei der Barbezieux-Hähne ist ganz besonders markant, man erkennt Ihren Hahn sofort, sagen alle Ihre Nachbarn.«

Erna hustete in ihre Serviette. Sie brachte keinen Ton heraus.

»Wir haben übrigens das Handy geortet, das der Tote angerufen hat, als er die Aufnahme gemacht hat. Ich spiele Ihnen den Rest noch vor.«

Erna hörte laszives Stöhnen und eine rauchige flüsternde Stimme.

»Ich stelle mir gerade vor, wie ich auf deinem Schoß sitze … Ich bin ganz heiß … Lass es mich dir ganz besonders machen. Magst du's auf Französisch?«

Dann waren das Krähen eines Hahns zu hören und die Stimme vom Albert. »Des isch doch dr Goggel von dr Erna.«

Die Aufnahme brach ab. Der Kommissar nahm sein Handy vom Tisch.

»Jetzt schauen wir mal, was passiert, wenn wir die Nummer anrufen, mit der Ihr Nachbar verbunden war.«

Mit dem Klick des Daumens auf seinem Smartphone fing das Telefon in Ernas Eiche-Rustikal-Wohnzimmerschrank, den sie von ihrer Oma geerbt hatte, zu klingeln an.

Erna übergab sich lautstark über ihr Hühnerfrikassee und dachte: Nie wieder französisch!

Julia Hofelich

Täter

Tübingen, in einem fiktiven Amtsgericht

Sie war extra eine Stunde zu früh gekommen. Und weil sie Zahlen manchmal verdrehte, hatte sie einen Mann vom Gericht gefragt, wo das Zimmer war, wo sie hinmusste. Und der Mann hatte es ihr gezeigt. Chayenne Miller biss sich ganz fest auf die Backe. Sie würde nicht heulen. Die Anwältin hatte gesagt, dass sie ihr helfen würde. Die konnten ihr Hope nicht wegnehmen. Weil sie hatte alles richtig gemacht. Sie hatte sich immer gut um Hope gekümmert. Immer. Sie hatte es so gemacht, wie die das im Mutter-Kind-Heim gesagt hatten. Hope hatte schöne Kleider. Sie ging immer mit Hope zum Spieli und sogar zu so einem Turnen und passte auf, dass sie sich gut die Zähne putzte. Sie hatte sogar ein Kochbuch gekauft, wo Kinderessen drin war, und es fast ganz durchgelesen. Obwohl es manchmal lange Texte mit komischen Wörtern waren, wo sie nicht alles verstanden hatte. Sie hatte aber die vielen Bilder genau angeschaut und Wurstspieße mit Paprika gemacht und sogar Reis mit einer Soße, wo braune Pilze drin waren, und ein gutes Vesper machte sie auch immer, mit echten Salatblättern. Sie war sogar von Köln nach Tübingen gezogen, damit Hopes Vater sie nicht finden konnte, weil der nicht nett war und viel zu viel Schnaps trank. Und sie versuchte ja, Hope bei den Hausis zu helfen. Es war ja nicht ihre Schuld,

201

dass sie nicht wusste, was halbschriftlich Attieren war. Aber deshalb konnte man ihr nicht Hope wegnehmen. Nur weil sie nicht wusste, was halbschriftlich Attieren war. Das hatte die Anwältin auch gesagt. Mit ihrer alten Betreuerin beim Jugendamt hätte sie so was besprechen können, die hätte nicht gesagt, dass es Hope schlecht ging bei ihr, aber die Inge war ja nach Koblenz gezogen. Die Inge hätte nicht komisch geschaut, weil sie nicht wusste, ob man Tiger mit *ie* schrieb oder halt nicht. Das war ja eigentlich auch egal, ob sie wusste, wie man Tiger schrieb. Hauptsache, sie kümmerte sich gut um Hope. Sie liebte Hope mehr als alles. Und Hope liebte sie. Aber die hatten sie trotzdem mitgenommen. Vor über zwei Wochen schon. Hope hatte sich an ihr festgeklammert und ganz laut geweint. Sie hatte »Nein« geschrien. Und »Mama, ich will bei dir bleiben«. Ganz laut hatte sie das geschrien, dass es richtig im Herz wehgetan hatte. Chayenne nahm kurz die Brille ab und drückte mit der Hand ganz fest auf ihre Augen. Das wunderschöne Armbändchen aus Holzperlen, die wie Fische aussahen, was Hope ihr zum Muttertag gemacht hatte, klapperte. Die waren einfach so in ihre Wohnung gekommen und hatten Hope aus dem Bett gerissen. Sie hatte gar nicht verstanden, was los war. Sie hatte nur versucht, Hope festzuhalten. Der Mann vom Jugendamt hatte irgendwas von Härmotomen gesagt. Hope hatte Härmotomen gehabt. Keine Ahnung, was das war. Eine Krankheit vielleicht. Aber sie war doch wegen dieser Kinderuntersuchung, wo man immer hinmusste, gerade bei diesem Doktor gewesen. Warum hatte der ihr dann keine Medizin gegeben? Sie hatte den Mann vom Jugendamt auch nicht fragen wollen, was Härmotomen waren, denn nachher behaupteten die wieder, sie sei zu dumm, um ein Kind großzuziehen, obwohl das gar nicht stimmte. Und warum der Kinderarzt und die Anwältin ständig wissen wollten, woher die blauen Flecken bei Hope kamen, kapierte sie auch nicht. Kinder hatten manchmal blaue Flecken, das kam vom Spielen. Sie riss sich einige Haare aus, drehte sie um ihren Finger. Am Ende waren sogar Bullen in ihre Wohnung gekommen. Weil die anscheinend Hope vor ihr schützen mussten. Aber man musste Hope nicht vor ihr schützen. Sie war doch Hopes Mama.

Sie biss sich noch fester auf die Backe. Ihre Augen waren schon ein bisschen nass, aber noch nicht arg. Sie würde nicht heulen. Die würden ihr Hope heute zurückgeben. Die mussten ihr Hope zurückgeben. Sie kümmerte sich gut um Hope. Sie hatte Hope lieb. Das würde sie denen heute erzählen, und dann würden die ihr ganz bestimmt Hope zurückgeben.

Rechtsanwältin Cara Schells Magen begann dumpf zu schmerzen, als sie sich neben ihrer Mandantin im Gerichtssaal niederließ. Noch war der Richter nicht da, aber Cara graute vor dem Moment, in dem die Tür am Kopfende des Raumes aufgehen und Richter Basser hereinkommen würde. Natürlich war sie perfekt vorbereitet, sie kannte die Akte Miller in und auswendig, aber wie man es auch drehte und wendete, sie war erst seit drei Wochen Anwältin, und das hier war erst der zweite Gerichtstermin, den sie ganz alleine bestritt. Als sie zu ihrem Chef gesagt hatte, sie fühle sich einem so heftigen Fall nicht gewachsen, ob sie nicht mit ein paar einfachen Scheidungen anfangen könnte, hatte er nur milde gelächelt und gemeint, irgendwann müsse sie auf eigenen Füßen stehen, und ein paar Mandanten sprängen halt über die Klinge, das sei ganz normal. Learning by doing. Bei Sorgerechtsentzug könne man sowieso nur in seltenen Ausnahmefällen noch was reißen, und meistens sei es ein Geschenk des Himmels, wenn die Kinder von den Eltern getrennt würden.

Cara hatte nach mehreren Gesprächen mit Chayenne Miller und genauester Durchsicht des Gutachtens allerdings nicht den Eindruck, dass hier ein Fall von Kindesmisshandlung vorlag, aber ihr Chef hatte, als sie erneut zu ihm ins Büro gekommen war, wieder gelächelt, diesmal allerdings nicht mehr so milde. »Wenn die Frau das Kind nicht misshandelt hätte, wäre dem Gutachter das aufgefallen«, hatte er gesagt. »Und dem Richter auch. Wo sollte das Kind die blauen Flecken denn herhaben, wenn die Mandantin es nicht verdroschen hat? Tauchen Sie nicht zu tief ein in die Fälle. Das ist nur frustrierend.«

»Aber …«

»Kein Aber. Ich habe mir im Übrigen gerade Ihre Abrechnungszahlen der letzten drei Wochen angeschaut. Guter Tipp von mir, wenn Sie es mal zu was bringen wollen: Kümmern Sie sich mehr um die Selbstzahler und weniger um Hartz-IV-Mütter.«

Cara sah zu ihrer Mandantin hinüber, die mager, zitternd und den Tränen nahe neben ihr saß. Chayenne Miller wirkte selbst beinahe noch wie ein Kind, ein Eindruck, der durch die vermackte rosa Brille mit den dicken Gläsern verstärkt wurde. Für eine Sekunde verspürte Cara tiefes Mitleid, dann erstarrte sie. Die Tür am Kopfende des Raumes ging auf.

»Wir kriegen das hin, Frau Miller!«, flüsterte sie verzweifelt. Sie hatte nur keine Ahnung, wie.

»Guten Morgen!«

Richter Vincent Basser ging langsam und gemessen zum Richtertisch, um sich vor der Verhandlung zu sammeln. Er versuchte, Sicherheit auszustrahlen, während sich alles in ihm verkrampfte. Für eine Sekunde sah er wieder die Fotos aus der Rechtsmedizin vor sich, die ihm der Staatsanwalt letzte Woche vorgelegt hatte, den blaugrünen Körper des kleinen Levin, der seltsam verdreht in einer Blutlache auf dem Asphalt gelegen hatte. Er war erst vier gewesen, als sein Vater ihn totgeprügelt und dann durchs Fenster aus dem vierten Stock geworfen hatte. Als man den Vater gefragt hatte, warum, hatte er gesagt: »Das Dreckstück hat meinen neuen Teppich vollgekotzt.« In einem Ton, als wäre es ganz normal, dass man einen Vierjährigen erschlug, weil ihm in der Nacht schlecht wurde und er sich auf einen Teppich erbrach. Basser hatte sich die Aufzeichnung der Vernehmung mehrmals angehört. Keinerlei Reue oder Mitleid. Nur: »Das Dreckstück hat meinen neuen Teppich vollgekotzt.« Ihm wurde wieder schwindlig, wie jedes Mal, wenn er an das Martyrium dieses Kindes dachte. Er hätte es verhindern können. Er. Niemand sonst. Er hätte diesem Mann das Sorgerecht wegnehmen müssen, hätte das Kind in die Obhut der Mutter oder des Jugendamtes geben müssen. Er war genauso schuldig wie der Vater. Weil er diesem Anzugträger geglaubt hatte, der so freundlich und offen gelächelt hatte und sich so distinguiert hatte ausdrücken können. Bankchefs verprügelten ihre Kinder nicht, hatte er gedacht. Alles hatte top ausgesehen bei Levin. Die Wohnung top. Kleidung top. Der Kindergarten hatte gesagt, der Vater sei immer nett, hilfsbereit und zuvorkommend. Levin sei wild und tobe viel herum, und es sei ohne Weiteres vorstellbar, dass er sich oft verletze. Die Mutter sei seit der Scheidung rachsüchtig und behaupte, vermutlich fälschlicherweise, der Vater misshandle den gemeinsamen Sohn. Leider hatte die Mutter recht gehabt. Levin war tot. Die Mutter war ebenfalls tot, sie hatte sich kurz nach dem Vorfall von einem Hochhaus gestürzt.

Basser spürte seinen Herzschlag bis in den Hals, seine Hand zitterte ein wenig. Natürlich hatten ihn seine Kollegen beruhigt, hatten ihm gesagt, dass er alles ihm Mögliche getan hatte. Dass niemand unfehlbar war. Aber keiner seiner Kollegen hatte schon einmal einen so unfassbaren Fehler gemacht. Hybris, das war das Problem gewesen. Er hatte sich und seine

Menschenkenntnis überschätzt. Aber das würde ihm nicht noch einmal passieren! Er hatte Demut gelernt! Es würde kein Kind mehr sterben, weil er die Zeichen nicht deuten konnte.

Er räusperte sich. Selbstredend war der Fall Miller anders. Jeder Fall war anders, natürlich durfte man nicht alle Menschen über einen Kamm scheren. Er hatte es sich keinesfalls leicht gemacht bei Hope Miller. Keinesfalls. Es gab in der Sache gewisse Ungereimtheiten, keine Frage. Zum Beispiel war vor dem Kinderarzt niemandem etwas an dem Kind aufgefallen, weder Hämatome noch auffälliges Verhalten. Der Kinderarzt hatte in seiner Stellungnahme allerdings geschrieben, dass blaue Flecken unter der Kleidung oft übersehen würden. Und im Gerichtsgutachten war die Rede von *Hämatomen am Gesäß, am Rücken und den Oberschenkeln. Wie sie von Tritten und Schlägen herrühren.* Warum hätte das Kind über die Herkunft der Hämatome schweigen sollen, wenn es die Täterin, die eigene Mutter, nicht hätte schützen wollen? Bei Chayenne Miller kamen außerdem Risikofaktoren hinzu, sie hatte eine schwierige Kindheit gehabt, Gewalterfahrungen, Drogenexperimente, war größtenteils im Heim aufgewachsen. Außerdem war sie unterdurchschnittlich intelligent und mit Sicherheit nicht in der Lage, ein Kind ausreichend zu fördern. Das Jugendamt hatte bei einem ersten Telefonat mit Basser da große Bedenken geäußert. Auch die Lehrerin hatte bestätigt, dass die Hausaufgaben oft nicht erledigt waren, vor allem in Mathe, wo gerade halbschriftlich addiert wurde. Keine Hausaufgabenkontrolle, wahrscheinlich, weil die Mutter den ganzen Tag vor einem Computerspiel saß. Gleichgültigkeit. Und wenn sie dann gestört wurde, auch noch Schläge.

Basser ließ sich seufzend auf seinem Stuhl nieder, schlug die Akte auf. Es war immer schwierig, einer Mutter ihr Kind wegzunehmen, aber manchmal war es unumgänglich. Er räusperte sich erneut und begann zu sprechen. Heute würde er keinen Fehler machen! Er würde alles tun, um einen zweiten Fall Levin zu verhindern!

Als Erstes befragte er Chayenne Miller, aber sie schluchzte die meiste Zeit und beantwortete weder seine Fragen nach den Hämatomen noch, warum sie die Hausaufgaben nicht kontrollierte oder warum es in der Familie, auch das hatte das Jugendamt bemängelt, nicht jeden Tag ein warmes Mittagessen gab. Sie wiederholte nur gebetsmühlenartig, dass sie Hope lieb hatte, was er gar nicht bezweifelte, aber Liebe alleine reichte leider nicht aus, um ein Kind zu erziehen. Ihre Behauptungen, sie würde alles richtig machen, zeugten davon, dass sie keinerlei Einsicht in ihre Fehler hatte, ein weiterer Risikofaktor für zukünftige Misshandlungen. Zu ihren Ungunsten sprach zudem, dass sie sich offenbar weigerte, mit ihrem neuen Betreuer vom Jugendamt zusammenzuarbeiten. Dabei war Gernot Häberle wirklich jemand, mit dem man zusammenarbeiten konnte.

Basser fühlte sich zutiefst bestärkt. Er tat genau das Richtige, wenn er dafür sorgte, dass Hope von dieser Mutter getrennt wurde! Das wirre Zeug, das die Anwältin von sich gab, von wegen kein ausreichender Beweis, dass Hope von ihrer Mutter geschlagen wurde, oder dass der vollständige Entzug der elterlichen Sorge nur Ultima Ratio sei und dass es mildere Mittel zur Gefahrenabwehr gebe, beachtete er gar nicht, es war mehr als offensichtlich, dass die Frau keine Ahnung hatte. Graue Theorie, die sie da verbreitete, die nichts mit misshandelten Kindern wie dem kleinen Levin zu tun hatte und wahrscheinlich ausschließlich dazu da war, sich als Anwältin vor der Mandantin zu profilieren. Die Frau kannte nicht einmal die neueste Rechtsprechung des BGH, und ständig sprach sie von ihrer Mandantin als der Beklagten, dabei war das die vollkommen falsche Terminologie! Schlimm, was sich heutzutage alles auf dem Anwaltsmarkt tummelte. Solche Leute konnte man nicht ernst nehmen.

Basser schüttelte den Kopf und wandte sich dem Jugendamtsmitarbeiter zu: »Herr Häberle«, sagte er. »Würden Sie uns bitte einmal Ihre Sicht der Dinge schildern?«

Jugendamtssachbearbeiter Gernot Häberle setzte sich aufrecht hin, als ihm Basser das Wort erteilte. Ein kurzer, prüfender Blick zum spiegelnden Fenster: Die Krawatte saß perfekt, der neue Anzug verlieh ihm Klasse. Dann ging er scheinbar konzentriert seine Aufzeichnungen noch einmal durch, obwohl er genau wusste, was er gleich vortragen würde. Aber wenn man diese arroganten Juristen ein wenig warten ließ, saugten sie später umso gieriger alles auf, was er zu sagen hatte. Und er hatte einiges zu sagen, oh ja! Er liebte diesen Moment, wenn er im Rampenlicht stand, als Lichtgestalt, die für das Kindeswohl stritt. Weil allein er wusste, was richtig war. Er ermahnte sich zur Bescheidenheit. Kindeswohl. Es ging nur um das Kindeswohl. Er hatte genug Chayenne Millers in seinem Leben gesehen, um zu wissen, dass bei so einer das Kindeswohl gefährdet war, ob sie das Kind nun schlug oder nicht. Er war sich in diesem Fall tatsächlich nicht sicher, ob Gewalt im Spiel war, dennoch musste die kleine Hope weg von dieser Mutter. Mit Sicherheit vernachlässigte sie ihr Kind auf irgendeine Weise, sei es psychisch, emotional oder sozial, das konnte gar nicht anders sein. Denn eine wie Chayenne hatte keine Ahnung, wie man mit einem Kind umging. Woher auch. Chayenne kam aus einem zerrütteten Elternhaus, Mutter Prostituierte, Vater drogenabhängig, mit sechzehn aus dem Heim abgehauen und dann mit dem erstbesten Alkoholiker ins Bett gestiegen. Schwangerschaft statt Schulabschluss, wobei sie den eh nicht geschafft hätte, debil, wie sie war. Und zudem war sie unfähig, Hilfe anzunehmen, das hatte er bei seinem ersten Hausbesuch bemerkt, als er sie gebeten hatte, mit Hope Hausaufgaben zu machen. Inge, ihre letzte Betreuerin, hatte zwar gemeint, das liege nur daran, dass Chayenne sich schämte, weil sie nicht richtig schreiben konnte, aber wenn das mit dem Schreiben stimmte, war es nur umso schlimmer! Inge war viel zu milde in solchen Fällen gewesen. Für die kleine Hope war es das Beste, wenn sie in eine Pflegefamilie kam. Er hatte da auch schon eine perfekte ausgesucht, in die sie nach der Kurzzeitpflege ziehen konnte. Die Mutter Hausfrau, wie sich das in einer intakten Familie gehörte, und der Vater ein Lehrer. Perfekt. Er hielt gar nichts von der Rechtsprechung des Bundesverfassungsgerichts, wonach dumme Eltern zum natürlichen Lebensrisiko von Kindern gehörten. Man musste solche Gegebenheiten nicht akzeptieren, man konnte etwas daran ändern. Er wusste, wovon er sprach, er hätte seine kettenrauchenden Eltern aus der Sozialsiedlung, die es trotz diverser Jobs nicht mal geschafft hatten, genug zu essen auf den Tisch zu bringen, mit Freude gegen eine gute Pflegefamilie mit Haus und Garten eingetauscht. Förderung, Förderung, Förderung. Das war wichtig.

Häberle spürte, dass die Anwältin zu seiner Rechten langsam unruhig wurde, und daher sah er von seinen Unterlagen auf.

»Herr Richter«, sagte er mit einem eingeübten, scheinbar unterwürfigen Lächeln, »Frau Rechtsanwältin, Chayenne, zunächst einmal möchte ich Ihnen allen versichern, dass es der kleinen Hope sehr gut geht.«

Jetzt lächelte er Chayenne an, die ihre Kinderbrille abgenommen hatte und die Hände mit diesen widerlich abgekauten Nägeln und dem abgesplitterten rosa Nagellack auf ihre Augen drückte. Und diese Kinderholzkette mit Fischen am Arm. Debil. Dass ausgerechnet solche Leute immer Kinder bekamen. Er bemühte sich um einen freundlichen Tonfall.

»Die kleine Hope hat sich an die Kurzzeitpflege gewöhnt. Ich denke, wir sollten sie so schnell wie möglich in ihre endgültige Pflegefamilie bringen, damit sie sich dort einfinden kann. Eine Rückführung zur leiblichen Mutter kann ich nicht befürworten, ich denke, dort ist das Kind in keinerlei Hinsicht gut aufgehoben. Ich habe ein liebevolles Paar gefunden, das sich sogar eine Adoption vorstellen könnte, da sie ungewollt kinderlos …«

»Kinder gehören zu ihren leiblichen Eltern«, fiel ihm die Anwältin ins Wort, »und ich bin der Ansicht, dass Hope sehr wohl gut aufgehoben ist bei meiner Mandantin. Sie hat sich in den letzten Jahren rührend um Hope gekümmert. Ich habe mit einigen Leuten gesprochen, die wir gerne als Zeugen benennen können. Meines Erachtens liegen die Voraussetzungen für einen Sorgerechtsentzug bei Frau Miller nicht vor.«

»Um genau das zu überprüfen sind wir ja heute hier«, sagte Richter Basser. »Lassen Sie Herrn Häberle doch bitte aussprechen.« Er klang angespannt.

Häberle lächelte zufrieden. »Wir mussten Chayennes Tochter aus der Familie nehmen, weil der Kinderarzt Hämatome gefunden hat, die aller Wahrscheinlichkeit nach von Schlägen und sogar Tritten stammen. Wir haben versucht, mit der Mutter zu sprechen, allerdings hat sie nichts dazu beigetragen, den Sachverhalt aufzuklären.«

»Weil sie nicht wusste, woher die Hämatome kommen«, sagte die Anwältin.

»Das glaube ich nun nicht. Und wenn doch, würde das auch davon zeugen, dass sie ihrem Kind gleichgültig gegenübersteht, meinen Sie nicht?« Häberle wandte sich an Chayenne. »Chayenne, ich weiß, dass es manchmal schwierig ist mit Kindern. Sie sind laut und frech, und da rutscht einem schon einmal die Hand aus, oder?« Er sprach extra langsam. So kapierte die Frau vielleicht, was er sagen wollte. »Ich glaube, du weißt auch, dass die kleine Hope bei dir nicht sicher und wohlbehütet …«

Chayenne Miller schluchzte und brachte ein lautes »Nein« heraus.

Wie ein Tier. Debil.

»Ich würde Sie bitten, meine Mandantin zu siezen und mit dem Nachnamen anzusprechen.« Wieder die Anwältin. Sie fing an, Häberle ziemlich zu nerven. »Außerdem, Herr Häberle, haben Sie keinerlei Beweise, dass meine Mandantin …«

»Wir sind hier nicht in einem Strafverfahren, und es geht einzig und alleine um das Wohl von Hope«, unterbrach Richter Basser sie. »Daher lassen wir nun einmal Dinge wie Beweise und so etwas außen vor.«

»Aber …«

»Lassen Sie bitte Herrn Häberle aussprechen. Sie können dann später noch etwas sagen!«

»Chayenne«, machte Häberle weiter, »du willst doch auch das Beste für Hope, oder?«

Chayenne nahm die Hände von den verweinten Augen. »Ja«, sagte sie und nickte. »Genau das will ich. Ich liebe Hope.«

»Prima. Dann sag uns doch bitte, woher die Hämatome kommen.«

Sie wurde ganz rot und schaute weg. Sagte nichts. Das kam einem Schuldeingeständnis gleich, dachte Häberle triumphierend. Er sah zum Richter. Der Richter sah zu ihm. Sie verstanden sich, das spürte Häberle. Hope musste vor dieser Mutter gerettet werden!

Annegret Holl eilte über den Flur zum Gerichtssaal 11. Gerade noch rechtzeitig, der Aufruf, sie solle in den Saal kommen, kam soeben aus dem Lautsprecher. Sie riss die Tür auf. Grüßte. Die Luft war stickig und heiß. Es roch nach Schweiß und einem aufdringlichen Männerparfüm. Sie nahm Platz, und die üblichen Formalien wurden von Richter Basser mit eisiger Kälte abgehandelt. Sie atmete zweimal tief durch. Sie hätte den Gutachterauftrag ablehnen sollen, nachdem sie erfahren hatte, dass Basser den Vorsitz hatte. Egal, ob sie das Geld brauchte oder nicht. Basser würde ihr kein Wort mehr glauben und damit noch ein Kind ins Unglück stürzen.

Trotzdem versuchte sie ihr Bestes. Führte aus, dass sie der Ansicht war, dass Chayenne Miller vielleicht nicht hochintelligent sein mochte, dass sie sich aber dennoch um ein Kind kümmern konnte, dass die beiden sich liebten und gut miteinander umgingen. Basser sah die ganze Zeit aus dem Fenster. Er hätte sich genauso gut die Ohren zuhalten können.

»Es spricht nichts gegen eine Rückführung des Kindes in seine Ursprungsfamilie. Ich konnte keine Defizite bei Hope feststellen«, beendete sie schließlich ihren Vortrag, »Hope scheint im Großen und Ganzen gut versorgt zu werden, und die Beziehung zwischen Mutter und Kind ist prima, wobei es sicherlich sinnvoll wäre, der Mutter eine Hilfe zur Seite zu stellen.«

»Die Mutter verweigert die Zusammenarbeit mit uns«, unterbrach sie dieser Häberle vom Jugendamt, ein unangenehmer Typ. »Darin sehe ich eine ganz große Gefahr.«

»Möglicherweise stimmt ja nur die Chemie zwischen Ihnen nicht«, entgegnete Annegret Holl. So was in der Art hatte Chayenne Miller ihr gegenüber angedeutet. »Mit der Betreuerin davor scheint es ja gut geklappt zu haben. Vielleicht könnte man über einen Betreuerwechsel nachdenken?«

Häberle knurrte.

Basser sah sorgenvoll aus. »Kommen wir noch einmal auf die Hämatome zurück«, sagte der Richter. »Können Sie ausschließen, dass von Frau Miller eine Gefahr für ihre Tochter ausgeht?«

»Ausschließen kann das niemand, nur glaube ich in diesem Fall nicht, dass …«

»Sie entschuldigen die Unterbrechung«, der Richter beugte sich nach vorne, »aber ich verstehe immer noch nicht ganz, warum Sie sich dafür aussprechen, Hope zur Mutter zurückzugeben. Wir sind uns doch darüber einig, dass Frau Miller nichts dazu beiträgt, den Sachverhalt aufzuklären?«

»Ich denke, es besteht die Möglichkeit, dass Frau Miller tatsächlich nicht weiß, woher die Hämatome stammen.«

»Die andere Möglichkeit wäre es, dass sie deswegen nicht redet, weil sie nicht zugeben will, dass sie dem Kind die Hämatome zugefügt hat?«

»Das wäre eine Möglichkeit, die ich in diesem Fall allerdings nicht unbedingt …«

»Warum?«

»Ich hatte nicht den Eindruck, dass Frau Miller gewalttätig ist.«

»Woraus schließen Sie das?«

»Berufliche Erfahrung!«

Dieser Richter kotzte sie an.

»Das würde ich aus gegebenem Anlass gerne genauer wissen«, bemerkte Basser scharf. »Sie haben mit Hope gesprochen. Und mit Frau Miller. Ich möchte im Detail erfahren, woran Sie festmachen, dass keine Gefahr für das Kind von Frau Miller ausgeht.«

»Aber das hat Frau Dr. Holl doch vorhin bereits ausgeführt«, bemerkte die Anwältin. »Sie hat von einer liebevollen Interaktion zwischen Tochter und Mutter gesprochen und davon, dass sie glaubt, dass meine Mandantin nichts über die Hämatome weiß und Hope über die Herkunft der Hämatome schweigt, weil sie vielleicht in der Schule …«

»Ich würde das gerne von Frau Dr. Holl persönlich hören, nicht von Ihnen«, knurrte Basser.

»Das hier ist nicht der Fall Levin!«, fuhr Annegret Holl den Richter an. »Das hier ist der Fall Miller. Sie haben mich engagiert und wollten meine Meinung hören. Meine Meinung ist: Hope gehört zu ihrer Mutter!«

»Ich will nicht unhöflich sein, aber es war meine Vertretung, die Sie engagiert hat, nicht ich, Frau Dr. Holl. Ich werde Sie nach diesem Desaster im Fall Levin nie wieder engagieren.«

»Ich bin Gutachterin, keine Hellseherin. Ich konnte nicht erkennen, dass Levins Vater …« Sie schüttelte den Kopf, schluckte, dachte an die zwei Wochen, in denen sie mit drei kranken Kindern zu Hause gesessen und versucht hatte, nebenher zu arbeiten. Und diesem Banker vielleicht deshalb nicht genug auf den Zahn gefühlt hatte. »Sie haben es genauso wenig erkannt«, sagte sie zu Basser. »Und die Entscheidung im Fall Levin haben Sie getroffen, nicht ich.«

Basser schlug mit der flachen Hand auf den Tisch.

»Wer ist Levin?«, fragte die Anwältin. Niemand antwortete ihr.

»Es geht hier um den Fall Miller, und im Fall Miller bin ich mir sicher …«

»Sie waren auch im Fall Levin sicher«, sagte Basser.

Damit war die Befragung beendet. Warum die Anwältin nicht nachhakte, selbst Fragen stellte und auf den Tisch haute, vielleicht sogar einen Befangenheitsantrag stellte, verstand Annegret Holl nicht. Aber es war nicht ihr Problem. Sie hatte getan, was sie konnte. Wortlos stand sie auf und stürmte aufgebracht aus dem Raum.

»Nun«, sagte Basser, nachdem die Tür hinter Holl zugeknallt war, »dann werden wir jetzt noch Hope anhören.« Er stand auf. Holls Gutachten hätte man sich zweifelsfrei schenken können. Sie erkannte ja offensichtlich Dinge nicht, die klar auf der Hand lagen, wie etwa, dass von Chayenne Miller eine Gefahr für das Kindeswohl ausging. »Wir werden das im Nebenzimmer machen.«

»Hope? Ist Hope hier?« Chayenne Millers Gesicht leuchtete auf. »Kriege ich sie jetzt schon zurück? Kann ich sie sehen?«

Basser ging gar nicht auf die Fragen ein. Unglaublich, wie ignorant diese Mutter war. Wie konnte sie annehmen, dass nach diesem Prozess, der eine eindeutige Gefahrenlage für das Kind aufgezeigt hatte, Hope einfach wieder mit zu ihr nach Hause gehen konnte?

»Ich möchte bei Hopes Befragung dabei sein«, sagte die Anwältin.

Basser schüttelte den Kopf. Großer Gott, das wurde ja immer besser. Keine Ahnung vom Familienverfahren, die Frau. »Selbstverständlich nicht«, sagte er.

»Aber ...«

»Kindesbefragungen werden aus Kindeswohlgesichtspunkten ohne Anwälte und im Nebenzimmer durchgeführt.«

»Ich bin nicht bereit, das zu akzeptieren.«

»Sie werden es müssen, wenn Sie nicht wollen, dass ein Gerichtswachtmeister Sie festhält.« Basser klang herablassender, als er geplant hatte, aber langsam reichte es ihm. Sorgerechtsverfahren sollten ohne Anwälte durchgeführt werden, sie heizten die Stimmung nur auf und standen einer sinnvollen, am Kindeswohl orientierten Entscheidung entgegen.

»Als Betreuer der Familie würde ich gerne an der Befragung teilnehmen«, lächelte Gernot Häberle.

»Gerne«, sagte Basser. Er war froh, wenn er einen fachlich versierten Beistand an seiner Seite hatte, der ebenfalls die Zeichen deuten konnte. Denn es war eindeutig, worauf diese Verhandlung hinauslief. Wenn Hope jetzt keine gute Erklärung für die Hämatome hatte, würde er sie in eine Pflegefamilie stecken und möglicherweise sogar den Umgang mit der leiblichen Mutter vollständig ausschließen, damit Hope sich besser eingewöhnen konnte.

Hope mochte den Mann nicht, der Richter hieß. Er stellte komische Fragen und machte sie ganz aufgeregt, und manchmal fielen ihr Sachen nicht mehr ein, und ständig redete er flüsternd mit einem anderen Mann, den sie noch weniger mochte. Aber die Frau, bei der sie gerade wohnen musste, hatte gesagt, sie dürfe Mama sehen, wenn sie mit dem Mann sprach. Die Frau war nett und hatte ein Trampolin im Garten, aber sie hatte so große Sehnsucht nach Mama. Sie wollte wieder zurück zu ihr. Bei Mama war es so schön. Da konnte sie kuscheln und lachen, und es machte nichts, wenn sie Mathe nicht verstand oder eine Fünf nach Hause brachte. Mama machte die besten Wurstspieße der Welt. Und wenn Mama mal was nicht lesen konnte, half ihr Hope immer. Sie lächelte. Denn in Deutsch war sie richtig gut, gestern hatte die Lehrerin ihr gesagt, dass sie beim Lesewettbewerb mitmachen durfte. Und da durften nur die drei Besten aus jeder Klasse mitmachen! Sie musste das unbedingt Mama erzählen, die würde so stolz auf sie sein. Hoffentlich wohnte sie bald wieder bei Mama.

Sie schaute auf, der Richter hatte sie schon wieder etwas gefragt. Er fragte immer nach den blauen Flecken. Aber sie würde es ihm nicht sagen! Sie konnte schweigen! Das konnte sie! Ihr Freund Roland hatte gesagt, sie dürfe mit niemandem darüber sprechen. Dass sie nach der Schule Maxis Ranzen geklaut hatten, um an seine Fußballbilder zu kommen. Leider hatte er es bemerkt und sie verprügelt und nach ihnen getreten, er war ziemlich groß und stark, und das hatte ziemlich wehgetan. Aber sie würde das niemandem erzählen. Niemals. Heiliger Schwur. Sonst würde man sie ihrer Mutter wegnehmen. Kriminelle Kinder kamen nämlich in ein Heim, wo sie ganz alleine im Dunkeln in Zellen eingesperrt waren. Und wenn man Fußballbilder klaute, war man kriminell. Das hatte Roland gesagt. Und er war ein Jahr älter und wusste eigentlich alles. Sogar halbschriftlich Addieren kapierte er.

»Hope, kannst du uns bitte erklären, woher du die blauen Flecken hast?«, fragte der Richter. »Das ist sehr, sehr wichtig!«

»Ich weiß es nicht«, sagte sie fest. Sie sah, wie dieser Richter das Gesicht verzog. Aber sie konnte schweigen. Heiliger Schwur! »Kann ich jetzt meine Mama sehen? Bitte?«

Als der Mann vom Gericht, wo vorne saß, zurück ins Zimmer kam, hatte sie ganz kurz Hope durch den Türspalt gesehen. Chayennes Gesicht überzog ein strahlendes Lächeln. Hope. Da war Hope. Kam sie heute wirklich nach Hause? Sie hatte von dem bisherigen Gerede im Gericht kaum etwas kapiert, aber ihre Anwältin hatte gute Sachen gesagt.

»Kommt Hope heute zu mir zurück?«, fragte sie aufgeregt. Ihr Herz schlug vor Freude ganz schnell. Hope war da. Ihre Hope. Sie konnte kaum noch still sitzen.

»Nein«, antwortete der Mann vom Gericht, wo vorne saß. »Leider können wir Ihnen das Kind heute nicht zurückgeben. Und es wird wohl auch eine Weile dauern, bis Sie es wiedersehen können. Es ist nur zu Hopes Sicherheit. Verstehen Sie das?«

Der Mann vom Gericht schaute sie ganz ernst an. Bestimmt war das was Wichtiges, was er gesagt hatte, aber sie konnte gar nicht mehr richtig zuhören. Weil vor der Tür war Hope. Plötzlich hielt sie es gar nicht mehr aus. Sie musste zu Hope. Sie stand auf und ging ganz schnell zur Tür und raus. Da draußen war tatsächlich Hope. Chayenne rannte auf sie zu. Sie drückten sich ganz fest. Sie hatte Hope so lieb. Die Haare von Hope rochen so gut. Sie gehörte mit Hope zusammen. Sie war glücklich bis in die Zehenspitzen.

Eine Stimme schrie: »Gehen Sie von dem Kind weg!«

Aber Chayenne würde nicht von Hope weggehen. Nie wieder. Sie packte Hope an der Hand. Sie war nämlich klug. Sie würden einfach wegrennen. Und sich verstecken. Bis die kapiert hatten, dass sie sich gut um Hope kümmerte. Sie war Hopes Mama. Sie musste mit Hope zusammen sein. Die konnten ihr das nicht verbieten. Sie rannten los.

Hinter ihr rief die Anwältin: »Frau Miller, bitte, kommen Sie zurück, Sie machen es nur noch schlimmer.«

Aber Chayenne rannte. Mit Hope an der Hand. Glücklich bis in die Zehenspitzen. Durch die Glastür. Auf die Straße. Den Bus, der gerade um die Ecke bog, bemerkte sie nicht.

Beatrix Erhard

Der nette Herr Ritzel

Breisgau – Hochschwarzwald

Ich sage Ihnen, so eine Dauerwelle dauert und dauert. Aber manchen dauert sie immer noch nicht lange genug. Was haben die Leute nicht alles zu erzählen! Jetzt ist auch die alte Frau Messerschmidt endlich fertig, und die Türglocke hat sie ordentlich verabschiedet. Mir tun nach ihren feinen Flusen regelmäßig die Finger vom Lockenwickeln weh. Aber jetzt ist ein bisschen Pause bis zur nächsten Kundin, genug Zeit, um ein bisschen zu plaudern.

Hach, die alten Leut, gell. Wie zum Beispiel der nette, zurückhaltende Herr Ritzel. Hätte ich mir eigentlich denken können, dass der nicht ganz koscher ist. Aber in die Leut kann man halt nicht reinschauen. Obwohl ich mich ja nur selten täusche. Das sagen alle meine Kunden. Und sogar viele Kundinnen.

Dabei hat sich der Rudi Ritzel so nett um seine Frau gekümmert. Die Trude. So ein Kreuz hat er mit ihr gehabt. Und picobello gepflegt war der immer, das muss ich an dieser Stelle auch noch betonen. Nicht wie so mancher andere alte Zausel, der hier durch die Gassen wankt, nachdem ihm die Frau weggestorben ist. Vielleicht, weil der alte Drachen nicht mehr hinter ihnen wacht? Da lassen sie dann alles fahren und schleifen.

Bei den Ritzels war es da ganz anders. Die Trude lebte ja noch. Na ja, eher eine Art lebende Tote. Doch der Rudi Ritzel, immer picobello, wie gesagt. Wenn der in unseren Friseursalon kam, roch er vorher fast besser als hinterher. Das will was heißen bei unserem Haarwasser. Echt italienisch, höchste Qualität, direkt vom Hauslieferanten aus Pezzoporto.

Huch, was ist jetzt schon wieder? Ach so, die nächste Kundin. Frau Trautwein, die alte Rätschbase, klingelt zur Ladentür herein. Eine halbe Stunde zu früh. Die alten Leut. Wollen sich halt unterhalten. Oder, wie die Trautwein: Jammern. Aber sie kommt dreimal die Woche zum Waschen und Legen. Wieder so dünne Flusen, aber was will man da machen. Zu mir kommen sie eh alle, früher oder später. Also die Leute hier aus dem Ort, wo wir unser Friseurgeschäft betreiben. Alteingesessen, in der dritten Generation!

»Grüß Göttle, Frau Trautwein, sind wir wieder ein bissele früher dran. Wie ist die Hüfte heute beieinander? Besser als vorgestern? Kommen Sie doch schon mal rüber zum Waschbecken!« Sodele, jetzt kann ich noch ein bisschen was erzählen, denn die Trautwein muss fürs Haarewaschen ihr Hörgerät rausnehmen, und dann hört die Gute rein gar nichts mehr. Das sündhaft teure Ding darf auf keinen Fall nass werden.

Wissen Sie, der nette Herr Ritzel und was der bei uns angerichtet hat. Ich kann es immer noch nicht glauben. Der wirkte immer vollkommen normal. Wie Sie und ich!

Trude, mein Augenstern! Du siehst heute wieder wunderschön aus. Wie damals beim Maientanz, als wir uns kennengelernt haben. Du mit Blumen im Haar, jung und unbeschwert. Ich war so schüchtern, der Reingeschmeckte, misstrauisch beäugt. Du, die Dorfschönheit, blond und fesch.

Jeden hättest du haben können. Aber mich hast du ausgewählt. Mich, Rudolf Theodor Ritzel.

Ich konnte mein Glück kaum fassen, ganz lange Zeit. Habe es nicht verstanden und dir nicht geglaubt, dass du mich wirklich liebst. Aber jetzt weiß ich, warum. Warum ausgerechnet ich es sein musste. Die ganze Eifersucht hätte ich mir sparen können. Denn unsere ersten fünfunddreißig Jahre waren nur die Vorbereitung auf die wunderbare Verwandlung, die du in den letzten beiden Jahren durchlaufen hast, um mir meine wahre Bestimmung zu offenbaren. Nun stehen wir kurz vor der Erfüllung unseres Auftrags. Wir bleiben zusammen bis zum Ende, das verspreche ich dir. Du brauchst keine Angst zu haben, mein Augenstern. Ja, ich werde den Auftrag zu Ende führen. Zuverlässig und gewissenhaft. Du hast mir ja die Anweisungen dazu gegeben. Wir werden die Welt retten. Niemand kann uns aufhalten. Komm, Augenstern, komm. Ich flechte dir Blumen ins Haar. Ich schmücke dich für das Fest. Es wird nicht mehr lange dauern.

So, die Trautwein ist durch. Jedes Mal ein paar Haare weniger hat sie auf dem Kopf. Jedes Mal wird es eine größere Herausforderung, eine Frisur hinzubekommen. Aber was will man machen. Man wächst mit seinen Aufgaben. Zurück zum netten Herrn Ritzel. Also, ich hätte es auch nicht gedacht, aber wenn ich es mir recht überlege, dann hat es damit angefangen, dass die junge Kommissarin in den Ort kam. Davor ist uns hier nichts Negatives zum Rudi Ritzel und seiner Trude aufgefallen. Ach, wie wenig man in die Leute hineinschauen kann.

Eines Tages jedenfalls geht die Ladentür auf, und eine große, junge Frau kommt herein, die ich hier noch nie gesehen hatte. Eine richtige Walküre, mit wunderschönen blonden Haaren. Naturhaar ohne irgendwelche Extensions! Die Walküre blickte um sich mit einem prüfenden Blick, der schließlich an mir hängen blieb. Ich bin fast erschrocken, so durchdringend war der. Aber dann lächelte sie. Sie bräuchte einen Termin, zum Spitzenschneiden. Kein Problem, sagte ich, dafür sind wir ja da.

Als ich sie dann auf dem Stuhl hatte, kam ganz schnell heraus, dass sie eine Kommissarin ist. Also eine angehende. Aus Stuttgart käme sie, die Ausbildung gerade beendet. Und nein, sie sei nicht dienstlich da. Also im Schwarzwald natürlich schon, aber nicht beim Friseur.

Das habe ich mir schon gedacht, solche hatten wir hier schon öfters. Jung und ehrgeizig. Den Kopf voller neuer Ideen. Und dann werden sie oft erst einmal in die Provinz geschickt, um sich die Hörner abzustoßen.

Was eine Kommissarin ausgerechnet hier bei uns denn zu tun hätte, fragte ich. Da hat sie damals nicht viel erzählt, natürlich. Wegen laufender Ermittlungen und Schweigepflicht und so. Im Nachhinein stellte sich heraus – jetzt kann ich es ja erzählen –, dass sie in der Zentrale der »Allgemeinen Breisgauer Versicherungsgesellschaft« in Freiburg ermitteln sollte, weil da eine ganz gewaltige Schweinerei im Gange gewesen sein soll. Korruptionsvorwürfe und so. Die ABV ist einer der großen Arbeitgeber der Region, zahlreiche Angestellte haben sich vor den Toren Freiburgs bei uns im Ort niedergelassen und ihre Häusle gebaut.

Die Versicherungsheinis, wie ich sie heimlich, aber liebevoll nenne, sind eine tragende Säule unseres Geschäfts – und natürlich bin ich eine treue Kundin der ABV. Eine Hand wäscht eben die andere.

Eine ABV-Sachbearbeiterin lässt sich von mir alle vier Wochen die Strähnchen machen. Ich hatte nach dem letzten Starkregen mal angefragt, ob man mit ihrer Hilfe den Wasserschaden im Keller nicht etwas großzügiger berechnen könnte. Nicht viel mehr, nur ein bisschen. Das fällt doch gar nicht auf, meinte ich. Ich würde ihr dann die Haare auch einmal umsonst machen. Herrschaftszeiten, da war aber was los. Die ist mir fast durchs Schaufenster nach draußen gesprungen vor Empörung. Sie sei nicht bestechlich. Ach herrje, dabei hatte ich das alles gar nicht richtig ernst gemeint. Aber versuchen kann man es ja mal. Wer nicht fragt und so. Wäre doch nichts dabei, ich bin schließlich nur eine kleine Friseuse.

Im Nachhinein ist mir natürlich sonnenklar, dass die junge Kommissarin nicht wegen ihrer Haare in den Salon kam, sondern wegen mir. Also nicht wegen mir persönlich, sondern wegen dem, was ich so zu erzählen habe. Über den Ort und über die Leute darin. Oder eher, was die Leute mir erzählen. Besonders über die Versicherungsheinis. Tja, ich weiß viel, aber alles kann ich eben auch nicht wissen. Etwa, was der Rudi Ritzel da ausgebrütet hat. Hätte man nie gedacht, er war ja fast dreißig Jahre lang Angestellter der ABV. Sachbearbeiter in der Hauptabteilung Gebäudebrandversicherung, Unterabteilung Industrieanlagen. Ganz solide, gar nichts Verrücktes.

Sie haben mir nicht geglaubt. Alle Beweise lagen auf dem Tisch. Haarklein habe ich alles aufgeschrieben. Schaubilder dazu erstellt, wie sie es gemacht haben. Sie waren raffiniert, aber ich war besser. Man soll niemand unterschätzen, nur weil er nie viel spricht, immer freundlich lächelt und alles macht, was sie von einem verlangen. Ich habe sie alle ganz genau beobachtet, und als mir klar wurde, dass da etwas nicht stimmt, da habe ich nachgeforscht. In meiner Freizeit habe ich Namenslisten und Datentabellen durchgesehen, verglichen und Bezüge hergestellt. Ganze Wochenenden habe ich mich daheim im Hobbyraum verbarrikadiert. Und ich hätte sie irgendwann drangekriegt. Alle, die involviert waren.

Ach, wie unfassbar naiv ich war. Ich hatte zu keinem Zeitpunkt eine Chance, der Gerechtigkeit Geltung zu verschaffen.

Denn die Summen, die von den Firmen mit Brandschäden flossen, um die Versicherungssumme möglichst hoch zu berechnen, waren für meine Kollegen zu unwiderstehlich, um anständig zu bleiben. Diese korrupten Schweine haben auch mich zu bestechen versucht, doch ich blieb standhaft.

Heute weiß ich, ich bin ein Auserwählter und musste den Weg des Schmerzes gehen bis zu meiner Erleuchtung.

Aber damals wusste ich noch nicht, dass es eine Verschwörung von hundert mächtigen Familien gibt, die alles auf der Welt kontrollieren. Die Finanzströme, die Regierungen, die Weltwirtschaft – und natürlich auch die Allgemeine Breisgauer Versicherung. Alle stecken da mit drin, das ganze System ist korrupt bis in die Knochen. Faulig und morsch. Deshalb ist es auch kein Wunder, dass mir keiner geglaubt hat und sie mich so einfach kaltstellen konnten.

In den Vorruhestand haben sie mich abgeschoben. Ich sei chronisch erschöpft, hätte einen Burn-out, wie sie heutzutage sagen. Ich sage dazu Gehirnausbrennen. Das System drangsaliert die Leute, dieser sogenannte Burn-out ist eine ihrer Methoden, unseren freien Geist zu versklaven. Es ist kein Zufall, dass es ein englisches Wort ist, die hundert Familien sitzen ja fast alle in den USA. Ein paar von ihnen noch in Israel.

Außerdem müsse ich meine demente Frau pflegen, haben sie gesagt, das sei wohl alles zu viel geworden. Dabei ist die Trude nicht krank, sondern sie ist erwacht und weist mir den Weg. Drei Tage, nachdem ich zwangsweise in den Vorruhestand versetzt worden war, hat sie mir die ersten Botschaften der höheren Macht, unserer Retter, übermittelt. Und viele weitere folgten.

Sobald sie in ihrem geliebten Lehnstuhl sitzt, fährt die höhere Macht in sie. Ich habe Trudes Wortschwall im Internet eingetippt, und da bin ich auf die Wahrheit gestoßen. Denn nur im Internet gibt es noch unabhängige Quellen, die nicht von den hundert Familien kontrolliert werden. Alle Zeitungen und Fernsehsender stehen ja unter ihrem Einfluss. Werkzeuge, um uns das Gehirn auszubrennen, damit sie weiterhin alles kontrollieren können. Aber immer mehr erwachen und lassen sich das nicht mehr gefallen.

Das System wittert die wachsende Opposition und bringt seine Handlanger ins Land. Übers Mittelmeer werden sie eingeschleust. Sie planen den Austausch der heimischen Bevölkerung, weil der Widerstand gegen das System wächst. Aber daraus wird nichts. Denn ich, Rudi Ritzel, bin einer der Auserwählten. Die Retter sind nah! Danach wird eine neue Zeit anbrechen. Wir oder sie.

Manchmal kommt's, wie's kommen muss. Die Kommissarin kam am Ende dreimal pro Woche in den Friseursalon, ich wusste gar nicht mehr, was ich an ihr noch richten sollte. Aber sie war so frustriert. Bei den Versicherungsheinis kam sie nicht weiter, eine eingeschworene Gemeinschaft ist das halt. Schon immer gewesen. Da habe ich ihr die Nägel gemacht, Einzelverzierung mit Strass-Steinchen. Ich liebe das, weil ich da meine Kreativität so gut ausleben kann. Jedenfalls, um sie etwas aufzumuntern, sag ich, dahinten bei meinem Mann im Friseurstuhl sitzt der nette Herr Ritzel, der war auch mal bei den Versicherungsheinis. Den haben sie aber in den Vorruhestand geschickt vor zwei Jahren. Weil er einen psychischen Knacks hätte, hieß es. Dabei ist der Rudi Ritzel so ein netter älterer Herr! Seine Frau, die Trude, ist dement geworden, das hat ihn angeblich aus der Bahn geworfen. Die beiden sind kinderlos, müsse sie wissen, und stehen sich ganz nah. Ich hätte aber nie den Eindruck gehabt, dass bei dem was nicht stimmt im Kopf. Wenn da mal nichts anderes dahintersteckt, sage ich noch so leicht dahin.

Die Kommissarin stellte sofort beide Ohren auf. Wann genau vor zwei Jahren das gewesen sei? Was genau vorgefallen sei? Wo der Herr Ritzel denn wohne? Habe versucht, mich zu erinnern, so gut es ging, und wo das Häuschen der Ritzels steht, das weiß ich natürlich auch. Als der Rudi Ritzel dann fertig war mit dem Haareschneiden, da hat er kurz noch so nett mit uns geplaudert.

Ganz die gute alte Schule, sagte ich danach, und die Kommissarin fand das auch.

Trude, mein Augenstern. Schau, ich habe alles vorbereitet, wie du es mir befohlen hast. Sie werden bald da sein, um alle Auserwählten abzuholen. Du und ich, wir werden dann auf ewig zusammen sein. Aber vorher müssen wir unseren Auftrag erfüllen, auch wenn es schwer wird. Auch wenn wir uns dafür trennen müssen. Aber das große Ganze ist wichtiger als der Einzelne.

Liebe Leut, das Ende der Geschichte, ich sage euch, so was haben wir hier im Schwarzwald und weit darüber hinaus noch nicht erlebt. Die Kommissarin ist nämlich am nächsten Tag zum Haus der Ritzels gefahren, um dem Rudi zu den Versicherungsheinis ein paar Fragen zu stellen. Als niemand die Haustür öffnete, ist sie ums Haus herum in den Garten. Ich hatte ihr ja erzählt, dass der Rudi gerade an einem Gartenpavillon baut. Der Sockel sei schon fertig betoniert, hatte er letztens meinem Mann erzählt. Sie schaut sich also im Garten um. Aber da ist kein Rudi Ritzel.

Sie geht auf die Pavillon-Baustelle zu. Weder Werkzeug noch Baumaterial lagen herum. Aber Blumenkästen mit prachtvollen lila und hellblau blühenden Petunien waren rundherum an den Sockelrändern aufgestellt worden, deshalb hat die Kommissarin nicht gleich gesehen, was da war.

Verborgen hinter der Petunienpracht lag die Trude auf dem nackten Betonboden! Über und über mit Blumen geschmückt war sie. Vollkommen verängstigt hat sie die Kommissarin angestarrt. Sprechen kann sie ja nicht mehr. Aber sie hatte den Mund aufgerissen, zu einem stummen Schrei. Und mit dem Kopf wild hin und her gezuckt. Andere Körperteile konnte die Trude nicht mehr bewegen, denn sie musste schon vor längerer Zeit einen Schlaganfall gehabt haben. Und gestunken hat's, Herrschaftszeiten, vollkommen verdreckt war die Arme! Das konnte auch der Blumenschmuck nicht kaschieren, den der Rudi auf seiner Gattin drapiert hatte. Und wir dachten immer, der nette Herr Ritzel gibt so liebevoll auf die Trude acht, auf seinen Augenstern, wie er sie immer nannte.

Aber das war noch nicht alles. Um die Trude herum waren mit bunter Kreide Pfeile aufgemalt, die alle auf die arme Frau zeigten und dann stand da noch in Schönschrift »Willkommen auf der Erde, verehrte Retter aus dem Weltall«. Von Rudi war weit und breit nichts zu sehen.

Trude, mein Augenstern. Die sorgfältige Vorbereitung hat sich ausgezahlt. Ich lag stundenlang im Wald auf dem Bauch, mit meinem Fernglas im Anschlag. Im Winter kein Zuckerschlecken in meinem Alter. Aber was sind ein paar erfrorene Zehen, wenn es um die Rettung der Welt geht.

Und die wird hier, auf dem kahlen, baumlosen Gipfel des Feldbergs, ihren Ausgang nehmen. Sie nennen den Friedrich-Luise-Turm eine Wetterbeobachtungsstation. Dass ich nicht lache! Im Dienst der Wissenschaft soll die weiße Radarkuppel oben auf der Turmspitze stehen. Aber ich weiß es besser. Das System hat auf dem Feldberg einen heimlichen Beobachtungsposten eingerichtet, um ins Weltall hineinzuhorchen, ob und wann unsere Retter kommen. Vor unser aller Augen, eine unfassbare Frechheit! Sie wissen genau, dass die Ankunft der Retter aus dem Weltall das Ende ihrer Herrschaft bedeutet.

Sie haben aber nicht bedacht, dass die Retter viel zu schlau sind. Die Retter haben das System nämlich einfach umgangen. Sie haben dich zu mir geschickt, meine Trude, und du hast mir ganz klare Anweisungen gegeben. Ich werde nicht noch einmal versagen. Ich habe alles perfekt vorbereitet. Diesmal werden mir alle glauben. Weil sie es müssen.

Was soll ich sagen! Der Rudi war und blieb wie vom Erdboden verschluckt. Er muss auf den Feldberg gefahren sein und ist dort nachts in den Friedrich-Luise-Turm eingebrochen. Ob er den Außerirdischen von dort schon einmal entgegenfliegen wollte, weiß man nicht genau. Ebenso wenig, wie er sich Zutritt verschaffen konnte, ohne dass die Alarmanlage auslöste. Die Überwachungskameras haben zwar im Treppenhaus gefilmt, wie Rudi den Turm hinaufgestiegen ist, aber heruntergekommen ist er nicht mehr. Auf den Videos war jedenfalls nichts von ihm zu sehen. Sie haben den gesamten Gipfel des Feldbergs und den Wald drumherum mit den Hunden abgesucht. Nichts. Keine Spur von Rudi Ritzel.

Wir waren alle so dermaßen erschüttert. Wenn schon einer wie der Rudi durchdreht, was kommt da noch alles auf uns zu? Wem soll man denn heutzutage überhaupt noch vertrauen können?

Die Trude haben sie übrigens wieder aufgepäppelt, so weit das halt noch ging. Sie ist jetzt im Pflegeheim bei den Barmherzigen Schwestern gut aufgehoben. Die sind nicht billig, aber der Erlös vom Hausverkauf geht sich da sicher aus.

Die Kommissarin ist nach dieser Sache übrigens ganz schnell wieder aus Freiburg wegbeordert worden. Ob die ganze Angelegenheit ihrer weiteren Karriere genützt oder eher geschadet hat, kann ich nicht sagen. So toll gerichtete

Haare und Fingernägel wie hier wird sie jedenfalls nirgendwo anders kriegen! Und von irgendeiner Schweinerei bei den Versicherungsheinis habe ich auch nie mehr was gehört. Die Ermittlungen wurden eingestellt. Wahrscheinlich war da auch gar nichts dran. Wir sind hier schließlich alles anständige Leut.

Epilog

Ahnungslose Marionetten seid ihr da unten auf dieser verkommenen Erde. Nichts habt ihr begriffen. Die erste Phase des großen Planes hat wunderbar funktioniert. Die Retter aus dem All haben mich wie geplant auf dem Feldberg abgeholt. Ich bin gut angekommen im Raumschiff. Und die Trude ist genau da, wo sie hinsollte. Die Barmherzigen Schwestern. Dass ich nicht lache! Ihr wiegt euch in Sicherheit, aber ihr werdet euch noch wundern. Ihr werdet es schon sehen …

Daniela Berg

Ein Likörchen in Ehren

Auf den Fildern

»Herzinfarkt«, sagte Isolde. »Da bin ich mir ganz sicher!« Sie
führte die Tasse mit abgespreiztem kleinen Finger an den Mund
und nippte an ihrem Kaffee. Ihr Blick war auf den silbernen
Zinksarg geheftet, der soeben am großen Fenster der Cafeteria
des örtlichen Generationen-Treffs vorbeigetragen wurde.

»Schad ist des!« Erika nickte betrübt. »Hach, der arme
Hans. Der war so en attraktiver Mo. Vor allem für sei Alter.«

Die Betriebsamkeit in der Cafeteria war zum Erliegen
gekommen, es war unheimlich still. Alle im Raum starrten ge-
bannt nach draußen. Man konnte ihn zwar nicht sehen, aber
jeder wusste, dass in diesem Transportbehälter der Hans lag.

Waltraud stöhnte leise auf. Ja, er war einer von den Guten
gewesen, ein echter Gentleman, dazu mit vollem Haar. Für
ihn hätte jede Witwe ihren Beziehungsstatus geändert. Und
von denen gab es hier schließlich genug. Es war ja nicht so,
dass die Ü 70 – okay, Ü 80 keine Bedürfnisse mehr hätten.
Anschauen war nett, aber ein bissle mehr war man, also Frau,
nicht abgeneigt. Natürlich musste alles noch an der rechten
Stelle sitzen. Vor allem das Gebiss.

»Was wohl mit seim Vermöga passiert?«, fragte Erika.
Ihre Stimme dröhnte durch den leisen Raum. »Sei Frau isch
doch scho seit zehn Jahre dod. Hot der eigendlich Kender?«

Isolde zuckte mit den Schultern. »Seine Villa in der Panoramastraße ist jedenfalls riesig. Seit er hier ins betreute Wohnen gezogen ist, steht sie leer.«

»Des isch typisch für onsere Generation«, meinte Erika. »Lieber lässt man sei Haus leer standa, anstatt es zu vermieta oder zu verkaufa. Als ob man noch mal zrückkomme würde.« Sie lachte freudlos auf. »Ich glaub zumindeschd net, dass die den jetzt in sei Villa traget. Eher in die Kühltruh beim Bestatter.«

Das Bild von silbernen Schubladen, in denen die Toten aufbewahrt wurden, drängte sich Waltraud auf. Zumindest hatte sie das in diesen Serien, die nachts im Fernsehen liefen, so gesehen. Ihr wurde ganz schummrig.

»Also ich brauche etwas zum Verdauen«, hauchte Waltraud kraftlos und starrte dabei unentwegt auf den Sarg, der gerade in den Leichenwagen geschoben wurde. Sie war in den letzten Minuten um mindestens zehn Jahre gealtert. Beim Anblick eines Sarges setzte die Alterung schlagartig ein. Besonders wenn darin jemand lag, den man kannte. Schlimmer war es noch, wenn man ihn mochte. Also sehr mochte. Waltraud klebten die Reste der Butterbrezel unangenehm am Gaumen, und sie bekam die Masse mit der Zunge einfach nicht weg. Obwohl sie vom besten Bäcker im Ort stammte, war die Brezel heute eindeutig zu trocken im Abgang.

»Drei doppelte Eierlikörle, bidde!«, rief Erika Frau Bauer, der Bedienung, zu.

Ihre Worte waren für Waltraud ein Stich ins Herz. Eierlikör – den hatte der Hans immer so gerne getrunken. Erst gestern war sie bei ihm gewesen und hatte ihm eine Flasche von ihrem berühmten Selbstgemachten mitgebracht. Liebe ging eben durch den Magen, und bei einem Gläschen hatten sie viele Gemeinsamkeiten entdeckt. Die Probleme mit dem Kreislauf und den Krampfadern, aber auch schöne Dinge wie

Krimis und die Vorliebe für Kokosschokolade und Krautwickel. Nach dem zweiten Gläschen hatte er zärtlich ihre Hand berührt. Und wie er nach dem dritten Gläschen ihren Namen geflüstert und dabei das »r« so gerollt hatte – richtig erotisch –, da war ihr ganz heiß geworden. Es war der Anfang von etwas Großem gewesen, das hatte sie vom Kopf bis zu den Zehen gespürt. Und das sollte jetzt alles vorbei sein?

Als Frau Bauer die Bestellung brachte, erhob Isolde ihr Glas und sprach mit Tränen in den Augen: »Ein Gläschen in Ehren. Auf Hans!«

»Der Wilhelm Busch hat des au scho gewusst«, ergänzte Erika. »*Es ist ein Brauch von alters her, wer Sorgen hat, hat auch Likör.* Auf den schönen Hans.«

Waltraud kippte den gelben Inhalt ohne Worte in sich hinein. Ihr war die Lust auf ihren freitäglichen Kaffeeklatsch und die Gespräche vergangen. Sie wollte nur noch nach Hause, allein sein, ihre Gedanken ordnen. Aber gerade, als sie die Handtasche von ihrem Rollator zog, um den Geldbeutel herauszufummeln, fuhr ein Polizeiwagen vor. Zwei Beamte stiegen aus und liefen entschlossenen Schrittes am Fenster vorbei in die betreute Wohnanlage. Waltraud ließ die Tasche sinken und bestellte spontan eine zweite Runde.

»Doch koin Herzinfarkt«, mutmaßte Erika. »Ganz klar: Ungeklärte Todesursache. Sonst wär koi Polizei da.«

Sie ist ganz in ihrem Element, dachte Waltraud. Hätte Erika nicht den Vieh-Bauernhof ihrer Eltern übernommen, wäre sie wahrscheinlich Sensationsjournalistin geworden.

»Vielleicht isch er überfalla, ausgeraubt und dann niedergschlage worda. Und weils koiner gmergt hat, isch er gstorbe. Oder er wurde erpresst, er hot ned zahle welle, und dann han die ihn eiskalt kaltgmacht!«

»Jetzt bleib mal auf dem Teppich, Erika«, sagte Waltraud. »Der Eierlikör scheint dir heute überhaupt nicht zu bekommen.« Diesen Verschwörungstheorien wollte und konnte Waltraud nicht glauben. Der arme Hans. Was war nur passiert? Das alles war so unwirklich. Wie im Film eben. Dem Film mit den silbernen Schubladen. Sie fühlte sich gerade so, als hätte ihr jemand den Boden unter den Füßen weggezogen.

»Waltraud Maier«, hörte sie eine männliche Stimme sagen.

Hach, so hatte der Hans sie immer genannt. Mit männlicher Stimme. Seine Waltraud Maier.

»Frau Maier!« Die Stimme klang nun schärfer.

Waltraud schaute auf, und da waren diese blauen Augen. Ganz blau. Also intensivblau, genau wie das Hemd, das der Mann trug. Und dieser Mann war durchaus attraktiv. Ein bisschen zu klein, ein bisschen zu pummelig, aber wer im Glashaus sitzt … Sie lächelte ihn an. Lächeln schadete schließlich nie. Im Gegenteil, es öffnete Türen. Doch der Mann hatte wohl keine Tür, denn er lächelte nicht zurück. Er fing an, irgendwelche Dinge von sich zu geben, denen Waltraud nicht folgen konnte. Ihre Gedanken gingen in eine ganz andere Richtung. Was wäre, wenn sie sterben würde? Würde sie dann auch in so einem Zinksarg landen? Wie der Hans? Ob es auch Doppelsärge gab? Für Eheleute oder sich Liebende, die gemeinsam gingen? Waltraud schaute zum Fenster hinaus. Der Hans war schon weg, der Leichenwagen abgefahren.

»Jetzt sagen Sie doch etwas! Sind Sie denn nun Waltraud Maier?« Das Gesicht des Polizisten kam bedrohlich nah.

Sie nickte.

»Kannten Sie Hans Waldbauer?«

»Ha, natürlich«, sagte Erika. »Mir alle. Zumindest vom Sehen.«

»Oder mehr als nur dem Sehen«, murmelte Waltraud.

Erikas Kopf ruckte in ihre Richtung. »Wie meinsch jetzt des?«

Waltraud antwortete nicht, sondern zuckte nur mit den Schultern.

Der Uniformierte hatte aber wohl eine andere Art von Unterhaltung im Sinn. Er schoss die Fragen geradezu auf Waltraud ab. »Wohnen Sie hier im Haus? Wo wohnen Sie dann? Sind Sie alleinstehend? Wann haben Sie den Herrn Waldbauer das letzte Mal gesehen?« Und dann kam die Frage aller Fragen: »In welchem Verhältnis standen Sie zu Herrn Waldbauer?«

Die ganze Zeit hatte sie den Blickkontakt gemieden. Aber jetzt, bei dieser Frage, schaute sie ihm direkt in seine blauen Augen. »Also ein Verhältnis war es nicht, aber man könnte von einer beginnenden Beziehung sprechen. Ich bin also eine Fast-Angehörige. Und ich muss sagen, dass mich das hier alles sehr mitnimmt. Vor allem Ihre Fragerei, Herr Kommissar.«

»Waltraud!« Isoldes Stimme drang laut und schrill in ihren Ohren. »Davon hast du uns gar nichts erzählt.«

Eine Polizistin tauchte hinter ihrem Kollegen auf und forderte Isolde und Erika auf, ihr zur Befragung ins Nebenzimmer zu folgen. Isolde tat dies stumm, während Erika vor sich hin bruddelte.

Waltraud schaute den beiden hinterher. Sie ließ ihren Blick weiter durch die Cafeteria schweifen. Die leere Cafeteria. Die anderen Gäste waren anscheinend alle gegangen – oder hatten gehen müssen. Sogar die Bedienung war weg. Waltraud war dem Mann in Uniform also ausgeliefert. Na ja, wenn der Anlass nicht so tragisch wäre, hätte sie vielleicht … Weil attraktiv war er schon mit seinen blauen Augen. Aber Waltraud war ein realistischer Mensch. Zum einen war der Kommissar deutlich, sehr deutlich jünger als sie, und er erwartete wohl anderes von ihr. Antworten.

»Warum fragen Sie mich das alles überhaupt? Das geht Sie doch gar nichts an.«

Er stellte wortlos eine halb volle Flasche mit gelbem Inhalt, die in einem durchsichtigen Plastikbeutel steckte, vor ihr auf den Tisch. Auf dem Etikett war zu lesen: *Waltra ... erli ...*

Auch wenn die Hälfte verwischt und unlesbar war, erkannte sie ihre Handschrift sofort.

»Kennen Sie diese Flasche? Ist die von Ihnen? Haben Sie diesen Eierlikör selbst gemacht?«

Waltraud schaute dem Polizisten demonstrativ in die Augen. »Der Hans hat gesagt, dass er noch nie einen so guten Tropfen getrunken habe.«

»Frau Maier, das habe ich nicht gefragt. Wann, wo und wie haben Sie den Likör hergestellt? Wie ist er in die Wohnung von Herrn Waldbauer gekommen?«

»›Liebe geht durch den Magen, meine liebe Waltraud‹, hat er gesagt.«

Der Polizist verdrehte die Augen und atmete hörbar ein und aus. »Ich merke schon, wir kommen hier nicht weiter. Ihre Fingerabdrücke werden uns sicherlich mehr Auskunft geben, als Sie das tun, Frau Maier. Ich erwarte Sie morgen früh um acht Uhr auf der Dienststelle. Und seien Sie pünktlich.« Er wandte sich ab und verließ mit energischen Schritten den Raum.

So schnell wäre Waltraud auch gerne gewesen, aber die Hüfte ... Froh um ihren Rollator, auf den sie ihre ganze Last fallen lassen konnte, trat sie den Heimweg an. Während sie die Gehhilfe die Birkacher Straße entlangschob, drehten sich in ihrem Kopf die Fragen im Kreis. War sie schuld an Hans' Tod? Waren die Eier schlecht gewesen? Aber das hätte er doch bemerkt. Und sie selbst auch. Sie hatte den Eierlikör schließlich ebenfalls getrunken. Und Eier stanken, wenn sie schlecht waren. War ihr versehentlich Gift in das Getränk gerutscht? Das *Orchideendüngemittel spezial* etwa? Das hatte sie in der Küche stehen lassen. Aber wie hätte das passieren sollen? Und so giftig war das sicher nicht. Oder hatte ein anderer ihren Eierlikör vergiftet? Um den Verdacht auf sie zu lenken? Was haben Erika und Isolde wohl im Nebenzimmer der Polizistin erzählt? Beide waren sie scharf auf Hans gewesen. Jawohl. Aber warum hätten sie ihn dann töten sollen? Weil die beiden ihn ihr nicht gönnten? Aber dann hätten sie doch sie töten müssen. Immer mehr Wenn-Warum-Fragen und Aber-Antworten stürmten auf Waltraud ein.

Am Ende der Birkacher Straße bog sie auf die Hauptstraße. Hier ging es leicht bergab, trotzdem kam ihr der Weg an diesem Nachmittag lang und beschwerlich vor. Als sie am Blumenladen vorbeitrottete, nahm sie im Laden eine Bewegung wahr. Und diese Bewegung zog all ihre Aufmerksamkeit auf sich. Obwohl der Mann mit dem Rücken zu ihr stand, erkannte Waltraud ihn sofort. Sie blieb stehen und starrte durch das üppig dekorierte Schaufenster nach drinnen. Das … war … Hans! Ganz sicher. Aber wie war er aus dem Sarg rausgekommen? Vielleicht war es ja eine Verwechslung gewesen und der Eberhard war gestorben. Aber seit wann interessierte sich der Hans für Schnittblumen? Waltraud schüttelte den Kopf. Ihr Hirn spielte ihr einen Streich. Sicher ein plötzlicher Anfall von Wahnvorstellungen oder beginnender Demenz?

Dann fiel ihr ein, dass sie Eierlikör getrunken hatte. War auch der vergiftet gewesen? Ihr wurde schlecht. Doch dann hätten Isolde und Erika sich selbst mitvergiftet. Falls sie es überhaupt gewesen waren, die Hans vergiftet hatten. Den Hans, der jetzt im Blumenladen stand.

»Schluss jetzt!«, rief Waltraud, was ihr den verstörten Blick von ein paar Jugendlichen, die gerade an ihr vorbeiliefen, einbrachte. Anscheinend war das alles zu viel gewesen, sie musste dringend nach Hause und sich hinlegen.

Doch dieser Tag hatte sich gegen sie verschworen. Kaum war sie ein paar Meter vorangekommen, eilte diese Hans-Einbildung an ihr vorbei, überquerte die Straße an der Kirche und stieg die Stufen zum Pfarrhof hinauf.

»Hans«, brach es dieses Mal aus ihr heraus.

Doch der Mann verschwand aus ihrem Sichtfeld. Sie brauchte ein Schnäpsle und dann viel Schlaf. Die Welt am nächsten Morgen würde eine andere sein.

Vielleicht würde es ihr zudem helfen, wenn sie noch schnell das Grab ihres Mannes besuchte. Horst hatte sie schon immer auf den Boden der Tatsachen zurückgeholt.

Sie bog zum Friedhof ab, der an diesem Tag verwaist war. Am Grab ihres Mannes blieb sie stehen. »Horst, willst du mich bestrafen?«, flüsterte sie. »Bist mal wieder eifersüchtig?«

Eine Antwort bekam sie nicht. Na gut, was hatte sie erwartet? Horst hatte auch zu Lebzeiten nie viel zu sagen gehabt. Waltraud setzte sich auf ihren Rollator und dachte nach. Doch ihre Gedanken wurden gestört. Von einem Mann, der bei den Urnengräbern stand.

»Hirngespinste«, murmelte sie, denn es war ihr Ex-Zukünftiger, der Hans, und er schaute sich Grabsteine an, als wäre er auf Sightseeing-Tour.

Waltraud begann zu lachen. Sie hörte selbst, dass es hysterisch klang. Und eins war sicher: Hysterie brauchte ein Schnäpsle. Oder zwei. Ganz sicher keinen Eierlikör.

»Schnaps, Waltraud. Jetzt!« Sie erhob sich und wollte den Rollator zu ihrem kleinen Häuschen schieben. Ehrlich, das wollte sie. Aber dieser Hans-Mann, der auf dem Weg zum Friedhofsausgang hier und da ein welkes Blatt von dem einem oder anderen Grabschmuck zupfte, als wäre er der Friedhofsaufseher, der für Ordnung sorgte, rief die Detektivin in ihr hervor. Hier stimmte etwas nicht, und sie würde herausfinden, was.

Ihre Zielperson verließ den Ort der Erinnerung durch den Haupteingang und bewegte sich sicheren Schrittes durch den Ort. Sie hatte Mühe mitzuhalten, aber sie gab alles, was in ihr steckte.

Der Hans-Mann lief die Hauptstraße hinauf und bog in die Birkacher Straße ein – er nahm den Weg, den sie zuvor in die andere Richtung gelaufen war. Waltraud war sofort klar, wohin er wollte. Er wollte nach Hause. Der Geist, der …

»Immer noch Hirngespinste, Waltraud«, murmelte sie vor sich hin.

Der Weg bot genügend Versteckmöglichkeiten. Durch die Lorbeerhecke an der Ecke beobachtete sie, wie er die betreute Wohnanlage, die sie doch erst vor Kurzem verlassen hatte, betrat. Nichts erinnerte mehr an den Vorfall – nicht einmal der Polizeiwagen war noch da.

Sie ließ sich Zeit und betrat lange nach dem Hans-Mann das Foyer. Die Cafeteria war menschenleer. Geräusche waren keine zu hören. Also waren keine Mitarbeiter mehr da. Auch im oberen Stockwerk erschien alles still.

Allerdings wurde ihr eines nun bewusst: Wenn kein Mit-arbeiter und auch die Polizei nicht mehr im Haus waren, dann war sie ganz allein. Allein mit ihm. Ein mulmiges Gefühl breitete sich in Waltrauds Magen aus. Noch nie hatte sie sich in diesem Gebäude so verloren gefühlt. Angst und Verwir-rung lähmten ihr Hirn. Sie atmete tief durch und versuchte, sich zu konzentrieren.

Hans' Wohnung lag im rechten Flügel des Erdgeschosses, am Ende des Flurs. Gut, dass sie nicht den Aufzug nehmen musste. Der hätte viel zu laut gerumpelt. So leise es die Gum-mireifen des Rollators auf dem graugrünen Fliesenboden zuließen, schlich sie den gebogenen Flur entlang. Leises Ge-klimper, ein Räuspern, ein Schlüssel fiel klirrend auf die Flie-sen. Der Mann bückte sich und blickte dabei in ihre Richtung. Er hatte sie entdeckt. Sie starrte den Mann an. Und dieser Mann war … zweifellos Hans. Waltraud hielt den Atem an.

Hans kam einen Schritt auf sie zu, hob langsam die Hand. Gleich würde er direkt vor ihr stehen, seine Hände um ihren Hals legen und zudrücken. Gleich … Er stand vor ihr, hob die Hand und berührte die ihre. Er lächelte, und sie glitt hinweg in eine schwarze Leere.

Als Waltraud wieder zu sich kam, befand sie sich auf einem Bett. Der Geschmack von Eierlikör lag auf ihren Lippen. Langsam öffnete sie die Augen. Sie blickte in ein vertrautes Gesicht. Sein Gesicht. Demnach war sie entweder tot oder Hans lebendig. Sie betrachtete den Mann genauer. Sein Haar war sichtbar lichter geworden. Sie schnupperte vorsichtig in seine Richtung. Er roch anders als Hans. Herber.

»Hans?«

Er schüttelte den Kopf, lächelte sie an und hob sein Likörglas in die Höhe. »Peter, aus Karlsruhe.«

»Wie bitte?«

»Peter. Ich bin wegen meines Bruders hier. Heute Morgen kam der Brief – sein Abschiedsbrief. Er wollte nicht mehr. Beginnende Demenz – er wusste nicht einmal, mit welchen Frauen er sich getroffen hatte. Können Sie sich das vorstellen? Dabei müssen es viele gewesen sein. Aber er wolle keiner einzigen wehtun und erst recht niemandem zur Last fallen. Er habe sich Fingerhut besorgt. Ich dachte, wenn ich schnell bin, kann ich es verhindern. Aber ich bin nicht mehr der Jüngste, und der Zug aus Karlsruhe war nur ein Regio.«

Waltrauds Magen krampfte sich schmerzhaft zusammen. Sie starrte ihr Gegenüber an.

»Möchten Sie noch einen? Einen Eierlikör auf den Schrecken? Und für den Kreislauf.«

Waltraud nickte, setzte sich mühsam auf und nahm das Glas entgegen.

»Alles wäre anders gekommen«, sagte Peter, »wenn er mich in der Villa hätte wohnen lassen. Ich wollte schon lange auf den Fildern in der Villa leben, wissen Sie. Aber mein sturer Bruder hat sie lieber leer stehen lassen. Na ja, jetzt kann er nichts mehr dagegen haben.«

Waltraud kippte den Eierlikör hinunter. Sie verstand kein Wort. »Was meinen Sie damit? Was hätte Hans dagegen haben sollen, dass Sie hier leben?«

Zu mehr kam sie nicht, denn ihr Magen krampfte sich erneut schmerzhaft zusammen. Was war heute nur los? Ob sie noch einen trinken sollte? Lieber nicht. Peters Eierlikör war so bitter im Abgang.

Anni Jonek

Meins!

Auf dem Neckar – Höhe Heilbronn

Die Konturen der *Revolution* verschwimmen mehr und mehr mit dem Anbruch der Nacht. Bald zeigen mir nur noch die Außenlichter, dass sie noch da ist. Und doch löst allein der Gedanke, welche Fracht wir diesmal unter Deck geladen haben, einen Brechreiz bei mir aus. Müllverbrennungsschlacke. Ich, Dr. Kasimir Hirschfeld, meines Zeichens Chirurg und Chefarzt im Karl-Olga-Krankenhaus, schippere Müllverbrennungsschlacke über den Neckar, während meine ehemaligen Kommilitonen in Rente sind und drei Mal im Jahr auf den Malediven Urlaub machen.

Die Tür zum Führerhaus geht auf, und Helmuth manövriert seinen Bierbauch durch die Öffnung. Schichtwechsel. Er hat noch diesen verträumten Ausdruck in seinem zerfurchten Gesicht. Den trägt er immer mit sich rum, wenn er auf seinem Liegestuhl, mit seiner Pfeife im Mund, hinter dem Führerhaus seinen Dänemark-Koller hatte. Kopenhagen hier, mein Sohn da und dann noch der Strand …

»Na, mal wieder in Dänemark gewesen?«, frage ich ihn.

Er winkt ab, macht einen grunzenden Laut, den ich mit »Ach, lass mich doch in Ruhe« übersetze.

Fehlt nur noch Gerhard, der dritte Versager im Bunde.

»Wo bleibt Zombie?«, frage ich Helmuth.

»Der wird schon noch kommen.« Helmuth fährt mit einer Hand durch seine Mähne aus grauem Haar.

»Was is'n heute los mit Zombie? Irgendwie macht er seinem Namen heute noch mehr Ehre als sonst. Er sieht richtig krank aus.«

»Was weiß ich, du bist doch hier der Arz…«

Rums!

*

Ich schlage die Hände über dem Kopf zusammen, lass mich auf den Boden fallen. Das Dach!

»Was war das?«, schreie ich.

Kasimir ist vom Kapitänssessel auf den Boden geglitten und starrt nach oben. Ich folge seinem Blick. Das Metall des Daches ist an einer Stelle leicht eingedellt. Aus dem Blickwinkel sehe ich etwas Schwarzes am oberen Rand der Frontscheibe hängen. Ein Bein baumelt vom Dach herunter. Es bewegt sich. Rutscht. Dem Bein folgt ein Rumpf. Ein Oberkörper. Ein Kopf. Mit langen schwarzen Haaren. Der gesamte Körper rutscht wie in Zeitlupe über die schräge Scheibe nach unten und hinterlässt eine dicke, rote Schleifspur.

»Scheiße! Kasimir! Mach den Autopilot rein. Du musst checken, ob dem noch zu helfen ist.«

Ich reiße die Tür auf, sehe Gerhard am Bug stehen, winke. »Gerhard! Verdammt, beweg deinen Hintern hierher!«

*

Ich seh von der Flasche zur Brücke, unter der wir gerade durchgeschippert sind, und dann wieder auf die Flasche. Irgendwas Schwarzes is da von der Brücke gefallen. Oder war das jetzt schon die erste Wirkung vom Wodka? Scheiß Zeug!

Und schmecken tut's auch nich. Und helfen schon mal gar nich. Auch wenn ich blau wie ne Haubitze wär, würd Sergej heute um Mitternacht vor mir stehen und die Hand aufhalten. »Spielschulden sind Ehrenschulden«, sagt er immer mit seinem russischen Akzent.

Und ich hab nichts, was ich da reinlegen kann – außer nem Abschiedsbrief. Vielleicht sollte ich den noch schreiben, bevor ich Adieu sage. »Sergej, du kannst mich mal. Viel Spaß mit deinem Schuldschein und meinem Anteil an der Revolution.«

Verdammt, was hab ich da meinen beiden Kumpels bloß angetan. Die wissen erst, was los ist, wenn Sergej auf der Matte steht und denen den Kahn unter den Füßen wegzieht.

Aber was is'n da eigentlich los beim Führerhaus? Helmuth winkt mir wie wahnsinnig zu. Ich stell die Flasche hin und lauf los. Dann ist da doch was von der Brücke gefallen!

Als ich bei den beiden ankomme, sehe ich, dass wir zu viert auf dem Schiff sind. Aber der Vierte sagt keinen Mucks mehr. Kann er auch nicht, so verdreht, wie der daliegt. Mit nem unnatürlich durchgedrückten Kreuz über seinem Rucksack, auf den er gefallen sein muss. Kurz denke ich, das könnte einer von Sergejs Leuten sein, um mich schon früher kaltmachen, aber nee, den hier hab ich noch nie gesehen.

Irgendwie beneide ich den Kerl. Das ist auch ne feine Art abzutreten. Wieso war das eigentlich nicht meine Idee?

*

»Der ist tot«, sage ich und nehme meine Finger von seiner Halsschlagader. Das war überflüssig, ich weiß, aber ich kann nicht anders. Die alten Handgriffe kommen einfach über mich.

Jetzt geht auch Helmuth in die Hocke. Er fängt an, die Taschen von dem armen Kerl zu durchsuchen.

»Sag mal, tickst du noch richtig?«, frage ich ihn.

»Was denn? Wir müssen doch wissen, wer das ist. Und wer weiß, vielleicht hat der ja auch einen Obolus dabei.«

»Einen was?«, fragt Zombie, der auch nicht viel lebendiger als unser Toter aussieht und ebenfalls in die Knie geht.

»Noch nie was vom Fährmann gehört?«, fragt Helmuth. »Der nimmt nur die zum anderen Ufer mit, die auch zahlen können, mit nem Obolus. Nur – jetzt sind wir die Fährmänner.«

Während die beiden das Fährmann-Spiel spielen und dem Toten in die Hosentaschen langen, dreh ich ihn zur Seite und zieh ihm den Rucksack vom Rücken. Ziemlich schwer, das Ding, und verdammt prall gefüllt. Ich ziehe den Reißverschluss so weit auf, dass ich was sehen kann. Im ersten Moment denk ich, ich halluziniere. Aber dann lasse ich meine Hand zwischen die vielen kleinen, weißen Tütchen gleiten, schließe meine Augen und komme mir vor, als würde ich wie Dagobert Duck ein Bad in meinem Glück nehmen. Als ich die Augen wieder aufmache, sehe ich, wie die beiden mich anstarren. Ich sehe an mir runter und stelle fest, dass ich den Rucksack umarme und fest an mich drücke.

»Was'n da drin, Doc?«, fragt Zombie und greift danach.

Ich dreh mich zur Seite, zeige ihm meine Flanke, damit er ihn nicht packen kann.

»Ja, genau, lass mal sehen«, sagt dann Helmuth, einen Zacken schärfer.

Ich nehme eins der kostbaren Tütchen und werfe es den beiden vor die Füße. Zombie ist zu langsam, also schnappt es sich Helmuth.

»Ist es das, was ich denke?«, fragt er.

Ich reiße ein weiteres mit den Zähnen auf. Als mir ein

bisschen von dem weißen Pulver an den Lippen hängen bleibt, fahre ich mit der Zunge darüber, und augenblicklich werde ich in mein altes Leben zurückkatapultiert. Das Zeug ist so schnell auf meinem Handrücken und durch meine Nasenlöcher auf dem direkten Weg in mein Hirn unterwegs, dass die beiden nur noch glotzen können.

»Alter Däne«, staunt Helmuth.

»So hast du das also gemacht, bevor du die Kranken aufgeschlitzt hast«, sagt Zombie. »Die haben danach wohl wie der hier ausgesehen.« Er zeigt auf den Toten und lacht sich einen ab.

Meine Sinne sind so geschärft, dass ich das Rattern hinter Helmuths Stirn förmlich sehen kann. Er ist noch bei den Grundrechenarten, aber auch die werden irgendwann zu einem Einrasten führen.

»Was is'n das denn wert?«, fragt er prompt.

Die Frage hab ich mir schon längst gestellt, hab schon längst die fünfzehn Kilo Inhalt mit dem Handelspreis malgenommen und hab schon längst beschlossen, den beiden nicht die Wahrheit zu sagen.

Ich tue so, als würde ich überlegen. »Ich schätze mal 300 000.«

Das haut die beiden erstmal um. Zombie kriegt ganz große Augen, und Helmuth fährt sich durch die struppigen Haare.

*

300 000. Geteilt durch drei. Da ist auf jeden Fall ein Wohnwagen drin. Ich kann es kaum fassen. Endlich.

»Leute, das sind 100 000 für jeden. Habt ihr mich gehört? 100 000!!«

»Jaaaaaahhhhhhhh!«, stöhnt Gerhard neben mir auf.

»Wir für die Revolution …«

Ich halte Gerhard und Kasimir die Hände zum Abklatschen hin.

»… die Revolution für uns!«, sagen wir gemeinsam.

»Sag mal, Kasimir, du hast doch von früher sicher noch Connections und kannst das Zeug verticken. Wir wollen ja Cash, nicht Koks.«

Cash. Ich denke an den Wohnwagen. An das Juwel. Klar, teuer. 96 200. Aber das ist jetzt drin. Nicht gebraucht, sondern neu! Sollen doch Gerhard und Kasimir die *Revolution* haben, mir wurscht. Ich bin zu alt für Müllschlacke.

Und Mamutsch und ich … Mamutsch …

»Äh, Jungs, ihr denkt dran, dass ich mir von meiner Mutter 30 000 für die Reparatur des Motorschadens im Frühjahr geborgt habe. Das heißt, ich bekomm von jedem von euch noch 10 000. Und das heißt, mein Anteil sind 120 000.«

*

Das Glück, das vom Himmel fällt, das is also doch nich nur so'n Spruch. Gibt's ja nich, genau im letzten Moment. Mit einer Hand fahr ich in die Tasche meiner Cargohose. Das Giftfläschchen, das ich beinahe gleich entkorkt hätte, das mich beinahe ins Jenseits befördert hätte. Und jetzt. Jetzt habe ich so gut wie 90 000 Flocken in der Hand. Ich merk, wie ich wieder richtig durchatmen kann. Sicher, das ist noch nich alles, was ich brauche, aber das wird Sergej erst mal ruhigstellen. Und den Rest, den krieg ich auch schon irgendwie zusammen. Hab doch grad ne Glückssträhne. Ich könnte ja 'n bisschen abzweigen und mit Fortuna im Gepäck das Vielfache reinholen.

Ich kann nich anders, ich muss dem Glücksboten ein »Danke« zuflüstern. Wenn er nich so tot wär, dann würd ich ihn glatt umarmen.

Apropos tot. »Sagt mal, meint ihr nich, wir sollten den hier nich so rumliegen lassen? So mit Spot on, damit jeder am Ufer uns bei ner Leiche hocken sieht.«

»Ja, stimmt«, sagt der Doc. »Fragt sich nur, was wir mit ihm machen sollen?«

Ich seh zu Helmuth rüber, der gar nich mehr bei der Sache ist, der zum Horizont oder sonst wohin sieht. Ich schnipse mit meinen Fingern vor seinem Gesicht. »He, Erde an Mond!«

»Ja?«, fragt er und fährt sich durch die Mähne.

»Die Leiche«, wiederhole ich. »Was machen wir mit der?«

Gleichzeitig sehen wir zur Brüstung. Drei Köpfe, ein Gedanke. Wir rappeln uns hoch. Helmuth und ich nehmen je ein Bein, und der Doc greift dem Kerl unter die Achseln.

Is gar kein großes Ding, unseren Glücksboten ins Wasser plumpsen zu lassen. Wir klatschen uns ab, da darf unsere Losung natürlich nich fehlen. »Wir für die Revolution und die Revolution für uns« grölen wir gleichzeitig.

Langsam drehen wir uns wieder um. Und da steht er, der große Rucksack, der jetzt uns gehört.

*

Warum soll ich den anderen beiden eigentlich überhaupt was davon abgeben? Schließlich habe allein ich die Connections und das Risiko beim Verkaufen.

*

Dänemark, ich komme! Obwohl, lang reicht die Kohle da nicht. Dänemark ist teuer. Hmmm … Warum teilen, wenn ich alles haben kann?

*

Scheiße, warum soll ich den anderen beiden eigentlich überhaupt was davon abgeben? Was, wenn sich Sergej nich mit ner Anzahlung begnügt?

*

Ich bin als Erster beim Rucksack und hänge ihn mir über die Schulter.

»He, Doc«, Zombie verstellt mir den Weg, »wohin so eilig?«

»Was denn, soll der Rucksack hier draußen bleiben?«, frage ich zurück. »Ich nehme ihn in meine Kajüte und rufe meinen Kontakt in Mannheim an.«

»Ja, ja.« Helmuth stellt sich jetzt auch vor mich. »Ruf mal ruhig den Typen an, aber den Rucksack, den lassen wir mal lieber im Führerhaus.«

Ich finde die ganze Situation gerade komplett verquer. Trauen die beiden mir etwa nicht?

»Von mir aus«, sage ich, weil ich ja weiß, dass die beiden ohne mich sowieso nichts machen können.

*

Ich will dem Doc den Rucksack von der Schulter ziehen, aber der dreht sich weg und zischt mich an: »Lass die Finger von mir, Zombie!«

Also mach ich einen auf entspannt, heb meine Hände und weiche auf dem Weg zum Führerhaus nicht von der Seite des Rucksacks. Genau wie Helmuth.

Wir verstauen unsere Beute in der Ecke, die von der Tür am weitesten entfernt ist, und stehen wie die Sardinen zusammengepfercht in dem kleinen Raum. Wir starren auf den Sack, als wär's der heilige Gral.

»So, Jungs«, sagt Helmuth, »ihr könnt euch jetzt aufs Ohr legen. Ich hab Schicht.«

Mein Kopf is so leer durch den ganzen Stress, dass mir beim besten Willen keine Ausrede einfällt, wieso ich noch bleiben könnte. Dem Doc scheint's genauso zu gehen. Wir lassen uns von Helmuth aus dem Raum schieben.

Als wir an der Tür stehen, stimme ich nochmal unseren Spruch an. »Wir für die Revolution und die Revolution für uns.« Die anderen beiden haben mitgemacht, aber das hatten wir schon mal besser hinbekommen.

Ich seh dem Doc nach, der mit seinem Handy am Ohr nach achtern in Richtung seiner Kajüte geht. In dem Moment merk ich, wie's an meinem Bein vibriert. Ich zieh mein Handy aus der Tasche. Eine WhatsApp von Sergej!

»200 000 bis Mitternacht, oder du bist tot!«

Mein Plan mit den fast 90 000 hat sich grad ganz gründlich verdünnisiert. Scheiße. Was mach ich denn jetzt bloß? Ich greif in die andere Hosentasche. Da ist es ja noch, das Fläschchen. Und schon sehe ich klar.

Ich schreibe Sergej zurück: »Kein Problem. Habe für dich astreines Koks als Bezahlung. Alles hier an Bord der Revolution.«

*

Wenn ich alles hätte, dann könnte ich auch Mamutsch mit nach Dänemark nehmen. Vielleicht könnte ich dann mit Markus zusammen etwas aufziehen. So'n Start-up oder wie man das nennt.

Allerdings brauche ich Kasimir noch, weil ich nicht weiß, bei wem ich das Koks in Cash umwandeln kann. Aber dann hätte ich immerhin 150 000. Ne, die 20 000 noch, wegen der Reparatur. Damit lässt es sich leben.

Gerade denke ich an den Hornbæk-Strand, da kommt Gerhard mit zwei Bier in das Führerhaus. Er grinst mich breit an und stellt die eine Flasche direkt vor mich, die andere vor sich.

»Komm, Helmuth, jetzt stoßen zur Feier des Tages erst mal so richtig an. Auf uns! Und wir für die Revolution und die Revolution für uns!«

Ich starre die Flaschen an. Gerhard hat so was noch nie gemacht. Freundschaftliche Gesten kennt der nicht. Warum jetzt plötzlich? Hat der da was reingemischt? Schlaftabletten? Benzin?

Es fällt mir wie Schuppen von den Augen. Gerhard will alles für sich alleine. Diese linke Bazille. Klar, das passt. Der mit seinem scheißpoker.

»Oh«, sagt Gerhard nun, geht in die Hocke und bindet seinen Schuh.

Meine Chance. Ich lehne mich nach vorne, vertausche die Bierflaschen.

Das zufriedene Kichern kann ich mir nur mit Mühe und Not verkneifen. Dieser Idiot. Wenn da echt was drin ist, dann säuft der das jetzt schön selbst.

*

So, die Schleife sitzt wieder fest. Ich nehm die Bierflasche und proste Helmuth zu.

»Auf ex.«

Und dann wir beide: »Wir für die Revolution und die Revolution für uns!«

Wenn das mal nich Synchrontrinken ist. Beide setzen wir gleichzeitig unsere Bierflaschen ab, und Helmuth kann sich sein obligatorisches »Aaaahhhh« inklusive Mundabwischen nich verkneifen.

Ich dagegen kann mir mein Lachen kaum verkneifen. Ich könnt mich ja wegdrehen, will ich aber nich, denn das will ich jetzt sehen. Und er anscheinend auch. Wir glotzen uns beide an. Helmuth verliert. Er fängt an zu husten. Er haut sich mit der Faust auf die Brust – keine Ahnung, wozu das gut sein soll. Auch ohne Arzt zu sein, ist die Sache klar, wenn ich mir Helmuths dunkelrotes Gesicht ansehe und seinem Japsen zuhöre. Er erstickt. Ich geb's zu, ein bisschen tut er mir leid. Aber wenn's nun mal heißt, Helmuth oder ich, dann doch lieber ich. Er zeigt noch mit dem Finger auf mich, er hat's kapiert.

»Na, ist der Groschen gefallen?«, frage ich ihn.

Aber Helmuth hat keine Luft mehr zum Antworten.

»Das war so klar wie Kloßbrühe, dass du an Kingsman denken musstest und die Flaschen vertauscht hast. Jetzt haste dich selbst vergiftet. Weißt ja, wer anderen eine Grube gräbt und so weiter.«

Helmuth kann sich nich mehr auf den Beinen halten. Er kippt um, und das war's.

Ich nehm mir ne Minute, um nachzudenken. Wozu brauch ich Kasimir, den Doc, nochmal? Ich hatte Sergej ja schon geschrieben, dass er Koks statt Cash bekommt.

*

Da war es nur noch einer. Wer hätte gedacht, dass es so rum ausgeht. Im Leben hätte ich nicht auf Zombie gewettet. Ich geh in die Hocke, damit Zombie mich nicht durch das Seitenfenster des Führerhauses sieht, wenn er sich umdreht. Meine nächsten Schritte sehe ich glasklar vor mir, mit meinem Hirn, das sich schon lange nicht mehr so gut angefühlt hat wie heute.

In der Kombüse finde ich alles, was ich brauche. Ich schiebe das eine Ende des Schlauches ganz tief in den Lüftungsschacht des Führerhauses. Das andere Ende kommt an die riesige Propangasflasche, die ich voll aufdrehe.

Ich schleiche um das Führerhaus und beziehe an der Tür Stellung. Entweder Zombie wird umkippen und das war's, oder er wird hier rausgestürmt kommen. Dafür habe ich dann mein anderes Mitbringsel aus der Kombüse.

Eine Ewigkeit vergeht. Ist er schon tot?

Nanu, da tuckert irgendso'n Bötchen an Steuerbord ganz nah an der *Revolution* vorbei. Haben die Tomaten auf den Augen?

Jetzt höre ich, wie Zombie anfängt zu husten. So ist's fein, immer tief einatmen, das Zeug, dann merkst du's gleich gar nicht mehr. Plötzlich stürmt Zombie aus dem Führerhaus. Irgendwas Rotes kommt rasend schnell auf mich zu, der Feuerlöscher. Mein Messer hinterlässt einen kläglich plingenden Laut, als es an der glatten Oberfläche langschabt. Trotzdem lande ich einen Treffer, bevor mir das Ding volle Kanne in die Magengrube fährt. Ächzend krache ich an die Wand des Führerhauses und sacke stöhnend auf den Boden.

Ein Röcheln, das nicht von mir kommt, lässt mich aufsehen. Zombie, blutüberströmt und mit dem Messer im Bauch.

*

Scheiße, tut das weh. Ich krache gegen die Tür vom Führerhaus, schaffe noch zwei Schritte an der Wand entlang und sacke neben dem Doc auf den Boden.

Plötzlich sind da Schritte auf Deck. Is Helmuth doch nicht tot? Erst kann ich nur was Glimmendes im Dunkeln erkennen. Wie ein Glühwürmchen schwirrt da was in der Luft. Oder ist das schon der Blutverlust, der mich komische Sachen sehen lässt? Dann schälen sich drei Gestalten aus dem Dunkel heraus. Sergej! Wie immer, mit der Fluppe im Mund und ner Knarre in der Hand.

»Tststs«, macht er. »Wer hat dir das angetan?«, fragt er mit seiner lächerlich hohen Stimme.

Ich zeig auf den Doc neben mir, der Anstalten macht aufzustehen.

»Das ist meine Aufgabe«, sagt Sergej seelenruhig und drückt ab.

Der Doc prallt mit voller Wucht gegen die Wand, röchelt und hält sich auch den blutenden Bauch.

»Wo ist der Stoff, von dem du geschrieben hast?« Sergej richtet die Waffe auf mich.

Ich bin schon halb ohnmächtig vor Schmerzen, und ich weiß, dass ich jetzt aus der Nummer nicht mehr rauskommen werde. Das ist der Moment, in dem ich losflennen möchte. Wenn doch bloß Helmuth noch da wär. Drei gegen drei, da hätten wir womöglich noch ne Chance gehabt.

»Der Stoff!«, sagt Sergej ungeduldig und zieht nochmal kräftig an seiner glimmenden Fluppe.

Ich wende den Kopf zur Seite, sehe Kasimir in die Augen. Zwei Köpfe, ein Gedanke. Das Propangas.

Wir zwinkern uns zu und röcheln: »Wir für die … Revolution … und die … Revolution … für uns.«

Mit letzter Kraft heben wir beide den rechten Arm, zeigen auf die Tür des Führerhauses und sagen: »Da drin.«

Uschi Kurz

Der Frosch

Kirchentellinsfurt

Alex saß auf der Bank vor der Kreissparkasse in Kirchentellinsfurt, in der er bis vor zwanzig Minuten angestellt gewesen war, und wickelte den zweiten Döner aus der Alufolie. Es war Montagmorgen kurz nach elf, und der Imbissbudenbesitzer hatte seinetwegen den Spieß früher als sonst angeschnitten. Unter Protest, denn so richtig kross war das Fleisch noch nicht. Alex, mit Sicherheit sein bester Kunde, hatte ihn überzeugt. Er durfte sogar anschreiben lassen. Aus dem Döner-Imbiss in der Dorfstraße bezog er sechzig Prozent seiner Kalorien, die restlichen vierzig nahm er in flüssiger Form zu sich. Beides sah man ihm an.

Alex hatte gerade seinen Job verloren, und wie immer, wenn ihm etwas Schlechtes widerfuhr, bekam er sofort einen schier unerträglichen Heißhunger. Seufzend biss er in das knusprige Fladenbrot. Fast ohne zu kauen, schlang er den Bissen hinunter, was ihm einen heftigen Hickser bescherte, den er mit einem Schluck eiskalter Cola niederkämpfte. Während er erneut abbiss, diesmal etwas vorsichtiger, um eine weitere Schluckauf-Attacke zu verhindern, sah er, wie neben ihm Johnny – der eigentlich Johannes hieß, von allen aber Johnny genannt wurde – mit einer kleinen schwarzen Sporttasche die Stufen zur Bankfiliale hinaufging. Alex wurde augenblicklich speiübel, wusste er doch, dass sich in der prall gefüllten Tasche die Einnahmen einer Spielhölle befanden, die ihm nur allzu vertraut war. Und damit auch sein Monatsverdienst, den er gestern Abend komplett verzockt hatte, was indirekt auch für seine Kündigung verantwortlich war. Er hatte, um seinen Zahlungsengpass zu überbrücken, einen kleineren Betrag vom Konto eines längst verstorbenen Kunden transferiert, dessen Erben sich nicht gemeldet hatten. Das hatte er schon öfters gemacht und den Fehlbetrag immer rasch wieder ausgeglichen. Aber diesmal war ihm der Filialleiter durch einen dummen Zufall auf die Schliche gekommen. Die fristlose Kündigung war die Folge.

Mit einem Mal wurde ihm die ganze Ausweglosigkeit seiner Situation bewusst. Man schrieb den 5. August, die Miete war noch nicht abgebucht, das Konto leer. Sein letztes Geld marschierte gerade in die Bank. Wenn er nicht so ein Loser wäre, würde er reingehen und es sich einfach zurückholen. Doch Alexander Wilhelm Strampel war nun einmal kein Held. Eher das Gegenteil. Auch wenn seine Mutter, seine Großmutter und die ältere Schwester – er war in einer reinen Frauendynastie aufgewachsen – jahrzehntelang versucht hatten, ihm genau das weiszumachen. Schon seine Namensfindung war auf die Hybris von Mutter und Großmutter zurückzuführen. Wer keinen Vater hat, zumindest keinen greifbaren, müsse zumindest einen großen Namen haben, hatten die beiden resoluten Damen gemeint. Alexander der Große, Kaiser Wilhelm, darunter machten sie es nicht!

Auch als sich im Lauf der Jahre herausstellte, dass Alex alles andere als ein Siegertyp war, er vielmehr schulisch und privat eine Niederlage nach der anderen erlitt, gaben seine drei »Weiber«, wie er sie manchmal scherzhaft zu nennen pflegte, nicht auf. Nun musste sein Nachname herhalten: Strampel. »Ein Strampel gibt nicht auf«, sagte seine Großmutter immer.

Sodann pflegte sie ihm ein ums andere Mal die Geschichte vom Frosch zu erzählen, der in den Sahnetopf gefallen war und so lange strampelte, bis die Sahne zu Butter wurde, sodass er das Fass wieder verlassen konnte. Die Geschichte endete immer mit dem hoffnungsfrohen Zusatz, er würde es schon noch lernen, sich freizustrampeln.

Kurz vor seinem Abitur wurde seine Mutter von einem Milchtransporter überfahren, was sein Verhältnis zu Milchprodukten und Fröschen, die sich aus ihnen retteten, nicht unbedingt verbesserte. Den streng matriarchalischen Strukturen seiner Familie tat der frühe Tod der Mutter freilich keinen Abbruch. Im Gegenteil. Jetzt trat die Schwester auf den Plan. Und Merit machte ihre Sache gut. Mit ihrer tatkräftigen Unterstützung schaffte er einen ganz passablen Schulabschluss. Merit war es auch, die ihm zu einer Lehrstelle in der Bank verhalf. Alex hatte ein phänomenales Zahlengedächtnis, konnte aber leider überhaupt nicht mit Geld umgehen. Wer so gar nicht mit Geld umgehen konnte wie Alex, dem sollte eine fundierte Ausbildung das Rüstzeug für seine spätere Karriere an der Börse bieten. Dies und nichts anderes schwebte seinen verbliebenen beiden Gönnerinnen vor.

Für den Karrierestart ihres Bruders nutzte Merit den Umstand, dass sie bei einer feuchtfröhlichen Weihnachtsfeier – sie arbeitete in der Personalabteilung der Zulieferfirma eines großen schwäbischen Autoherstellers – vom künftigen Chef ihres Bruders begrapscht worden war. Merit hatte ihn daraufhin vor die Alternative gestellt, entweder er gebe Alex eine Chance in seiner Bankfiliale oder sie zeige ihn an. Er hatte das vermeintlich kleinere Übel gewählt.

So begann Alex' vielversprechende Laufbahn als Banker. Dass sich Utopie und Wirklichkeit nicht zwangsläufig annäherten, bisweilen sogar mit immenser Kraft auseinanderstrebten, mussten irgendwann sogar Merit und die Großmutter einsehen. So ganz gaben sie die Hoffnung freilich nicht auf, dass aus Alexander irgendwann ein Großer werden würde.

Irgendwann lernte Merit diesen Holländer kennen und zog zu ihm nach Bloemendaal aan Zee. Einer netten Kleinstadt an der Nordsee. Alex war erst einmal dort gewesen, bei der Hochzeit von Ole und Merit vor fünf Jahren. Seither hatte er es nicht mehr geschafft, obwohl Merit ihn immer wieder eingeladen hatte. Nicht einmal nach der Geburt seiner Nichte Elsa hatte er sie besucht. Elsa hatte er erst vor Kurzem bei der Beerdigung seiner Großmutter kennengelernt. Das war vor vier Wochen gewesen, und dabei hatte Merit ihm das Versprechen abgenommen, sie diesen Sommer endlich zu besuchen. Eigentlich hatte er vorgehabt, in zwei Wochen nach Holland zu fahren, und nun hatte er wieder einmal das ganze Geld verspielt.

Das alles war Alex durch den Kopf gegangen, seit er Johnny in der Bank hatte verschwinden sehen. Das heißt, eigentlich war Johnny gar nicht verschwunden. Er stand immer noch im Foyer und schien auf etwas zu warten. Wahrscheinlich, dachte Alex, waren gerade zu viele Menschen in der Schalterhalle, und da die Corona-Bestimmungen vor Kurzem wieder verschärft worden waren, musste Johnny Abstand halten. Alex verdrängte den Gedanken an sein verzocktes Geld, das so nah und doch für ihn unerreichbar war, und widmete sich wieder seinem zweiten Frühstück. Fast hätte er dabei in eine Wespe gebissen. Scheißviecher! Diesen Sommer war es besonders schlimm. Er wedelte sie weg und biss in den Döner, der nur noch lauwarm und bereits ziemlich labberig war.

Da sah er aus dem Augenwinkel, wie neben ihm ein dunkel gekleideter Mann im Laufschritt die Stufen zur Bank nahm. Er hatte seinen schwarzen Schlauchschal, wie er häufig als Mund- und Nasenschutz getragen wurde, bis über die Augen gezogen und sah dadurch wie ein Bankräuber in einem zweitklassigen Film aus. Dass Alex in dem Mann trotzdem sofort Lars erkannte, lag an der protzigen Armbanduhr. Die Rolex hatte Lars einem armen Würstchen namens Robert abgenommen, der zuvor beim Pokern nach und nach sein Eigenheim verspielt hatte. Als Robert absolut kein Bargeld mehr für einen weiteren Pokerabend hatte, gab er Lars seine teure Uhr als Pfand. Natürlich hatte Robert auch die Rolex verzockt. Immerhin hatte Robert diesen Verlust zum Anlass genommen, endlich ernsthaft einen Entzug zu versuchen. Er war für Monate in einer Einrichtung in Bayern verschwunden, die ausschließlich Spielsüchtige behandelte. Seither hatte Alex nichts mehr von ihm gehört. Seit jenem verhängnisvollen Abend trug Lars stolz die Uhr und den Spitznamen Rolex.

Aus dem Foyer der Bank drangen jetzt laute Stimmen. Johnny und Rolex schienen sich heftig zu streiten. Wer von beiden zuerst handgreiflich wurde, konnte Alex nicht erkennen. Plötzlich ging die Schiebetür auf. Die beiden Männer wälzten sich am Boden. Dann schnappte Rolex die Sporttasche und rannte an Alex vorbei, die Dorfstraße hoch. Johnny berappelte sich, lief in die Schalterhalle und schrie mit sich überschlagender Stimme: »Überfall, Überfall.«

Ohne zu überlegen, war Alex aufgesprungen und hastete dem flüchtenden Rolex hinterher. Auf dem kleinen Dorfplatz sah er sich um und verschnaufte kurz. Rolex war verschwunden. Er konnte eigentlich nur Richtung Parkplatz gerannt sein, der sich hinter dem Gebäudekomplex mit den Läden befand. Alex steuerte auf den kleinen Durchgang zwischen Bioladen und Metzgerei zu und sah gerade noch, wie Rolex über die Straße zum Parkplatz lief. Ohne Tasche! Er musste sie hier irgendwo versteckt haben. Rechterhand lagen einige überdachte Garagen, die zu den darüber liegenden Wohnungen und zu den Geschäften gehörten. Ganz in der hinteren Ecke waren Holzboxen installiert, in denen sich die verschiedenen Müllcontainer befanden. Alex rannte hin und öffnete den ersten. Ein fast voller Restmüllbehälter. Ein entsetzlicher Gestank entwich. Die Sporttasche sah er nicht. Er ließ den Deckel zufallen und wandte sich dem zweiten Container zu, der Papier und Pappe enthielt. Als er mit der rechten Hand – in der linken hielt er immer noch den angebissenen Döner – einige Kartons beiseiteschob, entdeckte er die Tasche. Er hob sie heraus und wusste bereits aufgrund des Gewichts, dass Lars zumindest die Hartgeldbomben nicht entnommen hatte – in einer Spielhölle fiel über das Wochenende jede Menge davon an.

Alex schloss den Papiercontainer und legte seinen Döner auf den Deckel. Sein Herz klopfte wie wild, als er die Sporttasche auf den Boden stellte und den Reißverschluss aufzog. Die ganzen Einnahmen waren drinnen. Mehrere Bündel mit Scheinen und mindestens dreißig Geldrollen mit Ein- und Zweieurostücken. Er überschlug das Ganze mit geübtem Bankerblick: Mindestens 50 000 Euro lagen da vor ihm. Rolex würde garantiert bald zurückkommen, um die Beute zu holen. In der Ferne hörte er bereits das Martinshorn. Was sollte er tun? Die Beute zurückbringen und die beiden Ganoven entlarven? Dass es sich bei dem Überfall um ein abgekartetes Spiel handelte, davon war Alex überzeugt. Er wäre der Held. Vielleicht bekäme er sogar seinen Job in der Bank zurück. Aber wollte er das überhaupt? Was hielt ihn nach Omas Tod hier? Wenn er ehrlich war: Nichts!

Nein! Er wollte viel lieber alle Brücken hinter sich abbrechen und zu seiner Schwester nach Holland. Vielleicht könnte er sogar für immer dortbleiben. Bei dem Gedanken wurde ihm ganz warm ums Herz. Er würde sich nur nehmen, was ihm gehörte. Er hatte immer genau Buch geführt. In den vergangenen Jahren hatte er exakt 65 960 Euro verspielt. Das meiste in der Spielhölle beim Kirchentellinsfurter Bahnhof, in der Johnny und Rolex arbeiteten.

Alex wollte nicht gierig sein. Er nahm sich 30 000 Euro in Scheinen und eine Rolle mit Zweieurostücken. Das Hartgeld steckte er in seine Hosentaschen, die Bündel in die Taschen seines Sakkos. Als er die Tasche schon wieder verschließen wollte, fiel sein Blick auf den angebissenen Döner, an dem sich mittlerweile fünf surrende Wespen gütlich taten. Vorsichtig nahm er ihn auf. Zwei Wespen flogen erschrocken auf, die übrigen drei ließen sich nicht bei ihrer Mahlzeit stören, als er den Döner auf das restliche Geld legte und über ihnen langsam den Reißverschluss zuzog. Vorsichtig deponierte er die wütend summende Tasche wieder in dem Papiercontainer und schob einige Zeitungen darüber. Er klappte den Metalldeckel zu und drehte sich um. Wohin? Er würde über den Marktplatz zurücklaufen und kurz in seiner Wohnung vorbeigehen, um das Nötigste zusammenzupacken. Und hinterher nichts wie weg.

Als er schon fast den Durchgang erreicht hatte, hörte er Rolex hinter sich rufen: »Alex, was machst du hier?«

Er drehte sich um und sah, dass sich Rolex umgezogen hatte. In seinen Jeans, dem grünen T-Shirt und der schwarzen Baseballkappe sah er völlig anders aus als der schwarze Mann, der in die Bank gestürmt war. Und er zog einen kleinen Koffer hinter sich her. Ohne zu reagieren, lief Alex einfach gemächlich weiter. Nur nicht auffallen! Rolex würde sich entscheiden müssen. Alex oder das Geld. Er entschied sich offensichtlich für die Geldtasche, denn kurz darauf hörte er einen schmerzhaften Schrei. Die kleinen Tierchen hatten ihren Zweck nicht verfehlt.

Verdammt, jetzt würde er sich beeilen müssen, Rolex würde den Verlust gleich bemerken. Und dann gnade ihm Gott.

Am Ende des Marktplatzes hatte sich zur Dorfstraße hin bereits eine kleine Gruppe mit Schaulustigen gebildet. Vor Aufregung dachte niemand an den Corona-Abstand, der eigentlich geboten war. Alex gelang es, zwischen zwei älteren Damen einen Blick Richtung Bank zu werfen, wo zwei Polizeiwagen standen.

Er wollte gerade weiter, als ihn Frau Müllerschön mit ihrer Fistelstimme ansprach: »Ja, Herr Strampel, was isch denn in Ihrer Bank passiert?«

Die neugierige Frau Müllerschön hatte ihm gerade noch gefehlt. »Keine Ahnung«, murmelte er, »ich habe frei. Urlaub, endlich.«

Ohne eine Antwort abzuwarten, drehte Alex sich um und lief weiter. Er überlegte fieberhaft, ob Rolex eigentlich wusste, wo er wohnte. Er konnte sich nicht erinnern, es ihm gesagt zu haben. Aber das hatte nichts zu bedeuten.

Er hastete das Rathaussträßle hinunter, innerlich seine schlechte Kondition verfluchend. Glücklicherweise ging es nun bis zu dem Mehrfamilienhaus in der Karlstraße, in dem er wohnte, nur bergab. Beim Laufen hielt er krampfhaft die Taschen seines Sakkos zu. Er hatte panische Angst, seine Beute zu verlieren. Vor vielen Jahren hatte ein junger Mann in Wannweil eine Bank überfallen und bei der Flucht permanent Banknoten verloren. Die Polizei hatte nur der Spur des Geldes folgen müssen.

Endlich stand Alex vor dem einfallslos gestalteten Gebäudekomplex, in dem er sieben langweilige Lebensjahre verbracht hatte. Er holte den Schlüssel heraus, brauchte jedoch vor Aufregung mehrere Anläufe, bis er endlich das Schlüsselloch traf. Mit dem Aufzug fuhr er in den vierten Stock. In seiner Wohnung hing noch der Wochenendmief, der stumme Vorwurf, die freien Stunden nicht für den längst fälligen Großputz genutzt zu haben. Er zog sich rasch aus, hängte den verhassten Anzug in den Schrank und schlüpfte in seine Lieblingsjeans. Dazu das schwarze T-Shirt aus Kirgisistan – Mitbringsel seiner einzigen Fernreise, die er mit einer ehemaligen Freundin unternommen hatte. Der Aufdruck zeigte den strahlenden Sonnenkranz, der auch die kirgisische Flagge ziert.

Er holte seinen Rucksack, warf Waschzeug, Wäsche zum Wechseln, einen warmen Pulli und die nötigen Papiere hinein. Seinen Laptop schob er in die dafür vorgesehene Innentasche. Drei 50-Euro-Scheine steckte er in sein Portemonnaie. Das restliche Geld verstaute er in einer kleinen Ledermappe, die er ganz nach unten in den Rucksack schob. Er schaute sich um. Was war ihm so viel wert, dass er es mitnehmen wollte? Darüber ließ sich am besten bei einer Zigarette nachdenken.

Er schnappte sich seine Zigarettenschachtel samt Feuerzeug und trat auf den Balkon. Als er die Kippe anzündete, sah er auf die Straße hinunter und erstarrte. Unten lehnte Rolex in provozierender Haltung an einer Laternenstange. Auch er rauchte und sah aus, als hätte er alle Zeit der Welt. Die Zigarette hielt er in der linken Hand, die rechte, das konnte Alex sogar von hier oben erkennen, war unförmig geschwollen und hing schlaff herunter. Neben Rolex stand der kleine Koffer.

Alex trat rasch den Rückzug an, doch Rolex hatte ihn bereits bemerkt. Er zeigte ihm den dicken Mittelfinger seiner malträtierten Hand und schrie etwas, das Alex zum Glück nicht verstand. Zitternd schloss er die Balkontür. Während er hastig die Zigarette fertig rauchte, arbeiteten seine Gedanken fieberhaft. Er hatte kein Auto, aber im Keller stand ein richtig gutes Mountainbike, das er sich vor Jahren von seinem einzigen stattlichen Gewinn angeschafft hatte. Danach hatte er nie mehr einen größeren Betrag gewonnen, dafür hatte ihn die

Spielsucht fest im Griff. Rad gefahren war er schon lange nicht mehr. Ihm fehlte einfach die Kondition. Aber in der Not!

In den Fahrradkeller gelangte er mit dem Aufzug, und dass der Keller zur Hangseite hin einen Ausgang hatte, wusste Rolex wahrscheinlich nicht. Alex packte ein paar Energieriegel in den Rucksack. Sein Handy legte er auf den Tisch. Womöglich würden Johnny und Rolex versuchen, den Verdacht auf ihn zu lenken, dann würde demnächst nicht nur Kirchentellinsfurts Unterwelt, sondern auch die Bullerei nach ihm suchen. Ohne Handy, das man orten könnte, hätte er sicher eine größere Chance.

Sein Blick fiel auf sein gut gefülltes Bücherregal. Beim Betrachten der Buchrücken wurde Alex wehmütig zumute.

Er überlegte kurz, dann nahm er sein Lieblingskinderbuch »Der Maulwurf Grabowski« von Luis Murschetz aus dem Regal und steckte es zu seinen Habseligkeiten. Auch »Ich bin dann mal weg« von Hape Kerkeling – ein Geschenk seiner Großmutter – fand in seinem Rucksack noch Platz.

Jetzt wurde es aber Zeit. Alex zog bequeme Sneaker an, holte die gute Regenjacke aus dem Schrank und band sie auf dem Rucksack fest. Er war schon fast aus der Tür, als ihm einfiel, dass er in der sommerlichen Hitze sicher bald Durst bekommen würde, und so schob er zwei Wasserflaschen in die Seitentaschen. Er setzte den Rucksack auf, nahm den Keller- und den Fahrradschlüssel vom Schlüsselbrett und schaute sich ein letztes Mal in seiner Wohnung um. Der Abschied aus seinem alten Leben fiel Alex keineswegs leicht, aber die Aufbruchsstimmung überwiegte.

Plötzlich überkam ihn eine heftige Furcht. Was, wenn Rolex zwischenzeitlich ins Haus gelangt war und er ihn vor der Wohnung abpasste?

Doch es gab kein Zurück. Mit einem Ruck öffnete er die Tür. Er hatte Glück: Der Flur war leer, und der Aufzug stand immer noch auf seiner Etage. Rasch schlüpfte er hinein und fuhr ins Untergeschoss. Er fluchte leise, als er den Fahrradkeller betrat: Sein Mountainbike hatte in den Monaten der Untätigkeit Luft gelassen. Glücklicherweise besaß er eine gute Pumpe, mit der das Malheur rasch behoben war. Hoffentlich war der Schlauch nicht beschädigt.

Er schob sein Fahrrad durch den hinteren Ausgang ins Freie. Von dort führte ein kleiner Fußweg, der an besonders steilen Stellen durch Treppen unterbrochen war, ins Tal. Dass Radfahren hier eigentlich nicht erlaubt war, musste er ignorieren.

Alex schwang sich aufs Rad und radelte bereits wenige Minuten später auf der Wannweiler Straße Richtung Tübingen. Kurz überlegte er, ob er zum Bahnhof abbiegen und mit der Bahn weiterreisen sollte. Allerdings käme er dann bei der Spielhölle vorbei, und er wusste nicht, ob er mit dem ganzen Geld der Versuchung würde widerstehen können. Zudem fuhren die Nahverkehrszüge nur selten, und er wollte so schnell wie möglich weg. Wenn Johnny und Rolex tatsächlich versuchen würden, ihm den Überfall in die Schuhe zu schieben, würde man bald nach ihm suchen. Als Radfahrer war er unauffälliger. Mittlerweile war er an der Kreuzung angelangt, von der es zum Baggersee abging. An ihm führte ein neuer Radweg vorbei. Beim Überqueren der Neckarbrücke, unter der gerade zwei Stand-up-Paddler sanft durchs Wasser glitten, nahm sein Fluchtweg Gestalt an: Er würde einfach bis nach Mannheim dem Flusslauf des Neckars folgen und von dort am Rhein entlang weiterradeln. Vielleicht könnte er einen Teil der Strecke auf einem Schiff mitfahren. Irgendwann wäre er bei seiner Schwester in Holland. Vielleicht nicht genau zu dem Zeitpunkt, an dem Merit ihn erwartete, aber er hatte ja nun alle Zeit der Welt.

Auf einmal hatte er das Gefühl, als würde ihm seine Großmutter etwas zuflüstern. Der kleine Frosch aus ihren Erzählungen kam ihm in den Sinn. Alex musste lächeln und trat noch kräftiger in die Pedale. Sie hatte recht: Endlich war es so weit. Alexander Wilhelm strampelte sich frei.

Ruth Edelmann-Amrhein

Monkey Dust

Stuttgart

»Kommen Sie rein und setzen Sie sich!«

Ohne weitere Anrede wies Kommissar Steiner auf einen freien Stuhl. Langsam ging Lucy darauf zu und ließ sich nieder. Ihre Knie zitterten. Seit Jahren hatte sie Steiner aus der Ferne beobachtet. Sie wusste, an welchen Tagen er im Wald joggen ging und in welchen Nächten er diverse Etablissements aufsuchte. Sie tat das aus Angst und in der Hoffnung, ihm nie wieder zu nahe kommen zu müssen. Nun war sie eingesperrt. Allein mit ihm in einem fensterlosen, muffigen Raum, den eine surrende Neonröhre in unangenehm gelbliches Licht tauchte. Bereits beim Lesen der Vorladung hatte der Name *Kommissar Steiner* Wut und Panik in ihr ausgelöst. Sie wusste nicht, welches der beiden Gefühle das stärkere war, doch sie wusste, dass sie sich beide von Sekunde zu Sekunde steigern und seine körperliche Nähe ihr Schmerzen verursachen würden. Und nun hatte ihr Herz seinen Takt verloren, es stolperte in ihrem Brustkorb. Das Atmen fiel ihr schwer. *Nessun dorma – keiner schläft.* Sie war noch immer da, die Erinnerung. Wie ein Echo aus einer längst vergangenen Zeit hörte sie diese Worte, die einst über Leben und Tod entschieden: *Nessun dorma.*

»Sie wissen, weshalb Sie hier sind?« Steiners scharfer Ton

brachte sie zurück ins Hier und Jetzt. Er betrachtete sie aufmerksam. Ob er sie erkannte? Das konnte kaum sein. Damals trug sie die Haare rot, sie fielen in weichen Wellen weit über die Schultern herab, betonten ihre Taille, ihren aufreizenden Körper, mit dessen Einsatz sie sich ihr Studium finanzierte. Die Haarpracht von einst war einem asymmetrischen Kurzhaarschnitt gewichen, schwarz gefärbt, mit einer extra langen Strähne auf der rechten Seite, mit der sie die wulstige Narbe über ihrem Auge verdeckte. Diese Narbe war eine Erinnerung an ihn, an Steiner. Er, ihr Peiniger von damals, hatte sich nicht verändert. Je länger sie ihn betrachtete, desto mehr zog sich ihr Magen zusammen, desto übler wurde ihr. Nicht auszudenken, wenn sie sich hier und jetzt übergeben müsste. Krampfhaft vergrub sie ihre Finger im Stoff der Baseballkappe.

»Die müssen Sie bei der Befragung abnehmen«, hatte ihr eine freundliche Polizistin gesagt, als sie nach dem Weg zu Kommissar Steiner fragte, und beinahe meinte sie, so etwas wie Mitleid in den Augen der jungen Frau erkannt zu haben.

Inzwischen hatte Steiner ihr gegenüber Platz genommen.

»Also, noch mal, Sie wissen, weshalb Sie hier sind?«

»Ich nehme an, Sie werden es mir gleich sagen.«

Steiners Stirn legte sich in Falten, seine Augenbrauen trafen sich in der Mitte.

»Sie sind Streetworkerin hier in der Stadt?«

»Seit fast zwanzig Jahren. Warum fragen Sie mich das? Das dürfte der Polizei hinreichend bekannt sein.«

»Nur fürs Protokoll. Wir wollen doch, dass alles seine Richtigkeit hat.« Steiner lächelte diabolisch.

Was hatte er vor? Ein weiteres Mal ließ er seine Blicke über sie gleiten, taxierte sie wie ein Stück Vieh bei der Fleischbeschau, kurz vor der Schlachtung.

»*Sie* haben tatsächlich ein abgeschlossenes Studium?«, stellte er ungläubig fest.

»Ja, *ich* habe ein abgeschlossenes Studium der Sozial-pädagogik. Haben Sie Grund, an meiner Qualifikation zu zweifeln? Ich sage es auch gerne noch einmal, ich bin seit fast zwanzig Jahren hier in Stuttgart unterwegs. Allerdings weiß ich noch immer nicht, was das hier eigentlich soll. Sagen Sie mir endlich, weshalb ich hier bin!«

»Immer der Reihe nach. Sie sind also Streetworkerin. Sie kümmern sich um die Drogenabhängigen dieser Stadt. Sie haben aber auch Kontakt zu den Drogenbossen und den Dealern, ja?«

»Ja. Und? Was dagegen? Wie sollte ich meine Arbeit tun können, wenn ich keinen Kontakt zu diesen Personen hätte? Im Übrigen hat die Polizei von meinen Verbindungen in dieses Milieu schon oft genug profitiert.«

»Sie kannten Moreno?«

»Ich kenne sie so ziemlich alle.«

»Also auch Moreno?«

»Klar. Weshalb *kannte*?«

»Weil Moreno tot ist!«

»Tot? Seit wann? Wie ist er denn gestorben?«

»Nun tun Sie doch nicht so, als hätte sich das nicht schon längst bis zu Ihnen herumgesprochen, und *ich* stelle ich hier die Fragen.«

Steiner schwitzte. Warum war er so nervös? War er auf Entzug? Seine Halsschlagader zeichnete sich bläulich unter seiner Haut ab. Sie pochte wild. Ob er weiterhin die gelben Pillen zu sich nahm? Seine Halsschlagader sprach dafür. Vermutlich hatte er die Nacht im Bordell zugebracht, und das Zeug pulsierte noch in seinen Adern. So war es damals auch gewesen, und dann, immer dann hatte er sie …

»Moreno wurde vor drei Tagen von einem älteren Ehepaar am Bärensee tot aufgefunden«, unterbrach Steiner Lucys Gedanken. »Es war nicht leicht, ihn gleich zu identifizieren.«

»Weshalb?«

»Moreno wurde totgebissen. Als man ihn fand, war von seinem Gesicht und auch sonst nicht mehr viel von ihm übrig, völlig zerfleischt …«

»Tja, die Wildschweine, da kann man mal sehen, die machen selbst vor einem Drogenboss nicht halt.«

»Reden Sie keinen Stuss!« Steiner war von seinem Stuhl aufgesprungen. Er griff in seine Hosentasche und zog ein grünes Stofftaschentuch hervor. Fahrig wischte er sich damit über die Stirn. Er ging um den Tisch herum und blieb vor ihr stehen. »Laut Gerichtsmedizin waren Bisse eines Kampfhundes die Todesursache. Das Vieh hat mit seinen Zähnen Morenos Halsschlagader zerfetzt«, zischte er wie eine giftige Natter und spuckte dabei feine Speicheltropfen in die Luft.

Lucy duckte sich, wischte mit dem Ärmel über ihr Gesicht und wandte sich angewidert ab.

Steiner ging zurück zu seinem Stuhl und nahm wieder Platz. Das grüne Taschentuch war ihm unbemerkt aus der Hosentasche gerutscht und unter den Tisch gefallen.

»Das ist ja grausam, aber ganz ehrlich, ich verstehe noch immer nicht, was ich damit zu tun haben soll. Glauben Sie vielleicht, ich habe Moreno totgebissen? Sehe ich etwa aus wie ein Kampfhund? Wenn Sie irgendwelche Zweifel haben, können Sie gerne einen Abdruck meiner Zähne nehmen lassen.«

»Wann haben Sie Moreno zuletzt gesehen?«

»Keine Ahnung, ich führe kein Tagebuch, wann und wo ich einen dieser Drecskerle gesehen habe.«

»Sie sagen es, es sind Dreckskerle. Sie wissen schon, dass Moreno einer der Ersten war, die Monkey Dust in die Stadt gebracht haben?«

»Monkey Dust? Was soll das sein?«, ihr Instinkt sagte ihr, dass es besser sei, sich blöd zu stellen. Natürlich wusste sie längst, wie diese Droge wirkte. Sie hatte das Gesicht des jungen Mädchens vor Augen, das vor zwei Monaten vom Dach eines Hochhauses im Stuttgarter Süden gesprungen war. Sie hatte wie alle, die diese Droge konsumierten, Halluzinationen entwickelt. Danach war die Angst gekommen und zum Schluss der Glaube, sie könne fliegen.

»Nun machen Sie sich mal nicht lächerlich, ja! Monkey Dust ist eine Killerdroge«, dozierte Steiner.

»Jede Droge ist eine Killerdroge!«

»Monkey Dust ist viel gefährlicher als das meiste. Monkey Dust ist eine Kannibalen-Droge. Es hat Fälle gegeben, da hat ein Drogenabhängiger einem Obdachlosen im Vollrausch das Gesicht zerfleischt. Die Kollegen in Spanien haben gemeldet, dass am Strand Touristen von Personen verfolgt wurden, die sie festhielten und zubeißen wollten.«

Lucy zuckte mit den Achseln.

»Ach, und jetzt? Wollen Sie damit sagen, dass Sie glauben, Moreno sei von so einem Junkie gebissen wurde? Warum ausgerechnet Moreno, der doch den Stoff angeblich selbst vertickt hat? Und sagten Sie vorhin nicht, das Gebiss eines Hundes sei bei Moreno todesursächlich gewesen? Wissen Sie was, Steiner, ich habe schon so viele an den Drogen krepieren sehen. Zu viele Menschen. Zu viele Drogen. Und nicht nur Monkey Dust ist tödlich.«

Lucy bemerkte, wie ihre Stimme brüchig wurde. Die Erinnerung an Jimmy, den pickligen heimatlosen Jungen, den sie geliebt hatte wie einen kleinen Bruder, war plötzlich greifbar nahe. Die Erinnerung an einen sonnigen Morgen, nach einer langen Nacht, die sie mit vielen verschiedenen Männern verbracht hatte. Müde und ausgelaugt war sie auf dem Weg hinunter zum Neckar gewesen, zu Jimmy, der unter der Brücke seine Zelte aufgeschlagen hatte. Um sich die Kohle für seine Drogen zu verdienen, war auch er auf den Strich gegangen. Dort hatten sie sich kennengelernt.

Wie auf einer Kitschpostkarte hatte das Wasser des Neckars im Licht der aufgehenden Sonne golden geglitzert an jenem Morgen. Eine Entenfamilie hatte friedlich ihre Bahn gezogen, ganz so, als wäre die Welt in Ordnung. Stille hatte am Ufer geherrscht, doch als sie näher gekommen war, hörte sie das Geplärre der Beatles aus Jimmys Ghettoblaster: *Lucy in the Sky with Diamonds* ... In dem Moment hatte sie gewusst, dass das Unvermeidliche geschehen war. Sie war zu ihm hingegangen. Er hatte seltsam verdreht neben seinem weiß-blau karierten Schlafsack gelegen, seine trüben Augen waren nach oben gerichtet, in den wolkenlosen, blauen Sommerhimmel. Sie hatte ihn verloren, diese einsame Seele, den einzigen Menschen, den sie bis dahin je geliebt hatte. In dem Moment war ihr klar gewesen, dass sie den Drogen und den Dealern ab sofort den Kampf ansagen würde, und es hatte nicht mehr lange gedauert, bis aus der heimlichen Prostituierten Baby Blue die Streetworkerin Lucy geworden war.

»Ich will endlich von Ihnen wissen, wann und wo Sie zuletzt Kontakt zu Moreno hatten, ist das klar?«, riss Steiners Stimme sie zurück.

»Und ich sage Ihnen noch einmal, ich weiß es nicht mehr, das ist schon ewig her. Und überhaupt, was legen Sie sich so ins Zeug? Um diesen Dreckskerl ist es gewiss nicht schade, oder ist Ihnen etwa durch seinen Tod ein persönlicher Schaden entstanden?«

Wieder sah sie Steiners Halsschlagader pochen. Seine Augen hatten einen fiebrigen Glanz angenommen, auf seinen schlecht rasierten Wangen machten sich rötliche Flecken breit. Er stand unter Strom, weshalb auch immer.

Es würde nicht mehr lange dauern, und er würde explodieren. Dem musste sie zuvorkommen. »Ich werde jetzt gehen«, sagte sie und stand auf. »Nur weil ich Moreno gekannt habe, können Sie mich hier nicht festhalten.«

»Und ob ich das kann. Setzen Sie sich wieder hin, sofort!«

»Ich denke gar nicht daran! Sie haben kein Recht, mich hier festzuhalten, solange Sie nicht das Geringste gegen mich in der Hand haben.«

Steiner sprang erneut von seinem Stuhl auf. Mit einem Satz war er bei Lucy, packte sie von hinten an der Schulter und drückte sie zurück auf ihren Stuhl. Sie roch seinen Schweiß, so scharf und ätzend wie damals. Der Brechreiz stieg in ihr auf.

»Ich kann auch anders«, zischte er. Seine Hände zitterten, auf seiner Stirn hatten sich feuchte Flecken gebildet.

Gleich würde er die Fassung verlieren. Er war eindeutig auf Entzug. War Moreno etwa sein Dealer gewesen? War er deswegen so verbissen darauf aus, Morenos Mörder zu finden? Brauchte er Nachschub und wusste nicht, an wen er sich wenden konnte, jetzt, wo Moreno tot war? Sie hatte sich dumm gestellt, doch sie wusste, dass die Droge von vielen auch als Aphrodisiakum konsumiert wurde. Reichten Steiner seine gelben Pillen nicht mehr? Hatte er sich selbst bei Moreno Monkey Dust besorgt? Lucy wurde schwindelig bei dem Gedanken, wie viele andere Frauen durch Steiner Gewalt erfahren hatten. Er war bei der Polizei, er hatte sie in der Hand, und sie hielten alle den Mund. So war es damals gewesen, und so würde es heute noch sein.

Es klopfte. Im Türrahmen erschien der Kopf von Kriminaloberrätin Hildebrand, die kurz zu Lucy hinübersah und sie freundlich grüßte.

Dann wandte sie sich in scharfem Ton an Steiner. »Ich muss Sie sprechen«, forderte sie ihn auf. Steiner folge ihr widerwillig nach draußen. Das war der Moment, auf den Lucy gewartet hatte. Noch immer lag das Stofftaschentuch auf dem Boden. Sie bückte sich rasch, griff das Taschentuch und ließ es in ihrer Hosentasche verschwinden. Dann setzte sie sich zurück auf ihren Stuhl.

Durch die angelehnte Tür waren die Stimmen Steiners und der Hildebrand gedämpft zu hören.

»Hören Sie zu, Steiner, ich mache es kurz«, sagte die Hildebrand. «Sie wissen wohl nicht, mit wem Sie es hier zu tun haben?«

»Klar doch, mit einer Streetworkerin«, antwortete Steiner.

»Ich will Ihnen mal was sagen«, fuhr die Hildebrand fort, »das da drinnen ist nicht irgendjemand. Das ist Lucy. Sie ist die erfolgreichste Streetworkerin, die wir jemals hier in der Stadt hatten. Seit Jahren hält sie ihren Arsch hin für all die Hoffnungslosen, die Gestrauchelten, die, deren Zukunft nur noch Illusion ist. Und ich möchte verdammt noch mal, dass Sie das berücksichtigen in der Art, wie Sie mit dieser Frau umgehen. Haben Sie mich verstanden, Steiner?«

»Ja, ich habe Sie verstanden, ich bin ja nicht taub.«

»Sie lassen Lucy gehen, sofort! Wir brauchen Leute wie sie!«

»Aber …«

»Kein Aber! Haben wir uns verstanden?«

»Ja.«

Steiner kam zurück. Sein Hemd wies unter den Achseln dunkle Flecken auf. Langsam ging er auf Lucy zu. Das Deckenlicht der Neonröhre begann zu flackern und undefinierbare Geräusche von sich zu geben. Wenn es nun ausginge, würden sie beide hier im Dunkeln stehen. Das Flackern hörte auf, die Geräusche erstarben, das Licht schien jedoch trüber geworden zu sein, als es zuvor gewesen war. Steiner trat noch näher an Lucys Stuhl heran, jetzt roch sie auch seinen abgestandenen Atem.

»Für heute kannst du gehen«, flüsterte er, »aber glaube ja nicht, dass ich dich davonkomme lasse, denn ich weiß, dass du Dreck am Stecken hast.«

Ein Ruck ging durch Lucys Körper. »Nicht nur ich«, antwortete sie und erhob sich langsam. Sie konnte die Hitze seines Körpers spüren, so nahe waren sie sich. Sie griff sich in die Haare und strich sich wie in Zeitlupe die Strähne aus dem Gesicht, die eine wulstige Narbe über dem Auge zum Vorschein brachte.

Steiners Augen weiteten sich. »Du?«, stammelte er. »Aber … deine Augen …«

»Ja, ich. Keine Angst, ich habe noch immer ein grünes und ein blaues Auge. Dass du das nicht bemerkt hast, hat damit zu tun …« Geschickt hob sie ihr Augenlid, fasste mit den Fingern ins Auge und hielt kurz darauf eine tiefblaue Kontaktlinse gegen das trübe Neonlicht.

Steiner stieß einen merkwürdigen Ton aus, bevor er rückwärts auf seinen Stuhl sackte. Er hatte die Fassung verloren. Lucy verließ den Raum und das Präsidium.

Als wäre der Teufel oder zumindest Steiner hinter ihr her, rannte Lucy nach draußen. Das grelle Sonnenlicht blendete sie, doch sie konnte wieder frei atmen, endlich. Ihre Knie zitterten noch immer. Sie brauchte dringend eine Zigarette. Also verlangsamte sie ihre Schritte auf dem kurzen Weg zur nächsten Grünanlage, wo sie sich auf einer Parkbank niederließ. Erst jetzt setzte sie sich ihre Baseballkappe und die Sonnenbrille auf. Dann holte sie den Tabak, Filter und Papier aus ihrer Tasche und versuchte, sich eine Zigarette zu drehen, was ihr zunächst nicht gelang, denn auch ihre Hände zitterten. Sie hatte ihn also tatsächlich wiedergesehen, ihren Peiniger von damals, das Schwein, das ihr so viel Leid und Schmerz zugefügt hatte, und der alte Hass loderte noch immer.

Gierig saugte sie an der Zigarette und beobachtete zwei kleine Jungs, die sich um einen Fußball stritten. Langsam kam sie zur Ruhe, konnte ihre Gedanken sortieren. *Man sieht sich immer zweimal im Leben,* hatte sie ihm bei ihrer letzten Begegnung gesagt. Sie war noch nicht lange auf den Strich gegangen, als er zum ersten Mal zu ihr gekommen war. Damals war er ein gut aussehender, stattlicher Mann gewesen, und es war ihr nicht unangenehm, mit ihm ins Bett zu gehen, weiß Gott, da hatte es andere Kerle gegeben. Nach ein paar Monaten hatte er plötzlich *Sonderwünsche* geäußert. Irgendwann hatte sie sich auf seine neuen Praktiken eingelassen, allerdings nicht, ohne vorher ein Codewort vereinbart zu haben. *Nessun dorma, keiner schläft,* hatte sie ihm – nachdem sie die Oper Turandot gehört hatte – vorgeschlagen. Die ersten Wochen hatte er sich daran gehalten, wobei sein Verhalten ihr gegenüber immer verächtlicher und brutaler wurde. Ganz eindeutig konsumierte er inzwischen mehr als nur die gelben Pillen, die seine Manneskraft ertüchtigten. Dann kamen *die* Begegnungen, bei denen sie das Codewort mehr als einmal rufen musste, bis er es wahrnahm. In ihrer letzten Nacht war er zur Bestie geworden. Sie hatte es gerufen, geschrien, zuletzt gekrächzt, bis ihr die Stimme versagte. *Nessun dorma!* Aber er hatte getan, als hörte er es nicht. Erst in letzter Sekunde hatte er von ihr abgelassen. Auf wackligen Beinen war sie schließlich aufgestanden. Er solle verschwinden und sich niemals wieder blicken lassen, hatte sie geschrien, worauf er ausholte und ihr hart ins Gesicht schlug. Sie stürzte und fiel gegen die Kante ihres Nachttisches. Er hatte sie nur angewidert angesehen, wie sie da lag in all ihrem Blut, sich in aller Ruhe angezogen und ein paar Scheine mehr als sonst aufs Bett geworfen. Dann war er gegangen.

Der Teufel sollte sie holen, alle! Die Dreckskerle wie Moreno und solche wie Steiner.

Lucy warf die dritte Kippe auf den Boden und trat sie mit dem Schuh aus. Die Narbe über ihrem Auge schmerzte, das

Wetter würde sich ändern. Morgen, hatte der Wetterbericht gesagt, morgen würde es Regen geben. Heute würde Steiner noch einmal joggen gehen, davon konnte sie ausgehen. Sie kannte seinen Weg und seine Gewohnheiten. Dieses nachtaktive Schwein rannte bei Nacht mit einer Taschenlampe durch den Wald. Das Gute daran war, er rannte durch den Wald, der ganz in der Nähe ihrer Laube lag. Der Laube, von der niemand etwas ahnte. Sie bückte sich, hob die drei Kippen auf und warf sie in den Mülleimer gegenüber. Sie hatte ihre Fassung wiedergefunden. Ihre Uhr zeigte kurz vor fünf. Die Zeit würde reichen. Sie wusste, was sie zu tun hatte.

Der Supermarkt lag auf dem Weg zur Stadtbahn. Zielsicher steuerte Lucy auf die Fleischertheke zu, wo sich eine Schlange von acht Leuten gebildet hatte.

»Hallo, was darf's sein?«, fragte der junge Mann hinter der Theke, als Lucy endlich an der Reihe war.

»Ein Kilo Hackfleisch«, antwortete sie und betrachtete interessiert den Hufnagel, der in seinem rechten Ohrloch steckte.

»Gemischt?«, kam es von ihm.

»Nur vom Rind.«

»Soll ich es Ihnen vakuumieren?«

»Nein danke!«

»Sie wissen, dass Sie das Hackfleisch heute sofort verbrauchen müssen?«, meinte er pflichtschuldig.

»Ja, ich weiß es, und ich versichere Ihnen, ich werde das Hackfleisch noch heute verarbeiten, bis auf den letzten Krümel«, antwortete Lucy, und sie verdrängte schnell den Gedanken, dass es diesmal vielleicht nicht so reibungslos funktionieren könnte, wie es das bei Moreno getan hatte.

»Sonst noch was?«

»Nein danke, das ist alles.«

Der Mann verpackte das Fleisch und klebte den Preiszettel auf die Tüte. »Einen schönen Tag noch«, sagte er und reichte ihr das Paket über den Tresen.

Sie schnappte sich die Tüte und ging damit direkt zur Kasse. Eine innere Unruhe begann sich in ihr auszubreiten. Als sie den Supermarkt verließ, sah sie von Weitem den Bus vorfahren, der sie hinausbringen sollte in die Kleingartenanlage vor die Stadt. Sie rannte und erreichte ihn in letzter Sekunde.

Nachdem sie dem Fahrer, der auf sie gewartet hatte, gedankt hatte, ging sie nach hinten und ließ sich auf einen der leeren Plätze fallen. Erfahrungsgemäß dauerte die Fahrt eine halbe Stunde. Während sie die Finger in das Fleischpaket krallte, das schwer auf ihrem Schoß lag, gingen ihre Gedanken zu Tante Reinhild, einer sonderbaren, menschenscheuen Frau, die sich bereits vor Jahren von der Welt zurückgezogen hatte. Man munkelte, die Ursache sei die Vergewaltigung durch ihren Chef gewesen, die ihr niemand geglaubt hatte. Alleine mit ihren Tieren, einem Hamster, einem Goldfisch, einer Schildkröte und mit Humphrey, hatte sie danach, außerhalb der Stadt, in diesem kleinen Haus gelebt, das sie Lucy nach ihrem Tod vermacht hatte. Die einzige Bedingung war gewesen, sich aller hinterbliebenen Tiere, einschließlich Humphreys, anzunehmen. Dies war nicht sonderlich schwer gewesen, bis auf Humphrey. Er hasste alles, was männlich war, und Lucy vermutete, dass er von Tante Reinhild so erzogen worden war. Beim Anblick eines Hosenbeins verlor er regelmäßig den Verstand, wobei er genau zu unterscheiden wusste, ob sich darin ein Frauen- oder Männerbein versteckte. Er tobte nur bei Männerbeinen.

Die Sonne ging über dem Waldrand unter, als Lucy aus dem Bus stieg. Gleich würde sie in ihrer Laube sein. Sie wusste, was dann geschehen würde.

Sie holte noch einmal tief Luft, griff in ihre Umhängetasche und zog einen Schlüsselbund hervor. Vorsichtig öffnete sie die Tür, um sie sogleich wieder hinter sich zuzuschlagen. Er hatte sie bereits gehört. Das Kratzen seiner Krallen auf den Fliesen kündigte ihn an, einen Herzschlag später kam er um die Ecke geschossen. Er schüttelte den Kopf. Riesige Speichelfladen, die von seinen Lefzen hingen, flogen durch die Luft. Er stellte sich auf die Hinterpfoten und stemmte sich gegen Lucy, die dabei fast das Gleichgewicht verlor. »Aus«, schrie sie, »aus, Humphrey, lass ab!« Humphrey knurrte bedrohlich. Er hatte Hunger, wie gut.

Lucy ging durch die kleine Küche zu einem Tisch und legte das Fleischpaket darauf ab. Sie musste sich beeilen. Aus einer alten Kommode holte sie zunächst eine Steingutschüssel heraus, aus der obersten Schublade ein Beutelchen mit weißem Pulver. Humphreys Knurren war inzwischen in Winseln übergegangen, er ließ sie nicht aus den Augen. Lucys Herz klopfte laut. Sie nahm das Fleischpaket aus der Tüte, zog die Folie auseinander und wickelte das Fleisch aus. Der Hund hechelte und wedelte mit dem Schwanz. Immer mehr Speichel tropfte auf den Fliesenboden, längst hatte sich eine glibbrig schleimige Pfütze unter ihm gebildet. Lucy legte das Fleisch in die Schüssel und gab das Pulver darüber. Mit beiden Händen tauchte sie in die Fleischmasse ein, um alles zu vermengen. Das rohe Fleisch quoll durch ihre Finger.

Fast wollüstig dachte sie dabei an Moreno. Rohes Fleisch war alles, was von ihm übrig geblieben war. Er hatte es nicht anders verdient. Es war ganz einfach gewesen, ihn mit verstellter Stimme zu nachtschlafender Stunde an den Bärensee zu locken. Aus sicherer Quelle hatte sie erfahren, auf welchen Stoff er schon lange scharf war, auf eine noch raffiniertere Monkey-Dust-Mischung. Die hatte sie ihm versprochen, doch bekommen hatte er etwas anderes, eine Begegnung der ganz besonderen Art. In memoriam Jimmys und aller anderen, die durch ihn gestorben waren. Heute war ein anderer Dreckskerl an der Reihe. Auch er würde büßen.

Sie bückte sich und stellte dem Hund die Schüssel vor die Nase. Sofort stürzte er sich auf das Fleisch und verschlang es schmatzend in wenigen Augenblicken. Lucy beobachtete ihn zufrieden dabei. Als er fertig war, leckte er sich die Lefzen. Satt und vollgefressen warf er sich mitten in der Küche auf den Boden und schlief ein. Lucy drehte sich eine Zigarette und wartete. Das Timing war gut. Sie schaute zur Küchenuhr, es war kurz vor neun. Draußen herrschte Dunkelheit. Es würde nicht mehr lange dauern. Nach vierzig Minuten wurde der Hund unruhig. Rasch legte sie ihm Halsband und Leine um. Ein Griff in ihre Hosentasche brachte Gewissheit, dass Steiners Taschentuch noch immer darin war. Sie fühlte den Stoff und meinte, sich die Finger daran zu verbrennen.

Humphrey sprang auf. Er zitterte, hatte Schaum vor dem Maul und verdrehte die Augen, nur das Weiße darin war noch sichtbar. Sie würde Mühe haben, ihn zu halten, bis sie an der richtigen Stelle waren.

Der Hund zog sie zur Tür hinaus, die hinter ihr laut ins Schloss fiel. Als würde er bereits den Weg kennen, zog er sie hinein in den Wald. Hatte er etwa schon Fährte aufgenommen? Sie stolperte durch das Dickicht in der Dunkelheit. Ein Ast zerkratzte ihr das Gesicht, ein Kauz schrie. Dann, plötzlich, tauchte in der Ferne ein Licht auf. Noch wenige Meter. Das Licht kam näher, das Licht einer Taschenlampe. Sie hörte ihn keuchen, er war ganz nah, wenige Meter vor ihr.

»Steiner?«

Steiner blieb stehen, schaute sich suchend um.

»Wer ist da?«, fragte er.

Lucy zog das Taschentuch aus der Hosentasche und hielt es Humphrey unter die Nase.

»Fass«, sagte sie. »Humphrey, fass!«
Dann machte sie die Leine los.

Cloud 9, auch unter den Namen Monkey Dust bekannt, ist eine synthetische Droge, die zu den sogenannten *Legal Highs* gehört.

Cloud 9 – die Entstehung und Ausbreitung der Droge

Die ersten Berichte zur Droge gab es im Jahr 2012 in den USA – ein Drogenabhängiger hatte einem Obdachlosen im Vollrausch das Gesicht zerfleischt. In 2014 tauchte Cloud 9, was auf Deutsch Wolke 7 bedeutet, das erste Mal in Europa auf. In Spanien wurden Touristen von Personen verfolgt, die sich extrem gewalttätig zeigten und zubeißen wollten.

Quelle: Focus Online vom 19.03.2018

Die Autorinnen

Maribel Añibarro ist gebürtige Berlinerin und war früher Chemikerin. Viel interessanter als die Chemie auf molekularer Ebene fand sie aber die zwischenmenschliche Chemie, weshalb sie eine Ausbildung zum systemischen Coach machte und heute als Changemanagerin arbeitet. Die Leidenschaft für die Literatur ist dabei ihre stetige Begleiterin. In ihrem Haus ist sie von fast 2000 Büchern umgeben. Außerdem ist Maribel Añibarro nebenberuflich als freie Lektorin und Coach für Autor*innen tätig. www.anibarro.de

Sybille Baecker ist gebürtige Niedersächsin und Wahlschwäbin. Sie studierte BWL, arbeitete als IT-Prozessingenieurin und später als Pressereferentin. Heute lebt und arbeitet die Schriftstellerin in der Nähe von Tübingen. Sie veröffentlichte zahlreiche Kriminalromane und Kurzkrimis. Durch ihre Krimiserie um den Kommissar und Whiskyfreund Andreas Brander wurde sie zur Fachfrau für »Whisky & Crime«, sodass auch ihre Veranstaltungen häufig von einem Whiskytasting begleitet werden. www.sybille-baecker.de

Brigitte Karin Becker, geboren 1959, ist Mathematikerin und lebt seit 1989 in Walldorf (Baden). Sie reist gern auf Frachtschiffen und schrieb darüber ihr erstes und (bisher) einziges Buch: »Jeden Abend Captain's Dinner«.

2015 veröffentlichte sie ihren ersten Kurzkrimi, seitdem ist sie regelmäßig in Anthologien vertreten.
2019 erhielt Brigitte Karin Becker den KaroKrimiPreis für den Weihnachtskrimi mit der besten Spannung, 2020 den Förderpreis der Gemeinde Stockstadt am Rhein im Literaturwettbewerb zum Thema »Nachgeschmack«.

Als Sozialpädagogin erlebt **Daniela Berg** in ihrem Berufsalltag Freud und Leid von Menschen allen Alters hautnah mit. Ob Kinder, Eltern oder Seniorinnen und Senioren, alle liegen ihr am Herzen.
Seit sie eine Mörderische Schwester ist, verarbeitet sie die Irrungen und Wirrungen des Alltags gerne in Kurzgeschichten. Tut sie das nicht, dann moderiert sie vermutlich gerade eine »Ladies Crime Night«.
Die halbitalienische Schwäbin lebt mit Mann und den beiden Kindern auf den Fildern.

Julia Bernard ist das Pseudonym einer Autorin aus Baden-Württemberg. Krimis sind ihre ganz große Leidenschaft. Der erste Band ihrer Krimiserie, die im schönen Baden spielt, ist im Januar im Weltbildverlag erschienen und wird als Taschenbuch auch bald bei Bastei Lübbe erscheinen. Julia Bernard ist verheiratet und hat zwei Kinder.

Die Stuttgarterin **Regine Bott** schreibt (auch unter dem SF-Pseudonym Kris Brynn) seit 2014. Ihre Romane wurden bei Bastei Lübbe, Gmeiner und Knaur veröffentlicht. Mit ihren Kurzgeschichten ist sie in zahlreichen Anthologien vertreten.
Sie ist Mitglied der »get shorties-Lesebühne«.
Ihr Debütroman »The Shelter« gewann 2019 den Deutschen Phantastikpreis SERAPH. »Out of Balance – Kol-

lision« wurde 2020 für den SERAPH in der Kategorie »Bester Roman« nominiert. 2020 erhielt sie ein Arbeitsstipendium des Förderkreises deutscher Schriftsteller in Baden-Württemberg e. V.

Ruth Edelmann-Amrhein wurde 1958 in Reutlingen geboren, verbrachte in ihrer Jugend einige Jahre in Berlin und kehrte schließlich ins »Ländle« (nach Stuttgart) zurück. Ihre Liebe zum Schreiben entdeckte sie in ihrer zweiten Lebenshälfte. Seither wurden ihre Geschichten im dtv-Verlag, in diversen Anthologien des Wellhöfer Verlags sowie im Verlag by arp veröffentlicht. Ruth Edelmann-Amrhein liebt Menschen mit Humor, gutes Essen, das Viertele, ihre Heimat und die schwäbische Mundart, die sie auch gerne den Protagonisten ihrer Geschichten in den Mund legt. Zusammen mit ihrem Mann lebt die Mutter zweier erwachsener Söhne heute in Württembergs Mitte, im schwäbischen Aichtal.

Beatrix Erhard ist studierte Historikerin und ausgebildete Journalistin und schreibt Prosa und Drehbücher, vorwiegend in den Genres Krimi, Thriller, Horror und Historische Fiktion. Seit 2015 veröffentlicht sie Kurzkrimis und Erzählungen in Anthologien und als Hörbücher.
2017 errang sie den 2. Platz des Schaeff-Scheefen-Literaturpreises und kam beim Wunderwasser-Kurzkrimi-Preis auf die Shortlist. 2019 kam sie auf die Shortlist des Ralf-Bender-Kurzkrimi-Preises. Beatrix Erhard lebt und arbeitet in Hohenlohe-Franken.

Mareike Fröhlich wurde in Ostfildern geboren, ist in Stuttgart aufgewachsen und lebt heute mit ihrer Familie wieder in Ostfildern. Ihr Autorinnenherz schlägt für Land ('s Ländle) und Leute (die Schwaben) – daher sind diese auch immer Thema ihrer Geschichten.

Die Autorin und freie Lektorin ist seit 2018 im Vorstand der Mörderischen Schwestern e. V. tätig. Bei der »Ladies Crime Night«, dem Leseformat der Mörderischen Schwestern, erweckt sie ihre Figuren auf Baden-Württembergs Bühnen zum Leben.

Mareike Fröhlich coacht andere Autor*innen und bildet für die Akademie der Deutschen Medien Nachwuchs-Lektor*innen aus.

2020 erhielt sie für ihr Jugendbuch das Arbeitsstipendium des Förderkreises deutscher Schriftsteller in Baden-Württemberg e. V.

www.mareikefroehlich.de

Als Nordschwarzwälderin wuchs **Linda Graze** mit mystischen Waldgeistern und guten wie bösen Feen auf. Bis sie der Kuckuck in alle Himmelsrichtungen holte: Als Werbetexterin und Kreative war sie in München, Hamburg, Frankfurt in Großagenturen tätig. Inzwischen lebt sie als Autorin in Stuttgart – am Wald, wo die meisten ihrer Geschichten spielen. Ihre Schwarzwald-Krimiserie um den badischen Haitianer Justin Schmälzle erscheint seit 2018 im Rowohlt Verlag.

www.lindagraze.de

Anne Grießer, Jahrgang 1967, ist im badischen Odenwald geboren und aufgewachsen. Sie studierte Bibliothekswesen, Ethnologie und Literaturwissenschaft in Stuttgart, Freiburg und Köln. Nach einigen Ausflügen in die seriöse Berufswelt lebt sie heute ihre kriminelle Ader auf dem Papier und auf der Bühne aus. In den vergangenen Jahren hat sich die in Freiburg lebende Schriftstellerin und

Entertainerin als Krimiautorin und Herausgeberin einen Namen gemacht. Neben ihren Romanen, Theaterstücken und Kurzgeschichten schreibt sie auch Reiseführer und Sachbücher zu kulturgeschichtlichen Themen. Zuletzt erschienen im Silberburg-Verlag der historische Krimi »Der Fluch des Blutaltars« und im Sutton Verlag das Sachbuch »Die Madonnenlandbahn«. Wenn sie nicht gerade an einem neuen Buch arbeitet, schwingt die Autorin gerne das eine oder andere blutige Theaterrequisit. Sie veranstaltet u. a. interaktive Wein- und Bierkrimis, Badewannenlesungen und Krimiwanderungen im Schwarzwald. www.anne-griesser.de

Die in Tübingen aufgewachsene Autorin **Julia Hofelich** war früher Rechtsanwältin, bevor die Protagonistin ihrer ersten Krimireihe diese Tätigkeit übernahm. Bisher hat sie die beiden Anwaltskrimis »Totwasser« und »Nebeljagd« bei Bastei Lübbe veröffentlicht, weitere Bücher sind in Arbeit. Nebenher unterrichtet Julia Hofelich kreatives Schreiben. Ihre Kurzgeschichte »Opfer«, die in der vorherigen Anthologie der Mörderischen Schwestern »geschmackvoll morden« erschienen ist, wurde letztes Jahr für den Glauser-Preis nominiert.

Cindy Jäger hatte mit Baden-Württemberg rein gar nichts zu tun, bevor sie 2014 über Umwege nach Weilheim zog. Die Idylle im Ländle fand sie immer schon zu schön, um wahr zu sein, und so war es nur eine Frage der Zeit, bis sie ihrer Wahlheimat ein paar Verbrechen andichtete.
Die Ideen dafür findet sie während ihrer Arbeit als Qualitätstesterin in Stuttgart und beim Wandern auf der Schwäbischen Alb. Ihr erster Krimi »Das Vermächtnis der Gräfin« ist bei MIDNIGHT erschienen.

Anni Jonek ist eine Journalistin aus einem malerischen Örtchen bei Heilbronn.

Sie liebt Krimis, ihre beiden Langhaardackel Jason und Mikey und alles, was mit Wasser zu tun hat.

Seit Kurzem ist sie stolze Besitzerin eines eigenen Bootes, das am Bodensee vor Anker liegt.

Auf ihrem Boot kam ihr auch die Idee für ihren Kurzkrimi »Meins!«.

Die 1985 geborene **Sarah Kempfle** lebt in Esslingen und ist dort als Deutsch- und Sportlehrerin tätig. In ihrer Freizeit macht sie sich nicht nur gerne an ihrem Oldtimer die Hände schmutzig, sondern auch an ihrem nächsten perfekten Mord. Als Mordwaffen dienen ihr dabei schlicht Stift und Papier. Derzeit arbeitet sie am letzten Schliff ihres Debütromans. Die Kurzgeschichte »Der Enkeltrick« ist ihre bislang dritte Veröffentlichung.

Ilona P. Köhle hat 1985 in Stuttgart das Licht der Welt erblickt. Obwohl sie durch das Umland schweifte, blieb Stuttgart stets ihre Herzensstadt. Dort wohnt sie heute wieder mit Ehemann und gemeinsamer Tochter.

Bereits von Kindesbeinen an ist sie ein passionierter Bücherwurm. Ilona P. Köhle ist hauptberuflich Bankerin und lebt ihre Kreativität seit 2016 als Schriftstellerin aus. Ihre Kurzgeschichten erschienen in verschiedenen Anthologien. Momentan arbeitet sie an ihrem ersten Thriller.

Neben dem Schreiben ist Yoga eine ihrer großen Leidenschaften.

Uschi Kurz ist in Ludwigsburg aufgewachsen. In Stuttgart und Tübingen hat sie Germanistik und Philosophie studiert und beim Schwäbischen Tagblatt in Tübingen volontiert.

Als freie Journalistin und seit 1990 als Redakteurin beim Schwäbischen Tagblatt (Südwest Presse) beobachtet sie häufig Strafprozesse und erfährt dabei viel über menschliche Abgründe.

Manchmal erhält sie dabei auch Anregungen für ihre Kurzgeschichten, die meist von unnatürlichen Todesfällen handeln. Neben zahlreichen Kurzkrimis, die in unterschiedlichen Anthologien veröffentlicht wurden, sind im Silberburg-Verlag zwei Thriller von ihr erschienen, die beide in Baden-Württemberg spielen: »Der Totenschöpfer« und »Raureif«.

Uschi Kurz lebt mit ihrer Familie und einem betagten Kater in Wannweil.

Martina Uhl lebt in Stuttgart. Die Literatur zieht sich wie ein roter Faden durch ihr Leben. In der Schule, dem Deutschstudium und der langjährigen Tätigkeit im Kommunikationsbereich hat sie die Lust an der Sprache und den Worten immer begleitet. Sie ist Trainerin für systemische Beratung und Kommunikationsthemen und Leseratte. Das brennende Interesse für die Hintergründe menschlichen Handelns ist die Basis für ihre Kurzgeschichten und die Arbeit an ihrem Kriminalroman.

Jutta Weber-Bock wurde 1957 in Melle geboren und ist dort aufgewachsen. Schon als Kind liebte sie alte Mühlen und Fachwerkhäuser. 1983 ist sie mit einer Liebe nach Stuttgart gezogen und aus Liebe zur Stadt geblieben. Heute lebt sie im Heusteigviertel und joggt bei jedem Wetter zum Fernsehturm. Sie ist freie Schriftstellerin sowie Dozentin und in verschiedenen Autorenvereinigungen aktiv.

Sie liebt Stuttgarts alte Häuser, die so manche kriminelle Geschichte erzählen können. Im Juli 2020 ist ihr erster historischer Roman »Das Mündel des Hofmedicus« im Gmeiner-Verlag erschienen.
www.weber-bock.de